小读客 经典童书馆

童年阅读经典 一生受益无穷

黑暗物质②

平行世界的精灵

【英】菲利普·普尔曼 著

周倩 译

HIS DARK MATERIALS

THE SUBTLE KNIFE

PHILIP PULLMAN

上海文艺出版社

莱拉的牛津

威尔的牛津

喜鹊城
（平行世界的交叉路

云山

反叛军基地

轮子国

口）

死人世界

莱拉

从自己的世界穿梭到了平行世界。
要去寻找黑暗物质的真相
年龄：11岁
【精灵】潘特莱蒙（未定型）

威尔

父亲失踪，和母亲相依为命。
无意中穿过一个神秘窗口，到了平行世界
年龄：12岁
【精灵】和现实世界中的我们一样没有精灵

阿斯里尔勋爵

在北极炸开了通往平行世界的巨大缺口。
莱拉的爸爸
【精灵】雪豹

库尔特夫人

忠于教会，追踪莱拉和黑暗物质。
莱拉的妈妈
【精灵】金猴

妖怪 /
出没于平行世界的交叉路口——喜鹊城。
吞噬大人的精灵

李·斯科斯比 /
热气球驾驶员，莱拉和披甲熊的朋友。
找到了大祭司格鲁曼
【精灵】兔子

格鲁曼（约翰·佩里）/
威尔的爸爸，失踪的探险家。
在莱拉的世界里成为了大祭司
【精灵】鱼鹰

这一侧的刀刃，可以切开世界上任何物质；
另一侧的刀刃，你可以用它切开整个世界。

半空中出现了一个缺口，
透过它，
他们可以看见另外一个世界。

那些妖怪吃人的精灵

"血！服从我！伤口的鲜血要干涸！"
女巫们唱道。

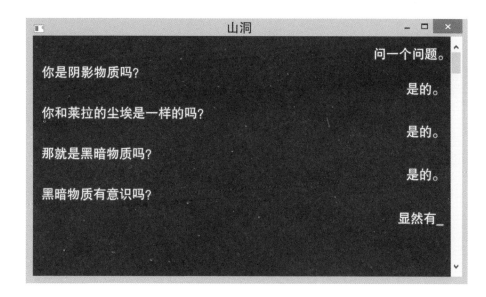

问一个问题。

你是阴影物质吗?

是的。

你和莱拉的尘埃是一样的吗?

是的。

那就是黑暗物质吗?

是的。

黑暗物质有意识吗?

显然有_

目　录

1. 猫和角树

威尔拉着他母亲的手说："快点，来吧……"

但他的母亲畏缩不前，她还是害怕。威尔在暮色中打量着这条狭长的街道，街边是成排的房子，房前是小花园和方形篱笆，阳光在房子一侧的窗户上闪耀着，却将另一侧置于一片阴影之中。没有多少时间了，人们现在大概正在吃晚饭，周围很快就会出现别的孩子，会注意到他们，议论纷纷地盯着他们看。等待很危险，但他所能做的还是像往常那样劝她。

"妈妈，我们进去找库柏夫人吧，"他说，"你看，我们都来了。"

"库柏夫人？"她有些迟疑地问。

但他已经开始按门铃了。他得先放下包再去按门铃，因为他另一只手还挽着妈妈。在十二岁这样的年纪，被别人看见他挽着妈妈的手本来是一件让他感到烦恼的事，但他知道，如果不这样，就会有什么事发生在他母亲身上。

门开了，钢琴老师那有些衰老的、弓着背的身影出现在门口，她身上散发出他熟悉的薰衣草香水的味道。

"是谁？是威尔吗？"老太太说，"我有一年多没见到你了。有什么事吗，亲爱的？"

"请让我进去，我还带来了我的母亲。"他坚定地说。

库柏夫人看着这个头发凌乱、心不在焉、似笑非笑的女人，还有这个目光忧郁、嘴唇紧抿、抬起下巴的男孩。她注意到，威尔的母亲佩里夫人一只眼睛化了妆，另一只眼睛却没有。然而佩里夫人自己没有发现，威尔也没有发现，一定是出了什么事。

"好吧……"她说着向边上走了几步，在狭小的门厅里让出地方。

威尔小心地看了看街道，然后才关上门。库柏夫人注意到，佩里夫人紧紧抓着她儿子的手，而他则非常温柔地带她走进那间有钢琴的起居室（当然，他只知道那个房间）；她还注意到，佩里夫人的衣服闻起来有一股潮湿的霉味，好像晾干前在洗衣机里放了很长时间。他们俩坐在沙发上，夕阳照着他们的脸——那宽大的颧骨、大大的眼睛，还有那笔直的黑眉毛——他们俩看上去是那么相像。

"怎么了，威尔？"老太太问道，"怎么回事？"

"我母亲需要个地方住一段时间，"他说，"眼下在家里照顾她实在太困难了。我不是说她病了，她只是有点犯糊涂，她还有点儿紧张。照顾她不会很麻烦，她只需要有人和善地对待她，我想您可能做得到。"

那个女人看着她的儿子，好像没怎么听懂，库柏夫人看见她脸上有一处瘀伤。威尔的目光一刻也没有离开库柏夫人，他的表情很迫切。

"她花费不多，"他继续说道，"我带来了几包吃的，我想足够维持一段时间。您也可以吃，她不会介意别人跟她分享的。"

"但是……我不知道应不应该……她难道不需要去看病吗？"

"不用，她没有生病。"

"但是必须有人能够——我是说，难道没有邻居或是亲戚……"

"我们什么亲戚也没有，就我们俩；邻居也很忙。"

"那社会福利机构呢？我不是在推托，亲爱的，但是——"

"不，不，她只是需要一点点帮助。这会儿我帮不了她，但时间不会很长。我要去……我有一些事要办，但我很快就会回来，我会带她回家的，我保证。您不用照顾很长时间。"

那位母亲无限信任地看着她的儿子，他转过身，对母亲微笑着，充满爱意和安慰。这一切让库柏夫人无法说"不"字。

"好吧，"她说着转向佩里夫人，"我相信几天是不成问题的，你可以住我女儿的房间，亲爱的。现在她在澳大利亚，她不再需要这个房间了。"

"谢谢您。"威尔说着站了起来，好像急着要走。

"可你要去哪儿？"库柏夫人问。

"我要和一个朋友在一起，"他说，"我会尽量多打电话的，我有您的电话号码，不会有问题的。"

他母亲看着他，有点儿困惑。他弯下身子，笨拙地吻了吻她。

"别担心，"他说，"库柏夫人会比我更好地照顾你，真的。明天我会给您打电话。"

他们紧紧拥抱着，威尔又吻了吻她，然后轻轻地松开她绕在他脖子上的手臂，向门口走去。库柏夫人看见他有些苦恼，因为他的眼中有泪光在闪耀，但他还是转过身来，想起了应有的礼节，他伸出手。

"再见，"他说，"非常感谢您。"

"威尔，"她说，"我希望你能告诉我发生了什么事——"

"这事儿一两句话说不清楚，"他说，"但她不会给您造成任何麻烦，真的。"

她并不是这个意思，他们俩都明白。但无论那是什么事儿，威尔一定要去办。老太太心想她从来没见过像他这么倔强的孩子。

他转身走了，心里早就开始想那幢空房子了。

威尔和他母亲住的地方是一处现代住宅，周围是环形街道，有十几座相同的房子。他们家显然是其中最破旧的一座。房前的花园只是一小块草地，长满了杂草。他的母亲在今年早些时候种了些灌木，但那些树由于没浇水都枯死了。威尔绕到花园的拐角，他的猫莫西从它最喜欢的地方，也就是那棵还活着的绣球花下面钻出来，伸了个懒腰，脑袋蹭着他的腿，轻轻喵地叫了一声向他打招呼。

他抱起它，小声说："他们回来过吗，莫西？你看见过他们吗？"

整幢房子很安静。在黄昏的最后一丝光亮中，马路对面那个男人正在洗车，但他没有注意威尔，威尔也没有看他。别人越不注意他越好。

他把莫西抱在胸前，打开门，迅速走了进去，在把莫西放下地之前，他认真倾听了一会儿，什么声音都没有，整栋房子空无一人。

他打开一听罐头，放在厨房的地上让莫西吃。那伙人还有多长时间会回来？他无法知道，所以他最好动作快一点，于是他上楼开始寻找。

他在找一个破旧变形的绿色皮革文具盒。在任何一幢普通的现代住宅里，都有多得惊人的地方能藏下这个大小的东西，你无须用另外的秘密隔板和地下室来增加找东西的难度。威尔先从他母亲的卧室找起，翻找她存放内衣的抽屉令他发窘。他挨个在楼上其他的房间找了一遍，甚至还包括他自己的房间。莫西走过来看他在干什么，然后坐在一旁舔毛，给威尔作伴。

但他还是没有找到。

这时天已经黑了，他也饿了。他自己烤了些豆子吃，然后他坐在厨房桌子边，考虑按什么顺序检查楼下的房间最好。

就在他快吃完的时候，电话铃响了。

他一动不动地坐着，心脏在狂跳。他数了数，二十六声，然后铃声停了。他把盘子放在水池里，开始接着找。

四个小时过去了，他还是没找着那只绿色的皮文具盒。快凌晨一点半了，他筋疲力尽。他躺在床上，衣服也没脱，立刻就进入了梦乡。他的梦紧张而拥挤，母亲那张忧郁、害怕的面孔总是近在咫尺。

好像就是一瞬间（其实他睡了将近三个小时），他醒了，同时明白了两件事：第一，他知道那只文具盒在哪里了；第二，他知道那些人就在楼下，正在打开厨房的门。

他把莫西拎到一边，轻声制止了它睡意蒙眬的抗议。然后他双腿荡到床边，穿上鞋，绷紧每一根神经倾听楼下的动静。那些声音非常轻微：一张椅子被搬起来，又被放回原处，以及短促的嘘声、木地板发出的嘎吱声。

他的动作比那些人更轻，他离开卧室，踮着脚尖来到楼梯顶头的一个空房间里。房间里并不是漆黑一片，在黎明前的幽暗光线中他看见了那台老式的脚踏缝纫机。几个小时之前他刚刚检查过这个房间，但他忘了检查缝纫机边上放图样和线圈的小盒子。

他小心翼翼地摸到那只盒子，同时注意听着。那伙人在楼下走动，威尔还看见门缝外可能是手电筒发出的一线微光。

这时他找到了盒子上的开关，他按动开关，盒子被打开了，正如他所预料的，那只皮文具盒就在那儿。

现在他该怎么办呢？他蹲在暗淡的光线中，心脏剧烈地跳动着，他努力倾听。

那两个人就在楼下的门厅里。他听见其中一个轻声说："嘿，我听见送牛奶的到这条路上来了。"

"还没到这儿呢，"另一个声音说，"我们得上楼看看。"

"那就上去吧，别在这儿晃悠。"

威尔听到楼梯最上面的一级发出轻微的嘎吱声，他稳住了自己。那人没弄出一点儿响动，但他无法阻止这预料之外的嘎吱声。这时声音停住了，威尔从门缝里看见一道微弱的手电筒的光束扫过门外的地板。

门慢慢开了，威尔等到那人的身影完全出现在门口时，猛地从黑暗里冲出来，撞向入侵者的肚子。

但他们都没有看到那只猫。

那人来到楼梯顶时，莫西静悄悄地从卧室溜出来，竖着尾巴，站在那人的腿后面，准备用自己的身体去蹭他。那人身体健壮，训练有素，本来是可以对付得了威尔的，但那只猫挡住了他的路。他向后退时被它绊倒了，他倒吸一口冷气，从楼梯上一个倒栽葱滚了下去，脑袋重重地撞在门厅的桌子上。

威尔听见一声可怕的撞击，他来不及停下来去想那声音是怎么回事，就抓住文具盒，顺着楼梯扶手滑下来，从躺在楼梯下、缩成一团抽搐不止的那人身体上跳过去，抓过桌子上的大手提袋，从大门跑了出去，而另外那个人只来得及从起居室里跑出来，眼睁睁地看着这一切发生。

即使在慌乱中，威尔还是感到好奇：为什么另外那个人没有冲他叫嚷，也没有追他呢？不过他们很快会来追他的，开着车，拿着手机。他现在要做的就是快跑。

他看见送牛奶的工人出现在街口，他那电动小货车的灯光在满天曙光中显得很苍白。威尔跳过篱笆，进入了邻居的花园，又沿着房子一侧的小路来到花园的另一侧，跳了出来，又跑过一片被露水打湿的草地，穿过树篱，来到住宅区和大马路之间的一片灌木树林里。他爬到一棵灌木下，躺在那里大口喘着气，浑身打战。现在到马路上去还为时过早，还得再等会儿，等到交通高峰开始。

他无法从脑中赶走那人脑袋撞在桌子上时发出的响声，以及他的脖子扭成了奇怪的角度，完全变了形，四肢也可怕地抽搐着。那人死了，他杀了他。

他无法把这一幕抹去，但他不能再想了，还有很多事要考虑。他的母亲：她待在那个地方真的会安全吗？库柏夫人会不会说出去？甚至，如果威尔没有像他所保证的那样回去会怎么样呢？因为他不能回去，他杀了人。

还有莫西，谁来喂莫西呢？莫西会不会担心他？它会跟来吗？

这时天更亮了，已经有足够的光线察看手提袋里的物品：他母亲的钱包、律师刚来的信、英格兰南部的地图、巧克力、牙膏、换洗短裤和袜子，还有那只绿色的皮文具盒。

所有的东西都在，一切都在按计划进行。

除了他杀了一个人。

威尔七岁时，第一次认识到他的母亲和别人不一样，他得照顾她。那是在一家超市里，他们在做一个游戏：他们只有在没人看见的时候才能往小推车里放东西。威尔的任务就是环顾四周，然后悄声说"现在可以了"，于是她会从货架上拿起一听罐头或是一盒别的什么东西，悄悄放进小推车。东西放进去以后他们就安全了，因为他们都隐身不见了。

游戏很有趣，他们玩了很长时间。那是一个星期六的上午，店里人很多，但这个游戏他们玩得很好，而且合作得很成功，他们彼此信任，威尔爱他的母亲，而且常常会这样告诉她——她也会告诉威尔同样的事情。

他们来到收银台时，威尔既激动又高兴，因为他们就要胜利了。当他母亲发现钱包不见了，还说一定是坏人偷走了钱包时，这仍是游戏的一部分。但这时威尔已经开始厌倦这个游戏，而且他饿了，妈妈也不再那么高兴。她真的害怕了，他们又走回去，把东西分别一一放回货架上，但这次他们得特别小心，因为坏人得到她的钱包后，知道了她的信用卡号码，正在追踪他们……

威尔自己也越来越害怕。他意识到他母亲是多么聪明，她把现实中的危险变成一场游戏，不让他害怕，可结果他还是知道了真相，为了让她放心，他得假装不害怕。

所以那个小男孩仍然假装这是一场游戏，这样她就不用担心他害怕了，他们虽然什么也没买就回家了，但远离坏人他们就安全了。后来威尔还是在门厅的桌子上发现了钱包。星期一他们去了银行，为了保险起见，他们撤销了旧账号，又在别处开了新账号。这样危险才过去了。

但接下来的几个月里，威尔慢慢地同时很不情愿地意识到他母亲的敌人并不存在于生活中，而是在她的心里。那些敌人并没有因此变得不那么真实，不那么可怕和危险，这只意味着他得更加小心地保护他的母亲。从超市事件开始，他意识到自己必须假装不担心母亲。威尔脑中的一部分一直关注着她的忧虑，他是那么爱她，他会用生命去保护她。

关于威尔的父亲，在威尔还不能记住他的时候就消失了。威尔对他的父亲非常好奇，他经常问母亲一些让她头疼的问题，大部分问题她都回答不了。

"他很有钱吗？"

"他去哪儿了？"

"他为什么要走？"

"他死了吗？"

"他会回来吗？"

"他是一个什么样的人？"

只有最后一个问题她能解答。约翰·佩里曾经是皇家海军的一位英俊、勇敢、聪明的军官，后来他离开军队，成了一名探险家，到世界上人迹罕至的地方探险。威尔听到这些觉得很刺激，没有什么比有一个探险家父亲更让人激动了。从那时起，在所有的游戏中他都有了一个看不见的伙伴：他和父亲一起在丛林里披荆斩棘地前进，在帆船甲板上手搭凉棚眺望波涛汹涌的大海，在蝙蝠出没的岩洞里手持火把辨认神秘的字迹……他们是最好的朋友，无数次救过对方的命，他们在篝火旁笑谈到深夜。

但威尔渐渐长大了，他开始感到奇怪。为什么没有一张他父亲在日常生活中或是探险时的照片？比如和其他胡须上结满冰霜的男子汉一起在北极乘坐雪橇，或是在丛林里察看藤蔓植物覆盖下的废墟？为什么家里没有一件他带回来的纪念品？为什么书本里从来没提到过他？

他的母亲也不知道，但她说过的一句话让他永生难忘。

她说："有一天，你也会沿着你父亲的足迹，成为一个伟大的人，你要继承他的衣钵。"

威尔还不明白那是什么意思，但他顿悟了些什么，并且被一种骄傲和使命感鼓舞着。他的游戏即将成为现实。他的父亲还活着，迷失在某处荒野，他要去解救他，继承他的衣钵……有这么伟大的目标，即使生活困苦也值得。

所以他严守母亲的秘密。在她较为平静清醒的时候，他注意向她学习如何买东西、做饭、收拾房间，在她犯糊涂和害怕的时候，他就能干这些活了。他也学会了如何隐藏自己，在学校里默默无闻，避免引起邻居的注意，即使母亲在害怕和疯狂中几乎说不出话时，他也要做到这一点。威尔最害怕的莫过于社会有关机构发现她、带走她，再把他送到陌生人的家中。什么困难都比这强。因为她也有心中阴霾一扫而光的时候，她会重新快乐起来，嘲笑自己的恐惧，赞扬他对她无微不至的照顾。那时的她是那么慈爱和温柔，他觉得没有比她更好的伙伴了，他只想永远和她生活在一起。

但后来那伙人来了。

他们不是警察，也不是社会福利机构人员，更不是罪犯——至少威尔是这么判断的。威尔想赶走他们，但他们对他毫不理睬，也不说要什么，他们只跟他母亲说话，而那时的她又脆弱得不堪一击。

但他在门外听见他们在打听他父亲，他的呼吸变得急促起来。

那些人想知道约翰·佩里去了哪里，有没有捎东西给她，她最后一次收到他的信是什么时候，还有，他有没有和任何外国使馆联系过。威尔听见他母亲越来越悲伤，最后他跑进房间让他们离开。

他看上去是那么凶猛，以至于那两个人竟没有因为他年纪幼小而觉得可笑。他们可以轻而易举地打败他，或是用一只拳头把他打翻在地，但他毫不畏惧，怒发冲冠。

他们离开了。这一幕让威尔更加坚信不疑：他的父亲肯定在什么地方遇到了麻烦，只有他才能去救他。他的游戏不再充满孩子气，不再是内心的想象，它确有其事，他必须表现出色。

不久之后他们又来了，声称威尔的母亲有事要向他们交代。他们是在威尔上学的时候来的，其中一个人在楼下跟威尔的母亲谈话，另一个人趁机搜查他们的卧室。她并不知道他们在干什么，但威尔早早回家，发现了他们，他再次怒目而视，他们又一次离开了。

他不愿向警察求助，怕母亲被有关机构带走，而他们似乎知道这一点，更加纠缠不休，最后他们在威尔到公园去寻找母亲时破门而入。她的情况更糟了，她认为她必须把湖边长凳上的每根木条都摸一遍。为了让她快点做完，威尔就帮助她。那天他们回到家时看见那伙人的汽车消失在街口，他进屋后发现那伙人进来搜查了一通，大部分抽屉和橱柜都被他们翻过了。

他知道他们要找什么。那只绿色的皮文具盒是他母亲最珍贵的财产，他梦想着能看一看里面的东西，但他从来都不知道她把它放在什么地方。他知道里面有信，他还知道她时常哭着读它们，然后就会讲起他的父亲。威尔断定那伙人要找的就是这个文具盒，因此他必须采取行动。

他决定先给母亲找一个安全的地方。他左思右想，但他没有朋友可以求助，邻居也早就对他们起了疑心，他能想到的可以信任的人只有一个，那就是库柏夫人。只要母亲在那儿安然无恙，他就准备找出那只绿色的皮文具盒，看看里面究竟有什么，然后他要去牛津，为他心中的疑问寻找答案。但那伙人来得太快了。

现在他还杀了其中的一个人。

所以警察也会来追他的。

还好，他擅长避免引起别人的注意。他得比以往任何时候更要当心不去引起别人的注意，而且时间越长越好，直到他找到父亲或是那伙人找到他。如果那伙人先找到了他，他可不在乎再多杀几个人。

那天晚些时候，实际上是半夜了，威尔走在离牛津城大约四十英里的地方，他精疲力竭。他先搭车，又换了两次公共汽车，接着又步行，傍晚六点钟才到牛津，这时已经太晚了，他要做的事一件也做不成。他在汉堡王吃了晚饭，然后到一个电影院躲了起来（即使正在看着电影，他还是转眼就忘了电影的内容），现在他走在郊区的一条没有尽头的路上，这条路一直通向北方。

到现在为止还没有人注意到他。但他明白最好能马上找个地方睡上一觉，因为时间越晚，他就越引人注目。问题是路边那些舒适的住宅花园里没地方可躲，也没有一点儿快要到野外的迹象。

他来到一个大的环形交叉路口，有一条路穿过牛津的东西环路，一直通向北边。夜晚的路上车很少，他站的那条路也很安静，路两旁是大片的草地，草地后面是一些舒适的住宅。在路两旁，沿着草地长着两排角树，那些树长得怪模怪样，树叶紧靠在一起，树冠非常对称，看上去更像是小孩子用笔画出来的。路灯使得这幅景象更加虚幻，像舞台上的布景。威尔已经被疲惫折磨得昏昏沉沉，他可能是接着向北走了，也可能是在其中某棵树下的草地上躺着睡了一觉；总之，当他站在那里试图使自己头脑清醒的时候，他看见了一只猫。

它和莫西一样，是一只花斑猫。它从威尔站着的地方，从靠着牛津那侧的路边花园里不声不响地溜出来。威尔把手提包放下，伸出双手，那只猫走上前来，用脑袋蹭着他的膝盖，就像莫西那样。当然，每只猫都会这么做，但这还是使威尔非常想家，他热泪盈眶。

最后，那只猫转身走开了。这是夜晚，它要巡逻，还要捉老鼠。它悄无声息地穿过马路，走向角树外的灌木丛，这时它停住了脚步。

威尔好奇地注视着这只猫的举动。

它伸出一只爪子，在前面的空气中拍打着什么威尔看不见的东西，然后它往后一跳，弓着背，身上的毛竖了起来，尾巴僵直地伸着。威尔熟悉猫的动作，他警觉地注视着，这只猫又接近了刚才那个地方，也就是角树与花园树篱之间一小块空白的草地，它又开始拍打。

它又往后一跳，但这次不那么远，也不那么警惕了。它发出呼哧声，试探着，抽动着胡须，过了几秒钟，它的好奇战胜了警惕。

那只猫向前一跳——然后消失不见了。

威尔眨了眨眼睛。这时一辆卡车沿着马路开过来，他靠在最近的一棵树上一动不动地站着，车灯的亮光从他身边扫过。卡车过去了，他穿过马路，眼睛一直盯着刚才那只猫侦察的地方，可这并不容易，因为那里没有什么可盯着看的，但当他来到近处仔细察看时，他看见了。

至少，他从某些角度看见了。它看上去就像是有人从路边两码远的空中挖去了一条不到一码宽的方块。如果处在水平的方向，那么这个方块就是竖着的，它几乎无形无迹，从后面看则完全看不出来。只有在最靠近路边的地方你才能看见它，但即使那样也很难看见，因为它的里边也是一模一样的东西：一块路灯下的草地。

但威尔毫不怀疑：草地那边是个完全不同的世界。

他说不出原因，但他立刻就信了，就像相信火会燃烧、善良是美德那样确凿无疑。他正在注视着的是完全新鲜而陌生的事物。

正是这个原因使他蹲下来进一步细看。他看见的东西让他头晕心跳，但他没有犹豫：他先把手提包塞了过去，然后自己也爬了过去，这样他就从这个世界的一个窟窿来到了另外一个世界。

他发现自己站在一排树下。但这些树不是角树，而是高大的棕榈树，它们和牛津的树一样，沿着草地站成一排。这是一条林荫大道，路边是一排小饭馆和小商店，在满天繁星下，这些店铺的灯亮着，门敞开着，却寂静无人。炎热的夜晚中充满了花香和大海的咸湿气味。

威尔小心地观察着四周。在他身后，一轮满月照耀着远处绵延的青山，山脚下的斜坡上有带着美丽花园的房子、开阔的草地、小树林，还有一座古色古香的神殿。

他身边就是空中的那个方块，从这边看去同样难以辨认，但它千真万确地存在着。他弯下腰，看见了牛津的马路，他自己的那个世界。他转过身，身体战栗了一下；不管这是个什么样的世界，它一定比他刚刚离开的那个世界好。随着拂晓的到来，他似醒非醒，感到轻微的头痛。他站起身，四处寻找他的向导——那只猫。

它不在视线中。它一定已经走过了那些闪耀着诱人灯光的小饭馆，到那后面的小街和花园寻幽探胜去了。威尔提起他那只变了形的手提包，穿过马路，缓缓向那边走去。他小心翼翼地走着，生怕这一切会突然消失。

这里的空气中有某种地中海或加勒比海地区的味道。威尔从没到过英格兰以外的地方，所以他无法将它和他所知道的其他地方作比较，但这是那种夜深了人们还出来吃喝玩乐、跳舞、享受美妙音乐的地方。只是这儿一个人也没有，一片寂静。

他来到第一个转弯处，那里有一个小饭馆，外面的小道上摆着绿色小桌、贴着锌皮的小吧台，还有一台制作蒸馏咖啡的咖啡机。有的桌子上有一些半空的杯子，有一只烟灰缸里还有一支烟，已经燃到了烟蒂。在一篮放了太久硬得像纸板似的面包卷旁，还有一盘意大利饭。

他从柜台后面的冰柜取出一瓶汽水，想了想，又往抽屉里扔了一英镑的硬币。他关上抽屉，突然想到里面的钱可能会解释这是什么地方，于是他又打开抽屉，里面的货币叫"克罗那[1]"，可别的他还是一无所知。

他把钱放回去，用拴在柜台上的开瓶器打开汽水瓶，然后离开了这家小咖啡馆。他离开那条林荫道，沿着小街往前溜达，街上有小食品店、面包房、珠宝店、花店，还有挂着珠帘的私宅，锻铁阳台上种满了花，悬垂在狭窄的人行道上。这里地处偏僻，更加寂静无声。

街道向低处延伸，不一会儿，前面出现了一条宽阔的大道，那里的棕榈树更多，树叶背面在路灯的照耀下闪闪发亮。

大道的另一侧是大海。

威尔发现自己前面是一个港湾，左边是石头防波堤，右边是一块深入海中的陆地，陆上的花树和灌木丛中，有一座被泛光灯照得雪亮的宏大建筑，有着圆圆的石柱、宽阔的台阶和华丽的阳台。港湾里静静地停泊着两只划艇，星光照耀着防波堤外平静的大海。

现在，威尔的疲惫已经一扫而光。他完全清醒了，惊奇攫住了他的心。

---

1 克罗那［Corona，也作"克朗"（Crown）］，是捷克斯洛伐克、丹麦、冰岛、挪威和瑞典等国的货币基本单位。——译者注（后文注解如无特别说明均为译者注）

刚才在小街上，他不时抬起手，抚摸着墙壁或门洞，或是窗台上的花，发现它们真实无疑。而现在他则想抚摸展现在面前的整个景象，它实在是太宽阔了，他的双眼一时不能看尽。他静静地站在那里，深深地呼吸着，几乎有些害怕。

他发现手中还拿着那瓶从小咖啡馆拿的汽水。他喝了几口，汽水的味道和刚才一样冰凉惬意，因为夜晚的空气是炎热的。

他向右走去，走过带着遮阳篷、入口处灯光通明的酒店，走过一大片盛开着的九重葛，来到这里的花园。树丛中那座有着华丽外墙、被泛光灯照得雪亮的建筑可能曾是一座歌剧院，一些小路通往各处，路旁的夹竹桃树上挂着路灯，但没有一点生命的动静——没有夜鸟歌唱，没有小虫低鸣，只有威尔自己的脚步声。

威尔唯一能听见的声音是比花园尽头的棕榈树更远的海滩上传来的细密而有规律的海浪声，威尔向那边走去。潮水刚涨了一半，也可能是刚退了一半。柔软的白色沙滩上，有一排脚踏船停在深水线以上。每过一会儿，就会有一排细浪拍向海岸，在下一排海浪到来之前又整齐地退去。在这平静的海面上，大概五十码远的地方，有一个跳水台。

威尔坐在一只脚踏船的船舷上，踢掉脚上的鞋，他那双快要磨破的廉价帆布鞋挤得他发烫的脚十分难受。他把袜子扔在鞋的旁边，把脚趾伸进沙子。又过了一会儿，他脱掉衣服，走进海水。

海水不凉不热，很舒服。他划着水，游到跳水台，爬了上去，在那饱经风吹日晒的台板上坐下来，回过头来望着这座城市。

在他的右边，防波堤围住了港湾，离它大约一英里的地方，有一座红白条纹相间的灯塔。灯塔远处浮现出隐隐约约的峭壁，再远处，就是威尔从刚进来的地方看见的那片绵延的小山。

近在眼前的就是那些别墅花园里挂着灯的树、街道，还有海边的酒店、咖啡馆、亮着灯的商店，都寂静无人。

这里也很安全。没人跟踪到这里来，那伙搜查他家的人永远不会知道这个地方，警察也不可能发现他。他有整整一个世界供他藏身。

那天凌晨从大门跑出来直到现在，威尔第一次有了安全感。

他又渴又饿，毕竟他上一次吃饭还是在另外一个世界。他滑入水中，用比刚才更慢的速度游回岸边。他穿上短裤，手中拎着其余的衣服和那只手提包，把空瓶子扔进他看见的第一个垃圾箱，然后光着脚沿着小路走向港口。

身上的水稍微干了一点儿时，他套上牛仔裤，准备找个地方吃饭。那些酒店太豪华了，他先看了看第一个酒店，它大得让他不舒服。于是他又接着往前走，直到他看见一个小咖啡馆，他觉得这地方应该还不错。他说不出为什么，它和其他那些咖啡馆差不多，一楼的阳台上都种满了鲜花，门外的小路上有一些桌椅。但他就是看中了这一家。

柜台的墙上贴着一些拳击手的照片，还有一张签名海报，上面是一个开心微笑着的手风琴演奏家。厨房的旁边有一扇门，通向一段铺着鲜亮花纹地毯的狭窄楼梯。

他走上楼梯，来到狭窄的楼梯口，打开他看见的第一扇门。这是个临街的房间，里面又热又闷。威尔打开了通向阳台的玻璃门，让夜晚的风吹进来。房间很小，里面的家具显得粗大简陋，但房间里既干净又舒适。原先住在这里的人一定很好客。房间里还有一个小书架，桌上放着一本杂志和几个镶着照片的相框。

威尔离开这里，看了看其他的房间：一个小浴室、一个放着双人床的卧室。

他打开最后一扇门之前有种芒刺在背的感觉，他的心跳加快了。他不确定是不是听见了里面的声音，他觉得这个房间里不是空无一人。今天凌晨，别人在黑暗的房间外，他在里面，而现在这一场景则颠倒过来。他感到这一切很奇怪……

正在他站着想的时候，门被撞开了，有什么东西像野兽一样向他冲过来。

但记忆已经向他发出了警告，他站得不是很近，所以没有被撞倒。他奋力回击：用他的膝盖、头、拳头和胳膊的力量反击他，她——是一个跟他差不多大的女孩，四肢细瘦，穿着破破烂烂的脏衣服，正在凶狠地向他厉声喊叫。

在这同一时刻，她看见了他，她从他光着的胸膛前跳开，像一只困兽般蹲在楼梯平台的黑暗角落里。让他惊讶的是：她身边还有一只猫，是一只很大的野猫，到他膝盖那么高，身上的毛和尾巴竖了起来，向他龇着牙齿。

她把手放在猫的背上，舔了舔她干裂的嘴唇，注视着他的一举一动。

威尔慢慢地站了起来。

"你是谁？"

"莱拉·西尔弗顿[1]。"她说。

"你住在这里吗？"

"不。"她立即否认道。

"那这是什么地方？这个城市？"

"我不知道。"

"你从哪儿来？"

"从我的世界，它跟这儿连着。你的精灵在哪儿？"

他的眼睛瞪大了。这时他发现那只猫有了奇异的变化：它一跳到她的臂弯里就立刻变了。现在它变成了一只短尾鼬，红棕色的毛皮，脖子和腹部则是乳白色，它和那个女孩一样，凶狠地瞪着他。但这时情况有所变化，因为他发现女孩和短尾鼬都十分怕他，好像他是一个魔鬼一样。

"我没有精灵，"他说，"我不知道你指什么。"然后他说，"哦，这就是你的精灵吗？"

她慢慢地站起来。那只短尾鼬蜷起身子，绕在她的脖子上，那双黑眼睛一刻也没有离开威尔的脸。

"但是你活着，"她半信半疑，"你没有……你还没有……"

"我叫威尔·佩里，"他说，"我不知道你说的精灵是什么。在我的世界里，精灵是魔鬼的意思，是邪恶的。"

"在你的世界？你是说这不是你的世界？"

"对，我只是发现了……一条进来的路。我猜，就像你的世界一样，它一定是跟这儿连着。"

她放松了一点儿，但她还是专注地盯着他。他则很平静，好像她是一只他想要认识的陌生的猫。

"你见过这个城市里别的人吗？"他继续问。

---

1 披甲熊把莱拉称为"Silvertongue"，意为"巧舌如簧"。——编者注

"没有。"

"你到这里多久了？"

"不知道。几天吧，我不记得。"

"那你为什么到这里来呢？"

"我来找'尘埃'。"她说。

"找尘埃？那是什么？是金粉吗？什么样的尘埃？"

她眯了一下眼睛，没有说话。他转过身，走下楼去。

"我饿了，"他说，"厨房里有什么吃的吗？"

"我不知道。"她说。她跟着他走下楼，跟他保持着一段距离。

威尔在厨房里找到用来做炖菜的鸡、洋葱和胡椒，但它们是生的，在炎热的天气里已经发出了臭味。威尔把它们都扔进了垃圾箱。

"你什么都没吃吗？"他说着打开了冰箱。

莱拉跟了过来。

"我不知道它在这儿，"她说，"哦！这么冷。"

她的精灵又变化了，这回它变成了一只巨大的、色彩鲜艳的蝴蝶，它飞进冰箱，但立刻又飞出来，停栖在她的肩头，缓慢地上下扇动着翅膀。威尔被它的奇异之处搞得头脑发晕，尽管如此，他还是觉得不该老盯着它看。

"你以前没见过冰箱吗？"他说。

他找出一听可乐递给她，然后拿出一盒鸡蛋。她很高兴，双手紧握着它。

"喝吧。"他说。

她皱着眉头看着它，不知道如何打开。他帮她打开，可乐气泡冒了出来，她怀疑地舔了舔，然后瞪大了眼睛。

"这个好吗？"她说，语气中一半是希望，一半是害怕。

"是啊，显然这个世界里也有可乐。那我来喝两口，证明它不是毒药。"

他又打开一听。她看见他喝，就跟他学。她显然渴坏了，她喝得那么快，气泡蹿进了她的鼻子，她打着嗝，鼻子发出响亮的吭哧声。威尔盯着她看，她就怒气冲冲。

"我要做煎鸡蛋，"他说，"你吃不吃？"

"我不知道什么是煎鸡蛋。"

"那好，你看我做就知道了。如果你想吃，那边还有一听烘豆。"

"我不知道烘豆是什么。"

他指给她看，她在罐子上找可乐罐上的那种易拉环。

"不，你得用开罐器，"他说，"你们那儿的人不用开罐器吗？"

"在我们那儿仆人做饭。"她不屑一顾地说。

"到那边抽屉里找找看。"

她在餐具中翻找着。他则在碗里打了六个鸡蛋，用叉子搅拌着。

"就是它，"他注视着她，"那个有红色把手的，把它拿过来。"

他切穿盖子，向她示范如何打开罐头。

"现在去把那只小平底锅从挂钩上拿下来，把罐头里的东西倒进去。"他对她说。

她闻了闻豆子，眼神中又充满了喜悦和怀疑。她把罐头里的东西倒进平底锅，舔了舔手指。她看着威尔往打好的鸡蛋里撒了盐和胡椒粉，又从冰箱里拿出一盒黄油，切了一小块放在铁锅里。他去吧台拿火柴，当他回来的时候，她正用手指蘸着碗里的鸡蛋，贪婪地舔着。她的精灵，这时又变成了一只猫，也把它的爪子伸进碗里，但当威尔走近的时候它又缩了回去。

"还没做熟呢，"威尔说着把碗拿开了，"你上一次吃饭是什么时候？"

"在斯瓦尔巴，我父亲的家里，"她说，"好几天之前吧，我不记得了。我在这里看见面包什么的，我就吃那个了。"

他点燃煤气，等黄油融化了，把鸡蛋倒进去，让它铺满锅底。她的眼神贪婪地跟随着他的每一个动作，她看着他把鸡蛋在锅的中央堆成柔软的小山，又倾斜着锅，好让生鸡蛋流到锅底。她也注视着他，注视着他的脸、正在忙碌的双手，还有他光着的肩膀和脚。

鸡蛋饼煎好了，他把鸡蛋饼翻了个身，用铲子从中间切开。

"找几个盘子来。"他说道，莱拉顺从地照办了。

她明白了其中的道理后好像还是很听从指挥的，于是威尔又让她到小饭馆前清理出一张桌子。他把饭端出来，又从抽屉里拿出两副刀叉。他们一起坐了下来，觉得有点别扭。

她不到一分钟就吃完了她的那份，然后等着威尔吃完，她烦躁不安地坐在椅子上前后摇晃，拉扯着编织坐垫上的塑料线。她的精灵这会儿又变成了一只黄雀，在桌子上啄着那看不见的面包屑。

威尔慢慢吃着。他把大部分的烘豆都给了她，尽管如此，他还是吃得比她慢。他们面前的港湾，无人的大街两旁的路灯，夜空中的星星，都沉浸在一片寂静中，好像除此之外，再没别的东西存在了。

他一直注意着这个女孩，她纤细而结实，刚才打起架来像一只老虎那么凶猛。他的拳头在她的脸颊上留下一块青紫，但她并不在意。她的表情中掺杂着天真无邪——当她第一次尝可乐时——还有一种深深的忧郁和警惕。她的眼睛是浅蓝色的，她的头发要是洗过了的话应该是金黄色的，她很脏，她身上的味道闻起来好像是好多天没洗过澡。

"劳拉？拉拉？"威尔说。

"莱拉。"

"莱拉……西尔弗顿？"

"对。"

"你的世界在哪儿？你是怎么到这儿来的？"

她耸耸肩。"我走来的，"她说，"雾很大，我不知道到了哪里。直到雾散了我才知道，至少，我知道我离开了我的世界。然后我就发现自己到了这儿。"

"你刚才说什么尘埃来着？"

"尘埃，对。我要找它。但这个世界好像没有人，也找不到人打听。我以前来过这里……我不知道，三四天了，这儿一个人也没有。"

"但你为什么要找尘埃呢？"

"特殊的尘埃，"她立刻说，"当然不是普通的尘埃。"

那只精灵又变了，眨眼间它从黄雀变成了老鼠，一只红眼睛、浑身漆黑的健壮老鼠。威尔瞪大眼睛警惕地看着它，女孩看见了他的眼神。

"你有一个精灵，"她说，"在你的身体里。"

他不知道该说什么。

"你有，"她接着说，"你只能是人。你一定曾……快死了。我们见过一个小孩，他的精灵被砍掉了。你不是那样的，即使你不知道，你也有一个精灵。我们一开始看见你都被吓着了，好像你是一个恶鬼之类的，但后来我们发现你根本不是。"

"我们？"

"我和潘特莱蒙，我们。但是你，你的精灵和你没有分开。她就是你，是你的一部分。你的世界里没有人像我们这样吗？他们是不是和你一样，精灵都藏起来了？"

威尔看着他们俩，那个瘦瘦的浅色眼珠的女孩和坐在她怀中的黑老鼠精灵，他觉得自己非常孤单。

"我累了，要去睡觉了，"他说，"你打算待在这个城市里吗？"

"我不知道。我得努力找我要的东西，这个世界里肯定有院士，肯定有人知道跟那有关的事情。"

"可能不在这个世界里，我是从一个叫牛津的地方来的，那里就有许多院士，如果你要找的是这些人的话。"

"牛津？"她叫道，"我就是从那儿来的！"

"那你的世界也有一个牛津吗？你不可能来自我的世界。"

"不，"她斩钉截铁地说，"我们来自不同的世界，但我的世界里也有一个牛津。我们都说英语，不是吗？我们还有别的相同之处，这也是合乎情理的。你是怎么过来的？是有一座桥？还是别的什么？"

"好像就是空中的一个窗口。"

"带我去看看。"她说。

这不是请求，而是命令。他摇摇头。

"现在不行，"他说，"我想睡觉，再说，现在还是半夜呢。"

"那明天早晨带我去看！"

"好吧，我会带你去看的，但我还有自己的事要做，你自己去找那些院士吧。"

"那容易，"她说，"我知道关于院士的所有事情。"

他把盘子摞到一起，站了起来。

"我做了饭，"他说，"所以该你洗碗了。"

她看上去有点难以置信的样子。"洗碗？"她不屑地一笑，"那儿躺着成千上万只盘子呢！再说我也不是仆人，我不打算洗碗。"

"那我就不告诉你去牛津的路。"

"我自己找。"

"你找不到，它是藏着的，你不可能找到。听着，我不知道我们在这个地方能待多久，我们要吃东西，这儿有什么我们就吃什么，但吃完了我们得把这个地方收拾干净，我们应该这么做。这些碗你来洗，我们要对得起这个地方。现在我要去睡觉了，我用另外一个房间。明天早晨见。"

他进屋去了，从他的破包里取出牙膏，用手指刷了牙，然后倒在双人床上，一会儿就睡着了。

莱拉等到确信他已经睡着了以后，拿着盘子进了厨房，把盘子放在水龙头下面，用一块布使劲擦，直到它们看上去干净为止；刀叉也是如此。但这个步骤对煎鸡蛋的锅就不起作用了，所以她拿了一块肥皂来擦，又笨拙地抠了一会儿，直到她认为差不多干净为止。然后她用另外一块布擦干它们，把它们整齐地堆放在水池边的架子上。

她还是觉得渴，并且她还想尝试打开一个易拉罐，所以她又开了一听可乐，拿上楼。她在威尔的门外听了听，什么声音都没有，于是她踮着脚尖来到另外一个房间，从她的枕头下拿出真理仪。

她不需要靠近威尔就可以问他的情况，但她还是想去看一看，她转动威尔房间的门把手，尽量不出声地走了进去。

海边有一盏灯，灯光向上照进房间，又从天花板反射下来，她就在亮光中注视着这个熟睡中的男孩。他皱着眉头，脸上都是汗，闪闪发亮。他矮壮结实，当然他还没有长成大人，因为他比自己也大不了多少，但有一天他会变得强大有力。如果能看见他的精灵会容易得多！她想着那个精灵可能会是什么样子，也许还没有固定的形状。不管那是什么形状，她会表现出一种野性、礼貌和忧郁的性格。

她轻手轻脚地来到窗前，在路灯的光亮中调整了真理仪的指针，放松意念，在心中问了一个问题。指针开始在仪表盘上停停转转，令人目不暇接。

她问的是：他是谁？朋友还是敌人？

真理仪上的答案是：他是一个杀人凶手。

当她看到这个答案时，立刻感到了轻松。他可以找到吃的，还可以带她去牛津，那都是很有用的本领，但他原本也可能懦弱，或不值得信任。杀人凶手是有价值的伙伴，她感到和他在一起就像和披甲熊伯尔尼松一样安全。

她转动百叶窗的叶片，这样早晨的阳光就不会照到他的脸。然后她踮着脚尖走了出去。

2. 在女巫中间

女巫塞拉芬娜·佩卡拉在伯尔凡加把莱拉和其他孩子从实验站里救出来，又飞到斯瓦尔巴群岛，现在她陷入了一个大麻烦。

阿斯里尔勋爵从斯瓦尔巴群岛逃跑时产生的气流把她和同伴吹到了远离群岛数英里结冰的海上。她们之中有人努力地留在了得克萨斯飞行员李·斯科斯比那只受损的热气球上，但塞拉芬娜被高高地抛上了天，天空被阿斯里尔勋爵的实验捅开了一条裂口，浓雾滚滚不断地从裂口处涌了进来，她就被抛在迷雾之中。

当她发现自己又能自主飞行时，第一个想到的就是莱拉，因为她对真假熊王搏斗的情况一无所知，更不了解在这之后莱拉的下落。

所以她和她的雪雁精灵凯萨一起，骑在她的云松枝上，飞翔在金色的云雾中寻找莱拉。他们向斯瓦尔巴群岛飞去，又向南飞了一点儿，他们在充满奇怪光影的动荡的天空中飞了好几个小时。那光照在塞拉芬娜·佩卡拉身上，刺痛了她的皮肤，她感到心绪不宁，断定这光一定来自另外一个世界。

过了一会儿，凯萨说："看！一个女巫的精灵，迷路了……"

塞拉芬娜·佩卡拉向雾中望去，她看见一只燕鸥在雾气笼罩的光柱中盘旋哀鸣。他们转身向他飞去，那只燕鸥看见他们靠近，惊怒地向上飞，但塞拉芬娜·佩卡拉发出了友好的信号，于是他又飞回他们身边。

塞拉芬娜·佩卡拉问道："你是哪个部落的？"

"泰梅尔半岛[1]，"他告诉她，"我的女巫被抓起来了。我们的同伴被赶走了！我迷路了！"

"谁抓走了你的女巫？"

"有猴子精灵的那个女人，从伯尔凡加来的……帮帮我！帮帮我们！我害怕极了！"

"你的部落和食人魔是同盟吗？"

"是的，在我们发现他们的所作所为之前都是。伯尔凡加那场战斗之后，他们打败了我们，抓走了我的女巫，把她关在一条船上……我该怎么办？她在召唤我，但我找不到她！哦！帮帮我！帮帮我！"

"安静，"精灵雪雁说道，"听下面的声音。"

他们向下滑翔，用敏锐的双耳倾听，塞拉芬娜·佩卡拉很快就辨认出那是汽油发动机的振动声，在浓雾的包裹中那声音显得很沉闷。

"这种雾天他们不可能开船，"凯萨说，"他们在干什么？"

"那是一种更小的发动机。"塞拉芬娜·佩卡拉说。她正说着，从另外的方向传来新的声音：低沉又震颤着的巨响，好像巨大的海洋生物在大海深处呼唤，它轰响了几秒，然后突然停止了。

"船的雾角。"塞拉芬娜·佩卡拉说。

他们低飞到水面上，再次寻找发动机的声音。因为不同的地方雾气浓度不一样，他们突然发现了：一艘小艇突突地驶过一团团湿漉漉的空气，女巫及时飞到上方他们看不见的地方。海浪滞缓平滑，好像海水不愿上升似的。

他们在上面盘旋，燕鸥精灵紧跟着，就像孩子紧跟着母亲，他们看着舵手调整着航向，这时雾角又响起了。船头前方有一盏灯，但在大雾中它只能照亮前面几码远的地方。

塞拉芬娜·佩卡拉对迷路的精灵说："你是不是说过还有一些女巫在帮助这些人？"

1　泰梅尔半岛（Taymyr），在西伯利亚西北部。

"我想是的——有一些从乌戈斯克[1]脱离的女巫，除非她们也逃走了。"他对她说，"你要干什么？你会找我的女巫吗？"

"会的，但现在你先和凯萨待在一起。"

塞拉芬娜·佩卡拉向小艇飞去，把精灵们留在上面看不见的地方，她降落在船尾，就在舵手身后。舵手的海鸥精灵叫起来，他转过头来看。

"你倒是从容不迫，是不是？"他说，"到前面去，在左舷边上给我们带路。"

她立刻又起飞了。这一招还是起作用了：仍然有一些女巫在帮助他们，他以为她也是其中的一个。她记得港口在左边，港口的灯是红色的。她在雾中搜寻着，直到她在不到一百码的远处看见了隐约的灯光。她飞了回来，在小艇的上方为舵手指引方向，舵手放慢小艇的速度，徐徐驶向从大船吃水线处垂下的舷梯。舵手喊了一声，一个水手从上面扔下一根绳子，另一个水手匆匆爬下舷梯，把绳子系在小艇上。

塞拉芬娜·佩卡拉飞上大船的船尾，躲在救生船的影子里，她看不到别的女巫，也许她们正在天空巡逻，凯萨应该知道怎么做。

下面，一个乘客正在离开小艇，爬上舷梯。这个人裹着皮大衣，戴着头巾，看不出是谁。但当这个人登上甲板时，一只金色的猴子精灵跳到船尾，瞪着周围，黑眼睛里放射出恶毒的光。塞拉芬娜屏住了呼吸：这个人是库尔特夫人。

一个穿着黑衣服的人匆匆来到甲板上迎接她，还看了看周围，像是在期待另外的什么人。

"博雷尔勋爵……"他正要开口。

但库尔特夫人打断了他："他去别的地方了。他们开始拷问了吗？"

"是的，库尔特夫人，"他回答，"但是……"

"我命令他们等一会儿的，"她打断道，"他们开始不听我的命令了？也许这艘船上还得加强纪律。"

她把头巾推向脑后。在昏黄的光线里，塞拉芬娜·佩卡拉清晰地看到了

---

1 乌戈斯克（Volgorsk），俄罗斯地名。

她的脸，满是傲慢、暴戾，还有，在女巫看来，如此年轻。

"其他的女巫在哪里？"她问。

船上的人说道："都走了，逃到她们的故乡去了。"

"但是有一个女巫引着小艇来的。"

库尔特夫人说："她去哪儿了？"

塞拉芬娜向后退缩了一下：小艇上的水手显然不知道这最新的情况。神父迷惑地看着周围，但库尔特夫人已经很不耐烦了，她粗略地扫了一眼甲板，摇了摇头，就和她的精灵匆匆走进那扇敞开着的、漏出一圈黄晕的门，那人跟在后面。

塞拉芬娜·佩卡拉看看四周以确定自己的位置，她躲在船尾和上层结构之间的狭窄甲板上，在排风扇的后面。从这儿望去，在前面船桥和烟囱的下面，是一个交谊厅，三面都有窗户，而不是舷窗。那些人就是走进了这个地方。从窗口泻出的朦胧灯光照在沾满雾气水珠的栏杆上，也隐隐照出船前的桅杆和帆布覆盖着的舱口。所有的东西都湿漉漉的，即将被冻得一片僵硬。没人能看见塞拉芬娜在哪里，但如果她想看到更多的东西，她就得离开藏身之处。

这太糟糕了。她带着可以用来逃跑的云松枝，还有可以用来搏斗的刀和弓箭。她把云松枝藏在排风扇的后面，沿着甲板溜到第一扇窗户前。因为雾气，窗户玻璃上凝结着水珠，她没法看见里面。塞拉芬娜也听不到任何声音，于是她又退进了黑暗之中。

有一件事她是能做到的。她有点不情愿，因为那实在太冒险了，那会使她耗尽精力，不过，她似乎别无选择。她可以通过某种魔法让别人看不见她，当然，真正的隐形是不可能的，这只是一种精神魔术，施术人通过一种精神的高度集中，使自己不被别人注意，而不是真正的隐形。将它掌握在合适的尺度，她可以穿过拥挤的人群，或从单个的行人身旁走过，而不被人看见。

所以现在她控制住自己的意念，把所有的注意力都集中在一件事上，那就是改变她自己的状态，以免被人注意。过了几分钟，她确信差不多了。她先做了个试验——走出她藏身的地方，有个水手拿着工具包沿甲板走过来，他往旁边走了几步避让她，却没有看她一眼。

她准备好了。她来到灯火通明的大厅门前，打开门，发现大厅里空无一人。她把外面的门半开着，以便必要时从那里逃走。她在大厅的另一头也看见一扇门，门里面是一段楼梯，向下通往船的内部。她走下楼梯，发现自己站在一条狭窄的走廊上，头顶上是被舱壁的灯光照亮的、刷成白色的管道，这条走廊贯穿整条船的内部，走廊两侧都有门。

她静静地走过去，听着周围的响动，直到她听到有人说话的声音，好像是某个委员会在开会。

她打开门，走了进去。

在大桌子边坐着十几个人。其中有一两个人抬起头，茫然地盯着她看了一会儿，立刻又忘了她的存在。她在门边静静地站着，看着他们。一个穿着主教长袍的年长男人主持会议，其余的是像神父一类的人。只有库尔特夫人不一样，她是在场唯一的女性，库尔特夫人把皮衣搭在椅背上，船舱里很温暖，她双颊泛红。

塞拉芬娜·佩卡拉仔细地观察四周，她看见房间里还有别人：有个瘦脸男人和一只青蛙精灵坐在一张桌子的旁边。桌上堆着一些皮面的书，还散放着一些黄色纸页的文件。一开始她以为他是神父或秘书，直到她看见他所做的事情：他专注地盯着一只像是大手表或是指南针模样的金色仪表，他每分钟都停下来记录他的发现，然后打开其中的某一本书，费劲地查找目录，找到注解，把它记下来，然后又回到那只仪表前。

塞拉芬娜的目光又回到了桌边的讨论，因为她听到了一个词：女巫。

"她知道关于那个小孩的事情，"其中一个神父说，"她承认她知道一些，所有的女巫都知道一些有关她的事。"

"我想知道库尔特夫人对此事的了解，"主教说，"我想，是不是有些事情你早就该告诉我们？"

"您应该说得更明白一些，"库尔特夫人冷冰冰地说，"主教阁下，您忘了我是一个女人，因此我不像主教那样高深。说我应该知道这个孩子是什么道理？"

主教表情复杂，但他一句话也没说。一阵沉默之后，另一个神父几乎辩解似的开口道：

"好像有一个预言，是关于这个孩子的。你看，库尔特夫人，所有的征兆都得到了证实，一开始是她出生的情形，吉卜赛人也知道一些她的事——他们用女巫之油和沼泽里的火之类的词语来形容她，够离奇的，你看——因此她成功地带领吉卜赛人到了伯尔凡加。还有她罢免熊王埃欧弗尔·拉克尼松的惊人壮举——这不是个普通的小孩。也许弗拉·帕维尔能告诉我们更多……"

他扫了一眼正在读真理仪的瘦脸男人，那个男人眨了眨眼，又揉了揉眼睛，然后看着库尔特夫人。

"你也许知道，除了那个孩子拿着的那台，这是剩下的唯一一台真理仪，"他说，"其余的都按照大师的吩咐找出来销毁了。那个孩子的真理仪是乔丹学院的院长给她的，她自己学会了如何读它，她不需要书本的注释就能使用它。如果可以怀疑真理仪的话，我会怀疑的。因为对我来说，在没有书本注释的情况下使用这台仪器简直不可思议，要达到某种理解水平需要几十年的勤奋学习。她得到它之后只用了几个星期就学会如何读它，现在她几乎成了十足的专家。我真是想象不出有哪个院士能比得上她。"

"现在她在哪儿，弗拉·帕维尔？"主教问。

"在另一个世界，"弗拉·帕维尔说，"已经晚了。"

"女巫知道！"另一个人说，他的麝鼠精灵一刻不停地啃着一支铅笔，"都布置好了，就等着女巫的口供了！我说应该再拷打她！"

"那个预言是什么？"库尔特夫人问，她已经怒不可遏了，"你们怎么敢对我隐瞒这件事？"

她凌驾于他们之上的权威是显而易见的，那只金色的猴子瞪着桌子四周，没有一个人敢看他。

只有主教没有畏缩，他的精灵，一只金刚鹦鹉，抬起一只脚爪挠了挠脑袋。

"那个女巫已经暗示了一些特别的事情，"主教说，"我不敢相信我的理解，如果真是那样，我们要面对的是有史以来最可怕的、最有责任心的男人和女人。但我再次问你，库尔特夫人——关于那个小孩和她的父亲你知道什么？"

库尔特夫人的脸色不再红润，而是由于愤怒变得灰白。

"你敢调查我？"她啐道，"你竟敢把从女巫那里得知的消息瞒着我？还有，你竟敢认为我有事情瞒着你？你以为我站在她那边吗？也许你以为我站在她父亲那一边？也许你觉得我应该像那个女巫一样接受拷问？好吧，我们听从您的指挥，主教阁下。您只要动动手指就可以把我撕成碎片，不过你就算搜遍每一片肉，也找不到任何答案，因为我对那个预言或是别的什么都一无所知。现在我要求你告诉我你所知道的。我的孩子，我自己的孩子，尽管是在罪恶中孕育，在羞耻中诞生，但不管怎样那是我的孩子，而你隐瞒了我完全有权知道的一切！"

"对不起，"另一个神父紧张地说，"对不起，库尔特夫人，那个女巫并没有说出来，我们应该从她那里知道更多的事情。斯特罗克主教只是说那个女巫有所暗示。"

"如果那个女巫不说呢？"库尔特夫人说，"然后怎么样？我们就猜，是不是？我们就胆战心惊地乱猜？"

弗拉·帕维尔说："不，我正准备向真理仪提出这个问题。不管是从女巫那儿还是从书本的注释上，我们都会找到答案。"

"那要多长时间？"

他疲惫地扬了扬眉毛，说："要相当长的时间，那是个十分复杂的问题。"

"但那个女巫会立刻告诉我们。"库尔特夫人说。

她站起身来，其余大部分人像是畏惧她，也站了起来，只有主教和弗拉·帕维尔坐着没动。塞拉芬娜·佩卡拉向后退了退，强迫自己不被别人看见。那只金色的猴子咬牙切齿，身上那闪闪发亮的毛发都竖了起来。

库尔特夫人把他甩上自己的肩头。

"那我们就去问问她。"她说。

她转过身，傲慢地走出大厅，进入走廊。那些人紧跟着，从塞拉芬娜·佩卡拉身边挤了过去，她连忙闪向一边，她的思绪一片混乱。走在最后的是主教。

激动的情绪开始让她显出形迹，塞拉芬娜花了几秒钟控制住自己，然后她跟着神父们走下楼梯，来到一个更小的房间。这个房间是白色的，空荡荡的，而且很热。他们都围着房间中央一个可怕的身影：一个女巫被绑在一张铁椅子上，她灰色的脸上露出痛苦的表情，她的双腿变了形，已经断了。

库尔特夫人居高临下地站在她面前。塞拉芬娜站在门口，她知道她无法长时间保持不被人看见，这很困难。

"告诉我们关于那个小孩的事，女巫。"库尔特夫人说。

"不！"

"那你会受折磨的。"

"我已经受了很多折磨。"

"哦，还会有更多的折磨。我们这个教派有几千年的经验，我们会为你安排无穷无尽的折磨。告诉我们有关那个孩子的事情。"库尔特夫人说，她弯下身，拧断了女巫的一根手指，它轻易地就被拧断了。

那个女巫叫出声来，有一刹那塞拉芬娜·佩卡拉显出了形迹，有一两个神父迷惑而恐惧地看着她，但她又控制住了自己，于是那些人又回过头去看那场酷刑。

库尔特夫人说："如果你不说我就再拧断一根手指，然后是另一根。关于那个孩子你知道什么？告诉我。"

"好吧！求求你，求求你，不要了！"

"那就回答吧。"

传来一声可怕的断裂声，女巫爆发出哭声。塞拉芬娜·佩卡拉几乎藏不住自己了。接着又传来一阵尖声叫喊：

"不，不！我告诉你！求求你，不要了！那个要来的孩子……女巫比你们更早知道她是谁……我们知道了她的名字……"

"我们知道她的名字，你说的名字是什么？"

"她真正的名字！代表她命运的名字！"

"那名字是什么？告诉我！"库尔特夫人说。

"不……不……"

"怎么发现的？"

"有一个试验……如果她能从许多云松枝中挑出那一枝，她就是要来的孩子，那是在特罗尔桑德，在我们领事的屋前，那个孩子跟着吉卜赛人一起来的……和一只熊在一起……"

她的声音消失了。

库尔特夫人不耐烦地喊了一声，然后是一记响亮的耳光和一阵呻吟。

"你们对那个孩子的预言是什么？"库尔特夫人继续问，她情绪激动，声音像青铜一样冰冷坚硬，"预示她命运的名字是什么？"

塞拉芬娜·佩卡拉靠得更近了，几乎来到围着女巫的人群中，那些人都没有注意到她近在咫尺。她必须尽快结束这个女巫正在遭受的折磨，但努力保持自己处于隐形状态非常耗费精力。她颤抖着从腰间抽出刀。

女巫在抽泣："她是你以前见过的人，你一直就对她又恨又怕！好了，现在她又来了，你找不到她……她曾在斯瓦尔巴群岛——跟阿斯里尔勋爵在一起，你失去了她。她逃走了，她会——"

她没能说完，有什么打断了她。

从门口飞进来一只燕鸥，因为恐惧而发狂，它断断续续地扇着翅膀，栽倒在地上，又挣扎着飞起来，扑向备受折磨的女巫的胸口，紧紧地依偎着，叽喳叫着，哭着，女巫痛苦地呼唤着："雅贝·阿卡，来吧，来吧。"

只有塞拉芬娜·佩卡拉听懂了。雅贝·阿卡是女巫临死时迎接她们的女神。

塞拉芬娜准备好了，她立刻恢复了形迹，欢笑着走上前去，因为雅贝·阿卡是欢乐愉快的，她的到访是快乐的礼物。女巫看见了她，仰起她那张满是泪痕的脸，塞拉芬娜弯下腰吻了吻她的脸，把刀轻轻插进了女巫的心脏。精灵燕鸥睁开迷茫的双眼看了看，然后就消失不见了。

塞拉芬娜·佩卡拉必须冲出去。

那些人惊呆了，不相信眼前所发生的事情，但库尔特夫人几乎立刻恢复了理智。

"抓住她！别让她跑了！"她大叫着，但塞拉芬娜已经跑到了门前，弓弦上架着一支箭。她以迅雷不及掩耳之势拉弓射了一箭，主教倒在地上，奄奄一息。

塞拉芬娜跑了出去，沿着走廊跑向楼梯，她转身、架箭、拉弓、放箭，又一个人倒下了。船上响起了刺耳的铃声。

她跑上楼梯，来到甲板上。两个水手拦住了她。她说："快到下面去！犯人跑了，快去帮忙！"

这足够迷惑他们的了，他们站着愣了一会儿，这给了她时间从他们身边跑过去，从排风扇后面拿出藏在那里的云松枝。

"向她开枪！"从后面传来库尔特夫人的声音。三支来复枪立刻开了火，塞拉芬娜乘着云松枝跳开了，她驾驭着它向上飞，好像那是她的一支箭。那些子弹打在金属上，又呼啸着消失在雾中，片刻之间她已经安全地置身于浓雾弥漫的半空，阴沉雾气中，一只雪雁的身影出现在她身边。

"去哪儿？"他问。

"离开这儿，凯萨，离开这儿，"她说，"别让那些人的臭气熏到我。"

说实话，她不知道接下来她该去哪儿，该干什么。但有一件事她确定无疑：她的箭袋中有一支箭，它将在库尔特夫人的喉咙那儿留下痕迹。

他们向南飞去，远离了雾中那令人不安的来自另一个世界的光亮。飞行中，塞拉芬娜的脑中渐渐产生了一个疑问：阿斯里尔勋爵在干什么呢？让这个世界天翻地覆的所有事件都源于他神秘的活动。

问题是她的各种知识都源于自然。她可以追捕动物、抓到任何一种鱼、找到最罕见的浆果，她知道松貂内脏显示出的预兆，她可以读懂鲈鱼的鳞片上所含的智慧，理解番红花的花粉所含的警告，但那些都是大自然的孩子，他们告诉她自然界的真理。

要了解阿斯里尔勋爵，她得去别的地方。在特罗尔桑德港，他们的领事兰斯柳斯博士一直与那个男人和女人的世界保持接触，塞拉芬娜·佩卡拉穿过浓雾，迅速飞到了那里，想看看他能告诉她什么。在到达他的房子之前，她在港口盘旋了一会儿，港口冰冷的水面上飘浮着缕缕幽灵般的雾霭，她看见一只注册为非洲籍的大船在掌舵人的指挥下驶进来。港口外还有其他几艘船正要进港抛锚。她从没见过这么多的船。

短暂的日光慢慢隐退了，她在领事家的后花园飞落下来。她敲敲窗户，兰斯柳斯博士亲自打开门，他在唇边竖起一根手指。

"塞拉芬娜·佩卡拉，你好，"他说，"快进来，欢迎你。但你最好别停留太长时间。"他透过面向大街的窗帘看了看，然后请她坐在火炉边的椅子上。"来点葡萄酒吗？"

她啜饮着金色的托考伊葡萄酒，把船上的所见所闻告诉了他。

"你认为他们明白她说的关于那个孩子的事吗？"他问。

"我认为他们不完全明白，但他们知道她很重要。至于那个女人，我很怕她，兰斯柳斯博士，我真想杀了她，但我还是怕她。"

"是的，"他说，"我也这样想。"

塞拉芬娜听他讲了小镇上的传言，有一些事实从扑朔迷离的传言中清晰地浮现出来。

"他们说教会当局正在集结最强大的军队，这是一个先进的组织。关于其中一些战士也有不愉快的传言，塞拉芬娜·佩卡拉。我听说过伯尔凡加，还有那些人的所作所为——砍掉孩子们的精灵，这是我听过的最邪恶的举动。好了，好像那里还有一队战士也有同样的遭遇。你听说过活死人吗？他们什么都不怕，因为他们没有思维。现在镇子里也有一些，当局瞒着大家，但还是有消息传出来，镇上的人都很怕他们。"

"其他的女巫部落呢？"塞拉芬娜·佩卡拉问，"你有她们的消息吗？"

"她们大部分都回自己的故乡了。所有的女巫都在等待下面即将发生的事情，塞拉芬娜·佩卡拉，她们的内心充满了恐惧。"

"关于教会你知道些什么？"

"他们一片混乱。你看，他们不知道阿斯里尔勋爵想干什么。"

"我也不知道，"她说，"我想象不出。你认为他想干什么，兰斯柳斯博士？"

他用大拇指温柔地摸了摸蛇精灵的头。

"他是一个学者，"过了一会儿他说，"但他并不热衷于做学问，也不热衷于搞政治。我见过他一次，我觉得他性格中有某种激情和力量，但不是专制，我不认为他想统治……我不知道，塞拉芬娜·佩卡拉，我想他的仆人可以告诉你，他名叫索罗尔德，被阿斯里尔勋爵关在斯瓦尔巴群岛的房子里。

那儿也许值得你一去，看他是否能告诉你点儿什么。但是，当然了，他也可能跟他的主人去了另外那个世界。"

"谢谢你。这是一个好主意……我会去的，我现在就去。"

她向领事告辞，穿过聚集起来的黑暗，飞向云中，在那里和凯萨会合。

因为周围世界的混乱，塞拉芬娜的北方之旅变得更加艰难。北极的人们陷入一片恐慌，动物们也是，不仅仅因为大雾和磁场的变化，还因为不合季节的冰层碎裂和土壤的活动，好像地球的冰冻层正在从一场漫长的冰冻之梦中缓缓醒来。

在这场混乱中，突如其来的神秘光芒从雾山的裂缝中直射下来，然后又无影无踪，促使成群的麝牛向南疾驰，然后又转向西方，或者转向北方，编队整齐的野鹅飞过四处波动闪烁的磁场时惊叫着四散开来。塞拉芬娜·佩卡拉骑在她的云松枝上向北方飞去，来到斯瓦尔巴荒原高地上的那座房屋前。

她在那里看见了阿斯里尔勋爵的仆人索罗尔德，他正在和一帮悬崖厉鬼搏斗。

她先听见了动静，等她靠近了才看见发生的一切——一堆宽大的皮革似的翅膀围成一圈，积雪的院子里回响着凶恶的号叫声；一个裹着毛皮衣服的身影举着来复枪向他们开火，他身边有一只瘦骨嶙峋的狗精灵，正在向那些飞得太近的丑陋东西咆哮着、狂咬着。

她并不认识这个人，但悬崖厉鬼一直是敌人。她在上空盘旋，向那一伙射了十多支箭。那一伙——他们组织松散，还称不上是一支部队——尖声叫着，乱哄哄地嚷着，盘旋着，发现了他们的新对手，然后一窝蜂地逃走了。一分钟后，天空又恢复了清爽，他们"哎哟——哎哟——哎哟"的惨叫声回响在远山间，最后归于沉寂。

塞拉芬娜飞到院子里，降落在一片狼藉的土地上。那人把头巾捋向脑后，女巫有时候也会是敌人，所以他仍然警惕地拿着来复枪。她看见一个年长的男人，下巴长长的，有一双灰色的、镇定自若的眼睛。

"我是莱拉的朋友，"她说，"希望我们能谈谈。看，我把弓箭放下了。"

“那孩子在哪里？”他说。

“在另外一个世界，我很关心她的安全。我想知道阿斯里尔勋爵正在干什么。”

他放下了来复枪，说道：“那么进来吧，看，我把来复枪放下了。”

彼此交换礼节后，他们走进屋里。凯萨飞上了天空，它在那里站岗。索罗尔德煮了些咖啡，塞拉芬娜告诉了他自己与莱拉之间发生的事情。

“她一直是个任性的孩子。”他说。他们在一张橡木桌边坐下来，一盏油灯照着他们。“每年勋爵大人访问他的学院时我都能见到她。我喜欢她，注意——这可是情不自禁的。但她在这个庞大的计划中担任什么角色，我就不知道了。”

“阿斯里尔勋爵计划干什么呢？”

“你并不认为他会告诉我，是不是，塞拉芬娜·佩卡拉？我是他的男仆，仅此而已。我给他洗衣做饭、打扫房间，和勋爵大人在一起的这几年中我也许知道了一两件事，但那也只是偶然得知的。他对我不会比对他的剃须罐更加信赖。”

“那就告诉我你偶然知道的那一两件事吧。”她坚持道。

索罗尔德年纪虽大，但仍然健康，充满活力。他像任何男人一样，对这个年轻女巫的美貌和她对他的关注感到很受用。但他也很精明，他知道她的注意力并不是针对他，而是针对他所知道的事情。他也是诚实的，所以没等太长时间他就说了出来。

“我不能确切地告诉你他在做什么，”他说，“因为我并不了解所有复杂的细节。但我可以告诉你是什么在驱动着勋爵大人，尽管他并不知道我了解这一点，我从无数的细节中看到了这一点。如果我错了就请纠正我，但女巫的上帝跟我们的不同，是不是？”

“对，是这样的。”

“但你知道我们的上帝吗？教会的上帝，他们称之为权威[1]的？”

“我知道。”

---

1 权威（Authority），莱拉世界的教会当局对上帝的称呼。

"那好，这么说吧，阿斯里尔勋爵从来就没觉得自己喜欢过教会的教义，当人们谈论到圣餐、赎罪、拯救等时，我见到他脸上闪过厌恶的表情。在我们这里，向教会挑战是死路一条，塞拉芬娜·佩卡拉，但自从我为他服务以来，阿斯里尔勋爵一直在心中酝酿着一场反叛，这件事我知道。"

"反叛教会？"

"一部分吧，是的，有段时间他曾经有建立一支部队的想法，但后来放弃了。"

"为什么？是教会太强大了吗？"

"不是，"老仆人说，"那倒阻止不了我的主人，听起来你可能会觉得奇怪，塞拉芬娜·佩卡拉，但我比他的妻子更了解他，比他的母亲更了解他。近四十年来他一直是我的主人，也是我的研究对象。我达不到他的思想高度，我飞也飞不到他的高度。不过，即使无法跟随，我却能看得出他的方向。不，我相信他并不是因为教会太强大才放弃反叛，而是因为教会太脆弱，不值得一击。"

"那么……他现在准备做什么呢？"

"我想他正在准备打一场更高级的战争，我想他要针对至高无上的权威发动一场叛乱，他去寻找权威本人的住所，他要去摧毁他，这是我的理解。说出这些让我心惊胆战，女士，我几乎不敢去想，但我也总结不出其他能说明他这番行为的理由。"

塞拉芬娜安静地坐着，领会着索罗尔德所说的一切。

她还没来得及说话，他又继续说：

"当然，任何从事那种宏大事业的人都会成为教会仇恨的目标。不用说，那是对教会最大的亵渎，他们会这么说的，他们会把他送到教会法庭上，立刻宣判他死刑。以前我从来没有说过那样的话，将来我也不会再说的，如果你不是一个不受教会控制的女巫的话，我是不敢跟你说这些话的。但这的确是事实，他准备找到权威并杀死他。"

"那可能吗？"塞拉芬娜问。

"阿斯里尔勋爵的生活中充满了原本不可能的事情。我不想说他没有办不成的事，但显然，塞拉芬娜，是的，他完全是疯了。如果天使都做不到，一个人怎么敢去想呢？"

"天使？天使是什么？"

"就是纯粹的精神，教会这么说的。教会说，在世界被创造出来之前，有一些天使背叛了，他们被赶出天堂，抛进地狱。他们失败了，你看，问题就在这儿。即使他们有天使的本领也做不到。阿斯里尔勋爵只是一个凡人，只有凡人的本领，但他的雄心壮志是无止境的，他敢做别的男人和女人想都不敢想的事。看看他做过的事情：他撕开了天空，他打开了通向另外一个世界的路。有谁做过这样的事吗？有谁想过这样的事吗？所以从一方面来说，塞拉芬娜·佩卡拉，我觉得他疯狂、恶劣、精神错乱；但另一方面我又想，他是阿斯里尔勋爵，他和别人不一样，也许……如果真有可能的话，那件事也只能由他来做，任何别人都不行。"

"那你会做什么呢，索罗尔德？"

"我会在这儿等着，看守他的房子，直到他回来，告诉我他的非凡经历，或者等到我死。现在我也想问你同样的问题，女士。"

"我要去确认那孩子平安无事，"她说，"我就要在此告别了，索罗尔德，我很高兴你会一直待在这儿。"

"我不会挪地方的。"他告诉她。

她拒绝了索罗尔德请吃饭的挽留，向他道了别。

片刻之后，她又和她的雪雁精灵会合了，他们飞向浓雾弥漫的山峦上空，她和精灵一直沉默不语。她陷入了深深的困惑，无须解释：她故乡的每一缕苔藓、每一个结冰的小池塘、每一只小昆虫都使她心潮澎湃，都在呼唤她回家。她担心他们，也担心自己，因为她不得不改变自己。她要过问的是人类的事情、人类的问题；阿斯里尔勋爵的神不是她的神。她开始像人了吗？她要失去女巫的身份了吗？

如果是，她不能独自这么做。

"现在回家，"她说，"我们必须告诉姐妹们，凯萨。这些事对我们来说太重大了。"

于是他们飞越翻滚的雾团，飞向厄纳拉湖，飞回了家。

在湖边草木丛生的山洞里，他们见到了部落里的其他女巫，还有李·斯科斯比。这位热气球飞行员在斯瓦尔巴群岛坠毁后又努力使他的热气球继续飞行，女巫指引他回到她们的家园，他在这里修理他的吊篮和球囊。

"女士，我很高兴见到你，"他说，"有那个小女孩的消息吗？"

"没有，斯科斯比先生。今晚你愿意参加我们的会议，和我们一起讨论下一步的行动吗？"

得克萨斯人惊讶地眨了眨眼，因为还从来没有一个人类参加过女巫的会议。

"那将是莫大的荣幸，"他说，"我也许会提一两个建议。"

那一天女巫们不断到来，就像暴风雪中的黑色雪花，天空中充满了她们丝绸衣服鼓动的声音和她们乘坐的云松枝松针间飕飕的风声。湿漉漉的森林里的猎人以及在半融化的浮冰间的渔夫都听到了浓雾中从天际传来的飒飒声响，如果天空晴朗，他们抬头会看见女巫在飞翔，就像是一股暗潮在涌动。

夜晚降临时，湖边的松树被上百支火把照亮了，其中最亮的一支是在聚会的岩洞前，女巫曾经在那里聚餐，现在她们又聚到了一起。塞拉芬娜·佩卡拉坐在中央，她的秀发上嵌着一只镶满红色小花的花冠。她的左边坐着李·斯科斯比，她的右边是位客人：拉脱维亚的女巫酋长，她名叫鲁塔·斯卡迪。

出乎塞拉芬娜的意料，她一个小时前刚刚到达。塞拉芬娜知道库尔特夫人很漂亮，那是属于短暂人生的漂亮；但鲁塔·斯卡迪不仅和库尔特夫人一样可爱，还另具一种神秘的风韵。她情绪饱满，这显而易见。她活泼热情，有一双大大的黑眼睛，据说阿斯里尔勋爵曾是她的情人。她戴着沉甸甸的金耳环，黑色卷曲的头发上戴着一只叮当作响的虎牙王冠。塞拉芬娜的精灵凯萨从鲁塔·斯卡迪的精灵那里得知，因为崇拜老虎的鞑靼部落在她去访问的时候没有向她表示敬意，为了惩罚他们，她亲手杀死了那些老虎。没有老虎当他们的神，这个部落陷入了恐慌和悲哀，他们请求转而崇拜她，但被她轻蔑地拒绝了，他们对她的崇拜有什么好处呢？她问，这对那些老虎也无济于事。这就是鲁塔·斯卡迪：美丽、傲慢，而且无情。

塞拉芬娜不清楚她为什么来这儿，但她以迎接女巫酋长的规格对待她，按照礼节，鲁塔·斯卡迪应该坐在塞拉芬娜的右侧。大家都到齐之后，塞拉芬娜开始说话了。

"姐妹们！你们知道我们为什么聚在这里——出现了新的情况，我们得决定要怎么做。宇宙被打破了，变得更加广阔，阿斯里尔勋爵打开了一个从这个世界通向另一个世界的路。我们是应该关注和参与这件事，还是继续我们一贯的生活方式？还有那个孩子莱拉·贝拉克瓦，她现在被埃欧雷克·伯尔尼松称为莱拉·西尔弗顿。她在兰斯柳斯博士的屋前挑出了正确的云松枝，她就是我们一直在期待的那个孩子，现在她失踪了。

"有两位客人会告诉我们他们的想法。首先我们来听听鲁塔·斯卡迪酋长的想法。"

鲁塔·斯卡迪站了起来。她雪白的臂膀映着火光，双眼熠熠生辉，即使坐在最远处的女巫都能看见她脸上生动的表情。

"姐妹们，"她开口道，"让我来告诉你们发生了什么，以及我们应该和谁战斗。一场战争就要来临。我不知道谁将加入我们这一边，但我知道我们要对付的敌人是谁。那就是教会当局。它自建立以来——跟我们的年龄相比还不算长，但也存在了很多很多年——一直在压迫和控制每一种自然的情感，当它无法控制的时候就砍掉它们。你们当中有些人见过他们在伯尔凡加所做的一切，那太可怕了，但这不仅限于那一个地方，也不仅限于那一件事。姐妹们，你们只知道北方的事情，我去南方旅行过，那里也有教会，相信我，他们跟伯尔凡加的人一样，也砍他们的孩子——方式不同，但同样可怕。他们切掉孩子的性器官，对，男孩和女孩都是，他们用刀切，他们认为孩子感觉不到。这就是教会的行为，每个教会都一样：控制、摧毁和消除每一种美好的感情。所以，如果战争来临，教会是战争的一方时，那我们一定是在另一方，不管我们和多么奇怪的盟友绑在一起。

"我的提议是我们的部落团结在一起，去北方探索那个新世界，看看我们在那里能发现什么。如果在我们的世界里找不到那个孩子，那就是因为她已经跟随阿斯里尔勋爵去新世界了。相信我，阿斯里尔勋爵是这个问题的关键，他曾经是我的情人，我也愿意与他联手，因为他憎恨教会和教会所做的一切。

"这就是我要说的话。"

鲁塔·斯卡迪很激动，塞拉芬娜羡慕她的力量和美丽。当拉脱维亚的女巫酋长坐下后，塞拉芬娜转向李·斯科斯比。

"斯科斯比先生是那个孩子的朋友，所以也是我们的朋友。"她说，"你愿意说说你的想法吗，先生？"

得克萨斯人站起来，谦恭地倾斜着身体，他似乎对这个场合的奇异之处并不在意，可实际上他很在意。他的兔子精灵赫斯特蜷伏在他身边，耳朵耷拉在背上，金色的眼睛半闭着。

"女士们，"他说，"首先我要感谢你们的好意，感谢你们对被另外那个世界的风暴吹坏气球的飞行员的帮助，感谢你们的耐心倾听，我不会说太久的。

"当我和吉卜赛人一起旅行到北方的伯尔凡加时，那个孩子莱拉告诉我关于她曾经居住的牛津大学那个学院里发生的事情，阿斯里尔勋爵向其他几个院士展示了一个名叫斯坦尼斯劳斯·格鲁曼的人被砍下的头颅，说动他们给他一笔钱，让他去北方看看发生了什么。

"这孩子坚信她所看见的，我几乎不想再问她太多问题。但她的话让我回想起了什么，可又不能清晰地回忆起来。我知道一些关于这个格鲁曼博士的事，在从斯瓦尔巴群岛飞向这里的旅途中我才回想起来，那是通古斯克的一个老猎人告诉我的，说有一样东西，谁拿到它，它就能保护谁，而格鲁曼知道它在哪里。我并不敢轻视你们女巫的魔法，但这样东西，不管它是什么，它的威力超越了我听说过的任何事物。

"因为我对那个孩子的关心，我想我可以推迟回得克萨斯退休的时间，去找格鲁曼博士。你看，我认为他并没有死，我想阿斯里尔勋爵是在愚弄那些院士。

"所以我要去诺瓦赞布拉，那是我最后一次听说他还活着的地方，我要去找他。我不知道未来会怎样，但我能明白无误地看清现在。这场战争我站在你们这边，这样我的子弹才有价值。但我下面的任务是，女士，"他总结道，转向塞拉芬娜·佩卡拉，"我准备去找斯坦尼斯劳斯·格鲁曼，看看他都知道些什么，如果我能找到他知道的那样东西，我会把它带给莱拉。"

塞拉芬娜说："您结婚了吗，斯科斯比先生？您有孩子吗？"

"没有，女士，我没有孩子，尽管我愿意做一名父亲，但我理解您的问题，您是正确的：那个小女孩跟她真正的父母在一起得到的是坏运气，也许我能补偿她。总得有人这么做，而且我愿意。"

"谢谢你，斯科斯比先生。"她说。

她取下她的王冠，取下了一朵红色的小花，那些花戴在她的头上就像刚摘下来一样新鲜。

"带上这朵花吧，"她说，"任何时候你需要我的帮助时，就把它握在手里，呼唤我。不管你在哪里，我都会听见的。"

"哦，谢谢，女士。"他惊奇地答道。他接过那朵小红花，小心地插进胸前的口袋。

"我们会唤起一阵风，帮助你到达诺瓦赞布拉。"塞拉芬娜·佩卡拉告诉他，"现在，姐妹们，下面谁愿意说话？"

真正的会议开始了。从某一方面来说，女巫是民主的。每一位女巫，即使是最年轻的女巫，都有发言的权利，但只有女巫酋长才能作决定。发言持续了整整一夜，大家对即将开始的战斗展开了热烈的讨论，有一些女巫提出要小心谨慎，只有少数几个女巫，尽管她们是最聪明的，建议派人动员其他部落加入进来。

鲁塔·斯卡迪也同意了，塞拉芬娜立刻派出了信使。至于她们紧急需要做的——塞拉芬娜从她最好的战士中挑出二十名，命令她们准备和她一起飞往北方，到阿斯里尔勋爵打开的新世界寻找莱拉。

"那你呢，鲁塔·斯卡迪酋长？"塞拉芬娜最后说，"你有什么计划？"

"我要去找阿斯里尔勋爵，听他亲口说说他在做什么。看样子他似乎也去了北方。姐妹们，我能先跟着你们走一段吗？"

"可以，欢迎你！"塞拉芬娜很高兴有了一名新的同伴。

于是她们达成了一致。

可是不久之后讨论中断了，一位年长的女巫来到塞拉芬娜·佩卡拉面前，说道："酋长，你最好听一听茱塔·卡迈南说的话。她很顽固，但她说的也许很重要。"

茱塔·卡迈南是一位年轻的女巫——她才一百多岁，用女巫的标准来衡量，她是年轻的——她很固执，也很害羞。她的精灵，一只知更鸟，激动地从她的肩头飞到她的手中，在高处盘旋一圈，然后又飞回到她的肩头。女巫的双颊丰满红润，她性格活泼，充满激情。塞拉芬娜不太认识她。

　　"酋长，"年轻的女巫说道，面对塞拉芬娜的凝视，她无法保持沉默，"我认识这个名叫斯坦尼斯劳斯·格鲁曼的人。我曾经爱过他，但现在恨透了他，如果再看见他，我一定会杀了他。本来我什么都不想说，但我的姐妹们让我告诉您。"

　　她带着怨恨的目光扫了一眼那位年长的女巫，后者回了她一个热情的眼神：她懂得爱。

　　"好吧，"塞拉芬娜说，"如果他还活着的话，他得活到斯科斯比先生找到他的那一天。你最好跟我们一起去新世界，那样就不会有你会先杀了他的危险。忘了他吧，茱塔·卡迈南，爱使我们备受折磨，但我们的任务比复仇更伟大，记住这一点。"

　　"是，酋长。"年轻的女巫谦恭地说。

　　塞拉芬娜·佩卡拉和她的二十一个伙伴，还有拉脱维亚的女巫酋长鲁塔·斯卡迪，准备飞往新世界，那个女巫从未去过的新世界。

3. 孩子的世界

莱拉很早就醒了。

她做了一个可怕的梦：有人塞给她一个真空罐子，就是她父亲阿斯里尔勋爵给乔丹学院的院长和院士们看的那个罐子。那次莱拉躲在衣柜里，看见阿斯里尔勋爵打开那个罐子，给院士们看那个失踪的探险家斯坦尼斯劳斯·格鲁曼被砍下的头颅。可这次莱拉在梦里是自己打开那个罐子的，她并不愿意，实际上她很害怕，但不管她愿不愿意，她不得不那么做，当她刚刚掀开盖子，听到空气蹿进冰冻的罐子里时，她的双手因为恐惧而虚弱无力。盖子打开了，她恐惧得几乎窒息，但她知道她必须——她必须这么做。里面什么都没有，那颗头颅不见了，没有什么可害怕的。

但她还是醒了，哭着，浑身是汗，在面向海湾的炎热的小房间里，月光从窗外照进来，她躺在别人的床上，攥着别人的枕头，她的貂精灵潘特莱蒙用鼻子蹭着她，发出使她觉得安慰的声音。哦，她是多么害怕！多奇怪，在现实生活中，她盼望能见到斯坦尼斯劳斯·格鲁曼的头颅，她曾经请求阿斯里尔勋爵打开罐子让她看一眼，在梦里她却如此害怕。

当早晨来临时，她向真理仪询问这个梦的含义，它的答案却只是：那是一个关于头颅的梦。

她也曾想叫醒那个陌生的男孩，但他睡得很沉，她还是决定不吵醒他，而是下楼去了厨房，她想做煎鸡蛋。二十分钟后，她坐在过道边的桌子上，骄傲地吃着那被熏黑了的、粗糙的东西，变成麻雀的潘特莱蒙则啄着碎蛋壳。

她听见后面有声音。是威尔，他睡眼惺忪。

"我会做煎鸡蛋，"她说，"你要吃我可以给你做。"

他看了看她的盘子，说："不，我想吃些谷类食品，冰箱里还有一些新鲜牛奶，原来住这儿的人没有离开多久。"

她看着他把玉米片倒进一只碗里，然后倒上牛奶——这是她从未见过的。

他拿着碗来到外面，说："如果你不是这个世界的，那你的世界在哪儿？你是怎么到这儿来的？"

"从一座桥。我的父亲造了这座桥，还有……我是跟着他过来的，但他去了别的地方，我不知道是哪儿，我不在乎。但我过来的时候雾很大，我想我迷路了。我在大雾中转了好几天，就吃找到的浆果和别的东西。后来有一天雾散了，我们就在那边的悬崖上——"

她指向身后。威尔沿着海岸看去，越过灯塔，看见海岸线耸成一连串的悬崖，消失在朦胧的远方。

"我们看见了这儿的小镇，就下来了，但这儿一个人也没有，不过这儿至少有东西吃、有床睡。我们也不知道接下来该干什么。"

"你确信这不是你世界的另一部分？"

"当然，这不是我的世界，我可以肯定。"

威尔想起了他自己必然的命运，那时他透过空中的窗口看见了那一小块草地，那也不是他的世界。他点了点头。

"那至少有三个世界连在一起。"他说。

"有无数的世界，"莱拉说，"另一个精灵告诉我的，他是一个女巫的精灵。没有人能数得清有多少个世界，它们都在同一个空间里，但在我父亲造那座桥之前，没有人曾经从一个世界进入另一个世界。"

"那我发现的那个窗口是怎么回事呢？"

"我不知道。也许那些世界现在开始互相重合了。"

"那你为什么要找尘埃呢？"

她冷漠地看了他一眼："以后我也许会告诉你。"

"好吧，但你怎么去找它呢？"

"我要去找一个知道它的院士。"

"什么，一个学者？"

"不，一个实验神学家，"她说，"在我们的牛津，他们是知道这件事的人，你们的牛津应该也是这样吧？我先去乔丹学院，因为乔丹学院有最好的院士。"

"我从没听说过实验神学。"他说。

"他们知道所有的基本粒子和基本力，"她解释道，"还有类似电磁学的知识，原子技术。"

"什么……磁学？"

"电磁学，比如电子。那些灯，"她指着用来装饰的路灯说，"它们就是电子的。"

"我们把它们叫电灯。"

"电的……听上去像琥珀[1]。那是一种石头，一种宝石，是从树脂中提取的。有时候里面还会有小昆虫。"

"你是说琥珀？"他说，然后他们俩同时说："琥珀……"

他们都看见了对方的表情，后来很长时间威尔都还记得那个时刻。

"好吧，电磁学，"他继续说，目光转向别处，"你们的实验神学听上去像我们说的物理学，你们需要的是物理学家，而不是神学家。"

"哦，"她谨慎地说，"我会找到他们的。"

他们坐在空旷明净的清晨里，太阳静静地照着港口，他们俩心中都充满疑问，因此，本来他们都有可能接着开口说话，可就在这时，从港口的远处，朝着别墅花园的方向，传来一个声音。

他们俩都吃惊地朝那边望去。是一个孩子的声音，但看不见人。

威尔轻声问莱拉："你说你来这儿多久了？"

"三天了，四天——我记不清了。我没见到任何一个人。我几乎找遍了

---

1 原文中的"电的（anbar）"与"琥珀（amber）"发音相似。

所有的地方，一个人也没有。"

但是人就在那儿，是两个孩子：一个是和莱拉差不多大的女孩，还有个更小点儿的男孩，他们出现在通往港口的一条街上。他们都长着红色的头发，手中拿着篮子，他们在一百码的远处看到了小饭馆桌边的威尔和莱拉。

潘特莱蒙从黄雀变成了一只老鼠，从莱拉的胳膊上跑进她衬衫的口袋里。它看见那些陌生的孩子和威尔一样：身边都没有精灵。

那两个孩子走过来，坐在附近一张桌子旁。

"你们是喜鹊城人吗？"那个女孩问。

威尔摇了摇头。

"从圣埃利娅来？"

"不是，"莱拉说，"我们从别的地方来。"

女孩点点头，这是一个合理的回答。

"发生什么事了？"威尔问，"那些大人在哪儿？"

女孩眯起了眼睛，"妖怪没有去你们的城市吗？"她问。

"没有，"威尔说，"我们刚到这儿，我们不知道什么妖怪，这个地方叫什么名字？"

"喜鹊城，"女孩有点疑心，"喜鹊城，没错。"

"喜鹊城。"莱拉重复了一遍，"喜鹊城。为什么大人都离开了？"

"因为有妖怪，"女孩的语气中带着不耐烦和嘲笑，"你叫什么名字？"

"莱拉，他叫威尔。你呢？"

"安吉莉卡，我弟弟叫保罗。"

"你们从哪儿来？"

"从山上。这儿之前有场大雾和暴风雪，大家都很害怕，于是都跑上了山。后来雾散了，大人从望远镜里看到城里都是妖怪，所以他们不能回来。但是我们孩子不怕妖怪，还有更多的孩子要下来，他们会来晚一些，我们是第一批。"

"我们和图利奥。"小保罗骄傲地说。

"图利奥是谁？"

安吉莉卡生气了：保罗不该提到他，但这个秘密已经被说出来了。

"我们的大哥，"她说，"他没和我们在一起。他躲起来了，要等到他能……他就是躲起来了。"

"他要去拿——"保罗开口刚要说，安吉莉卡使劲打了他一下，他立刻闭上了嘴，紧紧抿着颤抖的嘴唇。

"你刚才说这个城市怎么了？"威尔问，"都是妖怪？"

"对呀，喜鹊城，圣埃利娅，所有的城市。哪里有人，妖怪就去哪儿。你从哪儿来？"

"温彻斯特。"威尔说。

"我从没听说过这个名字。那里没有妖怪吗？"

"没有，在这儿我也没看见妖怪。"

"当然看不见！"她得意地说，"你不是大人！我们长成大人才会看见妖怪。"

"我才不怕妖怪呢，哼，"小男孩说，他伸出脏兮兮的下巴，"干掉那帮坏蛋。"

"那大人就不回来了吗？"莱拉问。

"回来，过几天吧，"安吉莉卡说，"等妖怪去了别的地方。我们喜欢妖怪来，因为这时我们可以在城里到处跑，想干什么就干什么，是的。"

"那大人认为妖怪会怎么处置他们呢？"威尔问。

"哦，妖怪抓住大人可就糟糕了，妖怪会马上吃掉他们。我可不愿意长大。他们一开始听说有这样的事后很害怕，哭个不停，他们转过脸去，假装没有这回事，但这事的确发生了。太晚了，没有人愿意走近他们，他们无依无靠，脸色变得苍白，慢慢地就一动不动了。他们还活着，但他们像是从里面被吃掉了。从他们的眼睛往里看，你会看见他们的后脑勺儿，里面什么也没有。"

那个女孩转向她的弟弟，用他衬衫的袖子给他擦鼻涕。

"保罗和我要去找冰淇淋，"她说，"你们要不要也去找点儿？"

"不了，"威尔说，"我们还有别的事情。"

"那就再见了。"她说。保罗则说："杀死妖怪！"

"再见。"莱拉说。

安吉莉卡和小男孩一消失，潘特莱蒙就从莱拉的口袋里冒了出来，他那皱巴巴的老鼠脑袋上长着一双亮晶晶的眼睛。

他对威尔说："他们不知道你发现的那个窗口。"

这是威尔第一次听见它说话，他从没见过比这更让他惊讶的事。莱拉看到威尔吃惊的模样笑了起来。

"他——他居然会说话！所有的精灵都会说话吗？"威尔问。

"当然了！"莱拉说，"你以为他就是一只宠物吗？"

威尔捋捋头发，眨眨眼睛，又摇摇头。"对，"他对潘特莱蒙说，"我想你说得对，他们不知道。"

"所以我们过去的时候最好小心一点。"潘特莱蒙说。

有那么一会儿，他觉得和一只老鼠说话很奇怪，后来他觉得那和打电话差不多，因为他其实是在和莱拉说话。但这只老鼠是独立的，他的表情中有莱拉的影子，也有别的东西。他一时也想不明白，因为同时有那么多怪事发生。威尔努力集中精神。

"你去牛津之前，"他对莱拉说，"得先去找几件别的衣服。"

"为什么？"她固执地问。

"因为你不能穿成这样去我的世界跟人说话，他们不会让你靠近的。你得看上去穿着得体，你要伪装好。这我知道，好多年我都是这么做的。你最好听我的，不然你会被抓起来的。如果他们知道你从哪里来，还有那个窗口，一切的一切……这个世界是个很好的藏身之处，知道吗？我……我得躲着一些人。这是我能想到的最好的藏身之处，我不想被别人发现。所以我不想让你看上去和那地方格格不入或是看上去不像当地人，这样会出卖我的。我去牛津有自己的事情要办，如果你出卖我，我会杀了你。"

她咽了一下唾沫。真理仪从不说谎：这个男孩是个杀人凶手，如果他以前杀过人，那他也能杀她。她认真地点了点头，她是严肃的。

"好吧。"她说。

潘特莱蒙变成了一只狐猴，两只大眼睛瞪着他，让威尔感到不安。于是威尔也瞪眼看着他，那只精灵又变成一只耗子躲进了莱拉的口袋。

"好，"他说，"现在，我们在这里的时候，对那些孩子，我们要装作来自他们世界的另一个地方。这里没有大人，很好，我们来来往往不会有人注意。但在我的世界里，你得照我说的做。你最好先洗个澡，你得看上去干干净净的，不然你就会与众不同。我们去任何地方都要伪装自己，我们得看上去像当地人，这样别人才不会注意到我们。你先去洗头吧，浴室里有洗发水，然后我们再去找几件不同式样的衣服。"

"我不知道怎么洗，"她说，"我从没洗过头发。在乔丹学院的时候，管家替我洗，那以后我就再也没有洗过头。"

"那你得自己弄干净，"他说，"好好洗，在我的世界里，人们都是干干净净的。"

"嗯。"莱拉说着上楼去了。一张凶恶的耗子脸从她的肩头冒出来，瞪着他。威尔则冷漠地看着他。

在这个阳光明媚的安静的早晨，他的一部分想在这个城市里探险，另一部分在为母亲担忧，还有一部分仍处在因为自己所导致的死亡事件的震惊中，而超乎这一切之上的则是他必须完成的任务。忙碌是件好事，所以在等莱拉的时候，他清理了厨房桌面，擦洗了地板，把垃圾倒进他在外面巷子发现的垃圾箱。

然后他从破包里拿出绿色的皮文具盒，充满渴望地凝视着。一旦等他带莱拉找到那个窗口，告诉她怎样去他世界里的牛津之后，他就要回到这里，看看文具盒里有什么东西。但这会儿，他先把它塞进他睡觉的床垫下面。在这个世界里它是安全的。

莱拉干干净净、湿漉漉地走下楼来，他们就开始给她找衣服。他们找到了一家百货商店，那儿跟别处一样简陋，里面的衣服在威尔看来都有点过时了。但他们给莱拉找了件格子呢衬衫和一件绿色无袖的坎肩，坎肩上有一个口袋，这样潘特莱蒙可以待在里面。她拒绝穿牛仔裤，甚至连威尔告诉她好多女孩都穿牛仔裤之后她也不信。

"那是裤子，"她说，"我是女孩，别傻了。"

他耸耸肩，格子呢衬衫看上去毫不起眼，这是最主要的。他们离开之前，威尔往柜台的抽屉里扔了一些硬币。

"你在干什么？"她问。

"付钱，你买东西要付钱的。你们那儿买东西不用付钱吗？"

"这儿他们不付钱！我敢打赌其他小孩也不付钱。"

"也许他们不付钱，但我是要付钱的。"

"如果你的行为像大人那样，妖怪就要来找你了。"她说，但她还是不知道该跟他开玩笑还是该害怕他。

白天里，威尔看见市中心的建筑还是很古老的，但有一些几乎快成了废墟。马路上的窟窿无人修补，窗户玻璃碎了，墙皮掉了。这地方曾经美丽豪华。透过精雕细刻的拱门，他们可以看见草木茂盛的宽大庭院，还有许多看上去像宫殿一般的建筑，台阶都碎了，门框和墙之间也裂了缝，看起来还不如把旧楼推倒，重建一栋新楼，但喜鹊城的人们还是喜欢将来什么时候修补一下。

他们来到一座矗立在小广场上的塔楼前。这是他们所见过的最古老的建筑：有四层楼那么高，上面还有墙垛。在明亮的阳光下，它静静矗立着，发出某种诱惑。威尔和莱拉都感到宽大台阶上那扇半开着的门对他们有某种吸引力，但他们俩都没有说出来，他们有点不太情愿地继续往前走。

当他们来到长满棕榈树的大道时，他告诉她注意找一个拐弯处的小饭馆，外面的甬道上有绿色的金属桌子。他们一会儿就找到了，在白天它看上去似乎更小也更破旧，但那是同一个地方，柜台上贴着锌皮，还有一台制作意大利浓咖啡的咖啡机，还有那盘只剩下一半的意大利饭，在热天里已经开始发出难闻的气味。

"是在这儿吗？"她问。

"不，在马路中间，注意看周围有没有小孩。"

就他们俩，没有别人。威尔带着她来到棕榈树下的草地中央，看了看周围，确定了方位。

"我想大概就是这儿了，"他说，"我过来的时候，能看见上面白房子后面那座大山，往这边看就是那家小饭馆，还有……"

"它什么样？我什么都看不见。"

"别误会，它可不像你见过的任何东西。"

他上下观察着，它是不是消失了？还是关上了？他从哪儿都看不见。

突然之间他发现了。他前后移动着，观察着它的边缘。就像他昨天晚上从牛津那边看见的一样，你只能从侧面看见它。如果从后面看，它就消失不见了。照着那边草地的太阳和照着这边草地的太阳一模一样。

"就是这儿。"他觉得有把握了。

"啊！我看见了！"

她兴奋极了，她看上去那么吃惊，就像他自己当时听见潘特莱蒙开口说话时那样。她的精灵在口袋里再也待不住了，他变成一只黄蜂，嗡嗡地飞着，在那个窗口前来回飞了好几次。她则把湿头发捋成一缕缕的。

"站到一边去，"他告诉她，"如果你站在前面，别人会看见两条腿，他们会觉得奇怪的。我不想让任何人注意到。"

"什么声音那么吵？"

"汽车。那是牛津环路的一部分。那条路上车一直很多。你到侧面来看，白天可真不是从这里过去的好时候，那边人太多了，但半夜我们肯定又很难找到这里。不过，我们一旦过去之后就很容易混进人群中。你先过，快点钻过去，再把路让出来。"

她有一个蓝色的小帆布背包，他们离开那家小饭馆后她就一直背着这个包。她把包摘下来抱在臂弯里，然后蹲下来往那边看。

"哎呀！"她吃惊地屏住了呼吸，"那就是你的世界吗？看上去不像牛津的任何地方。你确信你以前在牛津吗？"

"当然是。等你过去后，你就会看见前面有一条路，你沿着左边走，走不了多远再向右边的路走，那条路一直通向市中心。一定要记住这个窗口在哪里，知道吗？这是唯一一条可以回来的路。"

"知道了，"她说，"我不会忘记的。"

她把背包夹在胳膊下面，钻过空中的那个窗口，然后就消失不见了。威尔蹲下来，看她去了哪儿。

她就在那儿，站在他的牛津的草地上，潘特莱蒙还是一只黄蜂，站在她的肩膀上。据他观察，直到现在还没有一个人注意到她的出现。汽车和卡车在几英尺远的地方飞驰而过，在这个繁忙的路口，司机不会有时间盯着人行道旁一个奇怪的窗口看的，即使他们能看见，来往的车流也挡住了任何人从远处看过来的视线。

这时突然传来刺耳的刹车声、尖叫声和撞击声，他赶紧弯腰去看。

莱拉躺在草地上。有一辆车刹得太急，后面的一辆货车撞了上去，还把那辆车向前顶了一下，莱拉一动不动地躺在那儿——

威尔冲了过去，没有人注意到他的出现，所有的目光都集中到了那辆汽车、变形的汽车保险杠、正从车里出来的货车司机，还有那个小女孩身上。

"我控制不住！她冲到前面来了。"汽车司机说道，她是位中年女士，"你跟得太近了。"她转过身对货车司机说。

"先不管它，"他说，"那孩子怎么样了？"

货车司机在问威尔，他正跪在莱拉身边。威尔抬头看看四周，但四周什么都没有，他要负起责任。在他身边的草地上，莱拉转动着脑袋，使劲眨着眼睛。威尔看见那只黄蜂，就是潘特莱蒙，正昏头昏脑地爬上她身边的一棵小草。

"你没事吧？"威尔问道，"动动你的胳膊和腿。"

"真蠢！"开汽车的那个女人说，"看都不看一眼，就这么冲到前面来。现在我该怎么办？"

"嘿，你还好吧？"货车司机问。

"是的。"莱拉咕哝道。

"都没问题吧？"

"动动你的手和脚。"威尔坚持着。

她照着做了，她的手和脚都没断。

"她没问题，"威尔说，"我会照顾她的，她没事了。"

"你，认识她吗？"卡车司机说。

"她是我妹妹，"威尔说，"没关系，我们就住在附近，我会带她回家的。"

现在莱拉坐了起来，显然她并没受什么伤，那位女士的注意力转到了她的车上。其他车辆飞快地驶过这两辆停着的汽车，经过他们身边时，车上的司机都好奇地看着这一幕，大多数人都会这样。威尔扶着莱拉站起来，他们离开得越快越好。那个女人和货车司机意识到应该由他们的保险公司处理他们的争执，他们交换着地址，这时那个女人看见威尔扶着莱拉一瘸一拐地离开。

"等一下！"她喊道，"你们是证人。我需要你们的姓名和电话。"

"我叫马克·兰塞姆，"威尔回过头来说道，"我妹妹叫丽莎。我们住在伯恩路 26 号。"

"邮政编码呢？"

"我记不清了，"他说，"瞧，我要带她回家。"

"到驾驶室来，"卡车司机说，"我带你们去。"

"不用了，没关系。走回去会更快一点，真的。"

莱拉的腿瘸得不太厉害。她跟着威尔离开了。他们沿着角树下的草地走着，在第一个路口拐了弯。

他们坐在一堵矮矮的篱笆墙下。

"你疼吗？"威尔问。

"它撞了我的腿，我摔倒的时候，头也被撞到了。"她说。

但她更关心背包里的东西。她伸手进去摸出一个小小的、沉甸甸的黑天鹅绒包裹，打开它。威尔的眼睛瞪大了，他看着真理仪，看着镶在表盘周围的小符号和金色的指针，它那华丽的外表让威尔屏住了呼吸。

"那是什么？"他问道。

"那是我的真理仪，它能说出真相，希望它没被摔坏。"

还好它没坏，即使在她颤抖的手中，那长长的指针也走得稳稳当当的。她把它放到一边，说道："我从没见过这么多的汽车，我没想到他们开得那么快。"

"你的牛津没有汽车和卡车吗？"

"没这么多，也不像这些车。我刚才不太习惯，但现在没事儿了。"

"那好，从现在起要小心一点儿。要是你撞上汽车，或是迷了路什么的，别人就会知道你不是这个世界的，他们就会寻找来的路……"

他火冒三丈，最后他说："好吧，你听着，如果你假装是我妹妹，就算是为我作了掩护，因为他们要找的人没有妹妹。如果我跟你在一起，我会告诉你怎么过马路而不被车撞到。"

"好的。"她谦恭地说。

"还有钱。我敢打赌你没钱——你怎么会有钱呢？你打算怎么行动，还有，怎么吃饭？"

"我有钱。"她说着从钱包里倒出一些金币。

威尔难以置信地看着那些金币。

"那是金子吗？是金子，是不是？哦，别搞错了，别人会问的，你这样可不安全。我给你一些钱，把那些金币收起来，别让人看见。记住——你是我妹妹，你的名字是丽莎·兰塞姆。"

"利齐，我以前曾经假装叫自己利齐。我能记住那个名字。"

"那好，就利齐吧，我叫马克，别忘了。"

"好的。"她平静地说。

她的腿开始疼了，被汽车撞到的地方已经红肿起来，正在形成一块深色的瘀伤，再加上昨天晚上他在她脸上留下的那块青紫，她看上去就像被人虐待过似的，这也让他很担心——万一哪个警察好奇心发作怎么办？

他努力从脑海中赶走了这个想法。他们一起出发了，穿过红绿灯时，他们回头看了一眼角树下的那个窗口，他们根本看不见它，它几乎无影无踪，路上重新车水马龙。

沿着班伯里路走了十分钟，到了萨默敦，威尔在一家银行前停下了脚步。

"你要干什么？"莱拉问。

"我要取一些钱。我最好别取得太频繁，不过他们要到每天晚上才登记，我觉得应该是。"

他把母亲的银行卡塞进自动取款机，按下密码，一切似乎都很顺利，他要取一百英镑，取款机一点儿都没耽搁，立刻吐出了钱。莱拉张大嘴巴看着这一切，他给她一张二十英镑的钞票。

"一会儿可以用，"他说，"买点东西，换点零钱。我们去找进城的公共汽车吧。"

莱拉任由他去买票，自己则安静地坐着，注视着那些属于她又不属于她的房子和花园。那就像是在别人的梦里。他们在市中心下了车，旁边是一座石头教堂，这个莱拉认识，对面还有一家大百货商店，这她就不认识了。

"都变了，"她说，"就像……那不是谷米市场吗？这是宽街，那是贝利奥尔学院。那下面是博德利图书馆，但乔丹学院在哪里呢？"

她颤抖得厉害。这也许是刚才那场事故的延迟反应，也许是她对熟悉得像家一样的乔丹学院附近出现了一座截然不同的建筑而感到震惊。

"不对，"她轻轻地说，因为威尔告诉她不要高声指出错误，"这是一个不同的牛津。"

"是的，我知道。"

他对莱拉睁大眼睛无助的样子感到措手不及，他无法知道她小时候曾无数次在这相似的街道上跑来跑去，她对自己属于乔丹学院感到多么自豪，乔丹学院的院士是最聪明、最富有的，也是最耀眼的。现在它却不在那儿，她再也不是乔丹学院的莱拉了，而是另一个奇怪世界里无所适从的迷了路的小女孩。

"那么，"她颤抖着说，"如果它不在这儿……"

那将比她想象的还要艰难和漫长，就是那样。

4. 钻孔

　　莱拉一走，威尔找到付费电话，拨通了他手中那封信上写的律师事务所的电话号码。

　　"喂？我找珀金斯先生。"

　　"请问你是谁？"

　　"跟约翰·佩里有关，我是他儿子。"

　　"请稍等……"

　　过了一分钟，一个男人的声音说："你好，我是艾伦·珀金斯。请问你是谁？"

　　"威尔·佩里。请原谅我打来电话，这与我父亲约翰·佩里先生有关，你每隔三个月从我父亲账户拨款到我母亲的银行账户里。"

　　"是的……"

　　"那么，我想知道我父亲在哪里，请告诉我，他是活着还是死了？"

　　"你多大了，威尔？"

　　"十二岁了。我想知道他的下落。"

　　"是的……你的母亲有没有……她是不是……她知道你给我打电话吗？"

　　威尔仔细地考虑了一下。

　　"不知道，"他说，"但她现在身体不太好。她不能告诉我很多事情，但我想知道。”

“那好，我明白了。现在你在哪儿？你在家里吗？”

“不，我在……我在牛津。”

“就你一个人吗？”

“是的。”

“你是说你的母亲身体不太好吗？”

“是的。”

“她是在医院里或是其他什么地方吗？”

“差不多，你能不能告诉我？”

“那好，我可以告诉你一些事情，但不会很多，也不是现在，我想还是不要在电话里说这个。五分钟后我要见一个客户，你能下午两点半到我的办公室来吗？”

“不能。”威尔说。那太危险了，那名律师也许已经听说他是警察局通缉的人。他迅速地想了想，又接着说：“我要赶一辆去诺丁汉的公共汽车，我不想错过那辆车。但我想知道的事你可以在电话里告诉我，是不是？我想知道我父亲是不是还活着，如果是，我到哪儿可以找到他。这你可以告诉我，是不是？”

“这没那么简单。我不会说出客户的个人信息，除非他要求这么做。再说我也需要证明你的身份。”

“是的，我理解。但你能不能就告诉我他是不是还活着？”

“好吧……那倒不是机密。但不幸的是，我也不能告诉你，因为我不知道。”

“什么？”

“那笔钱来自一个家庭财产托管机构。他留下指示，让我寄钱直到他说停为止。从那天开始我就再也没有收到过他的信。归根结底他是……嗯，我认为他失踪了。那就是我无法回答你问题的原因。”

“失踪了？就是……不见了？”

“实际上官方记录就是这样。听着，你为什么不到我的办公室来——”

“我去不了。我要到诺丁汉去。”

“那么，写信给我吧，或者让你母亲写信，我会告诉你我能做什么。但你得明白，电话上我能做的很有限。"

"是的，我想也是，没关系。但你能告诉我他在哪儿失踪的吗？"

"我说过，那是官方记录，那时报纸上有过几篇报道。你知道他是一名探险家吗？"

"我母亲告诉过我一些，是的。"

"嗯，他带着一支探险队，然后就失踪了。大概十年以前吧，也许更早。"

"在哪儿？"

"很远的北方，我想是阿拉斯加，你可以在公共图书馆查到。你为什么不……"

但就在那时，威尔的钱用完了，他没带更多的零钱。他的耳中传来嘟嘟的拨号音，他放下电话，四处张望着。

他最想做的事是给他的妈妈打电话。他不得不阻止自己去拨库柏夫人的电话号码，因为要是他听到母亲的声音，他很难不回到她身边，那会使他们俩都陷入危险之中，但他可以给她寄张明信片。

他选了张城市风光的明信片，写道："亲爱的妈妈，我一切安好，我很快就会再见到您。希望您一切都好，我爱您。威尔。"他写上地址，贴了邮票，紧紧握了一会儿，然后把它投进了信箱。

已经是上午了，现在他在一条商业大街上，公共汽车在拥挤的人群中穿行。他开始意识到自己暴露得太多了，因为今天不是周末，像他这么大的孩子应该去上学。他能去哪里呢？

他没花多长时间就想出了躲藏的办法。威尔可以很容易躲起来，这一点他很擅长，他甚至为自己的技艺感到骄傲。就像塞拉芬娜·佩卡拉在船上那样，他只需要把自己变成背景的一部分。

所以现在，他知道自己处于何种环境之中，于是他去了一家文具店，买来圆珠笔、便笺簿和一个书写板。学校经常会布置小学生一些类似商店调查的作业，如果他看上去是在做类似的事情就不会被人看作是无所事事。

然后他就开始闲逛，假装在做笔记，双眼寻找着公共图书馆。

在这期间，莱拉在寻找一处安静的地方阅读真理仪。在属于她自己的牛津，走五分钟路就可以找到十几处适合的地方，这个牛津却有着令她惊惶的奇异之处，有的地方极其相似，有的地方却是完全陌生的异国：他们为什么在地上画出那些黄线？人行道上那些白色的小方块是什么东西（在她的世界，人们从没听说过口香糖）？马路转弯处的红灯和绿灯是什么意思？那简直比真理仪还难读懂。

但这里出现了圣约翰学院的大门，有一次，就是在这儿，她和罗杰天黑以后爬了上去，在花坛里种上了焰火。还有卡特街转弯处那块年代久远的石头——西蒙·帕斯洛在上面刻下了他的姓名缩写 SP，它们一模一样！她亲眼看见他刻的！这个世界里某个姓名缩写相同的人一定也曾懒散地站在这里干了同样的事。

也许在这个世界也有一个西蒙·帕斯洛。

也许这个世界里也有一个莱拉。

她的脊梁一阵发凉，变成耗子的潘特莱蒙在她的口袋里颤抖着，她自己的身体也在颤抖。无需更多想象，这里已经有太多神秘的事情。

这个牛津和她的牛津另一个不同之处在于：这里每一条人行道上都是熙熙攘攘来往的行人，每一栋楼都有许多人进进出出。各种各样的人：男子装束的女士、非洲人，甚至还有一群鞑靼人顺从地跟随着他们的头领，他们衣冠楚楚，手中拎着小小的黑色皮包。一开始她还害怕地看着他们，因为他们没有精灵，在她的世界他们会被当作鬼怪，甚至更糟。

但（这是最奇怪的事情）他们看起来都生龙活虎，他们愉快地走来走去，他们看起来完全就是人类，莱拉不得不承认他们原来可能就是人类，只不过和威尔一样，他们的精灵在身体里面。

莱拉逛了大约一小时，打量着这个似是而非的牛津。她觉得饿了，于是就用那张二十英镑买了根巧克力，尽管她说得很清楚，店主还是奇怪地看着她。也许因为他是从印度来的，听不懂她的口音。她用找来的零钱在集贸市场买了一个苹果，那里更像是真正的牛津。她向公园走去，到那儿以后她发现面前是一栋大的建筑，一栋真正牛津风格的建筑，但在她自己的世界没有这栋建筑，尽管它看上去和周围的环境很相称。她坐在外面的草地上，开始吃东西，欣赏着这栋建筑。

她发现那是一家博物馆，大门敞开着，她在里面看到了填充后的动物标本和化石骨骼标本，还有一盒一盒的矿石，就像她和库尔特夫人在伦敦参观过的皇家地理博物馆一样。宽敞的钢铁玻璃大厅后面有一条通道，通向博物馆的另一部分，因为那儿几乎无人光顾，于是她走了进去，四处张望着。在她的意识中，最要紧的事情还是真理仪。但就在第二个展室，她发现自己被一些非常熟悉的东西所包围：橱窗里展示着在北极穿的衣服，就像她自己的毛皮外套，还有雪橇、海象牙雕刻、猎海豹用的鱼叉，还有无数五花八门的战利品、纪念品和不可思议的东西，以及各种工具和武器，它们不仅仅局限于她见到的那些来自北极地区的东西，它们来自世界各个地方。

哦，太奇怪了，那些驯鹿毛皮外套跟她穿过的一模一样，但他们把那架雪橇上的绳子系错了。有一张展示几个萨莫耶德猎人的照片，其中有个人和她世界里的那个人长得一模一样，就是他们抢走莱拉并把她卖到了伯尔凡加。看！就是他们！甚至那根绳子磨断后重新打结的地方都一模一样。莱拉很清楚这一点，因为她曾经被绑在那架雪橇上好几个小时，痛苦难熬……这些神秘的事情是怎么回事？难道其实只有一个世界，这一切只是做梦？

后来她又遇到一些东西，让她重新想到了真理仪。在一个陈旧的镶着黑色木框的玻璃盒子里，是几个人的头颅，其中几个上面有孔：有的孔在前面，有的孔在侧面，有的孔在上面。最中间的那个头颅有两个孔。在一个卡片上用细长的笔迹写着：这个步骤叫作钻孔。卡片上还说，那些孔是在头颅的主人还活着的时候钻的，因为孔的边缘愈合得很光滑。但有一个孔并不如此，那是被一支铜箭头刺的，那支箭头现在还在那儿，孔的边缘粗糙破损，因此你能看出它们的不同之处。

北方的鞑靼人就这么干。斯坦尼斯劳斯·格鲁曼对自己也这么干，这是认识他的乔丹学院的院士说的。莱拉迅速地看看四周，发现周围没人，她就拿出了真理仪。

她把意念集中在最中间的头颅上，问道：这是谁的头颅？他们为什么要在上面钻孔？

在从玻璃屋顶漏下的灰蒙蒙的光线里，她全神贯注地站在那儿，一点儿也没有注意到有人正看着她。

那人六十多岁，看上去很威严，穿着一套剪裁得体的亚麻西装，手中拿着一顶巴拿马草帽，他站在陈列室的楼上，从钢制的扶手上方往下看。

他灰白的头发整齐地从额前梳向脑后，他的额头被晒成黑色，但很光滑，几乎没有皱纹。他的黑眼睛很大，睫毛很长，目光热烈。几乎每过一分钟，他那深色的舌尖就会从嘴角伸出来舔一舔嘴唇。插在他胸前口袋里的雪白手帕散发出浓郁的科隆香水味，就像种植在温室里的植物，味道浓郁得让你几乎能闻出它们的根在腐烂。

他注意莱拉有一段时间了。她在楼下走动，他跟随着她在楼上走动。当她站在那些头颅面前时，他密切地注视着她，盯着她的一切：她那乱糟糟的头发、脸上的青紫、身上的新衣服、俯在真理仪上的光溜溜的脖颈，还有她光着的双腿。

他从胸前的口袋里抽出手帕，擦了擦额头，然后走下楼来。

莱拉正全神贯注地研究着这些新奇的事物。这些头颅古老得令人难以想象，橱窗的卡片上只简单地注明铜器时代，但从不说谎的真理仪显示：这个头颅的主人生活在三万三千二百五十四年前，他曾是个男巫师，钻那些孔是为了让神进入他的头脑。然后，真理仪就像以往有些时候一样，随意地回答了一个莱拉并没有提出的问题，说与被箭头刺穿的那个头颅相比，在那些被钻孔的头颅周围，尘埃更多。

那究竟是什么意思呢？莱拉从阅读真理仪的专注中回到现实，发现自己不再是独自一人。有个穿浅色衣服、散发出香味的老人正在注视着旁边一个橱窗，他让她想起了什么人，但她说不出是谁。

他意识到她在看他，于是便抬起头看着她，脸上浮现出一丝笑容。

"你在看这些钻孔的头颅吗？"他问，"人们在自己身上做这个，多奇怪呀。"

"嗯。"她面无表情地说。

"你知道吗，现在还有人这么干。"

"是的。"她说。

"嬉皮士，你知道的，就是那些人。其实你还太年轻，还不知道嬉皮士。他们说那比吸毒还管用。"

莱拉把真理仪放进了背包，她在考虑怎么才能离开。她还没问那个最重要的问题，但现在这个老人在跟她交谈。他看上去很不错，闻起来也不错。他靠得更近了，他从橱窗边斜靠过来时，他的手碰到了她的手。

"你觉得很惊奇，是不是？没有麻醉药，没有消毒剂，也许只用了石头工具。他们一定很厉害，是不是？我觉得以前没在这儿见过你，我经常来。你叫什么名字？"

"利齐。"她从容地答道。

"利齐，你好，利齐，我是查尔斯。你在牛津的学校上学吗？"

她不知道该如何回答。

"不是。"她说。

"就是来玩玩？哦，那你可挑了个好地方。你最感兴趣的是什么？"

在相当长一段时间以来，她所遇到过的人当中，这个人最让她感到困惑。一方面他和蔼可亲，穿着整洁得体；而另一方面，潘特莱蒙在口袋里拽她，提醒她多加小心，因为他也依稀想起了什么。她不知从什么地方感受到有一种粪便和腐烂的感觉，而并不是这味道本身。她想起了埃欧弗尔·拉克尼松的宫殿，那里空中散发着香味，地上却肮脏不堪。

"我最感兴趣的？"她答道，"哦，各种各样的事，真的。我刚刚看到这里的头颅后就产生了兴趣，我觉得没人会喜欢那么干，那太可怕了。"

"对，我自己也不喜欢。不过我可以向你保证，的确有这种事发生。我可以带你去见一个人，他就干过这事。"他说。他看上去那么友好，那么乐于助人，她几乎就要答应了。但就在这时，他又伸出那深色的舌尖，湿漉漉地舔了一下嘴唇，动作快得像一条蛇，于是她摇了摇头。

"我得走了，"她说，"谢谢你的好意，我还是不去了。再说，我现在要走是因为我要去见一个人，我的朋友。"她又加上一句，"我现在跟他在一起。"

"是的，当然，"他和蔼地说，"很高兴跟你交谈，再见，利齐。"

"再见。"她说。

"对了，万一你需要的话，这是我的名字和地址，"他说着递过一张名片，"万一你想多了解这类事情的话。"

"谢谢。"她无动于衷地说。她把名片放进背包后面的小口袋，然后就走了，她感觉到他一直盯着她离开这里。

她一来到博物馆外，就转身向公园走去，她知道那儿有打板球和进行其他体育运动的场地。她在树下找了一处安静的地方，又开始查真理仪。

这次她问的是到哪里才能找到了解尘埃的院士。她得到的答案很简单：它示意她到身后那栋高大的方形建筑的某个房间里去。实际上，这个答案来得那么直截了当，以至于莱拉确信真理仪还有话要说。她开始感到它像人一样也有情感，她也知道它什么时候想告诉她更多的事情。

就像现在，它说的是：**你必须关心这个男孩。你的任务是帮他找到父亲，把你的心思放到那上面。**

她眨了眨眼睛，她真是惊呆了。威尔从天而降明明是来帮助她的，现在她千里迢迢到这里却是为了帮他，这个主意让她大为惊讶。

但真理仪还没有结束，它的指针又开始转动，她读到的是：别对院士撒谎。

她用天鹅绒包起真理仪，把它塞进背包里藏了起来。她站在那儿四处张望，寻找那座大楼，那里有她要找的院士。她向那里走去，感到很别扭，但她毫不畏惧。

威尔很容易就找到了图书馆，那里的工作人员完全相信他是在做一项学校地理课布置的研究作业，并帮他找到了他出生那年所有《泰晤士报》的目录，他父亲就是在那一年失踪的。威尔坐下来开始浏览，的确有几处提到了约翰·佩里，他和一次考古探险联系在一起。

他发现，每个月报纸的内容都存在一个缩影胶卷里，他逐一将它们放入放映机，一一浏览寻找，他以强烈的专注阅读有关报道。第一篇讲一支探险队出发去了阿拉斯加北部。这次探险由牛津大学的考古协会资助，目的是考察一个地区，希望在那里发现早期人类居住的证据，有一位职业探险家随队前往，他就是曾经身为皇家海军一员的约翰·佩里。

第二篇报道是六个星期之后，简要报告说探险队已抵达位于阿拉斯加的诺阿塔克北美洲北极考察站。

第二篇报道是在那之后的两个月，说考察站发出信号，但没有收到任何答复，他们推测约翰·佩里和他的队员可能失踪了。

在那一篇报道之后又有一系列的文章，描述徒劳无获的搜寻小组、白令海上空的搜救飞机、考古协会对此的反应、对亲属的采访……

他的心怦怦地跳着，因为那上面有一张母亲的照片，她抱着一个婴儿，那就是他。

记者是以标准的悲情故事的笔触来报道的：妻子流着眼泪在痛苦中等候消息。文中对事实的记载却很少，这让威尔很失望。有一段文章简要介绍说，约翰·佩里在皇家海军部队中事业有成，他离开海军后专门组织地理和科学探险，这就是全部了。

目录里再没有其他地方提及这件事，于是威尔从阅读缩微胶卷的隔间里站了起来。其他什么地方肯定还有更多有关的信息，但下一步他该去哪儿呢？如果他用太长的时间寻找，他会被人追踪的……

他把缩微胶卷交回去，问图书馆的工作人员："请问您知道考古协会的地址吗？"

"我可以查到……你是哪个学校的？"

"圣彼得学校。"威尔答道。

"不在牛津吧？"

"不在，它在汉普郡[1]。我们班组织了一次有关人类居住地的实地考察，这是一种环境研究的考察方法。"

"哦，我知道了。你要找什么？……考古学？……这就是。"

威尔抄下了地址和电话号码，既然承认不认识牛津他也能平安无事，于是他就问了怎么才能到那儿，那地方并不远。威尔向图书馆员道了谢，然后就出发了。

---

1 汉普郡（Hampshire），英国南部的一个郡。

在那栋建筑里，莱拉看见楼梯下有一张宽大的桌子，后面站着一名门卫。

"你要去哪儿？"他说。

这里又有点儿像家了，她感到口袋里的潘特莱蒙也很喜欢这儿。

"我要给二楼的一个人带个口信。"她说。

"谁？"

"利斯特博士。"她说。

"利斯特博士在三楼。如果你有什么东西要给他，可以把它留在这儿，我会告诉他的。"

"我知道，他现在就要，他叫我来就是为了这事儿，事实上那不是一样东西，而是我要亲口告诉他的一些事情。"

他仔细地看着她，但只要莱拉愿意，一旦她施展起温顺乖巧的演技来，他可不是她的对手。最后他点头同意，回去埋头看他的报纸去了。

当然真理仪并没有告诉莱拉具体的人名，她从他身后墙上的信箱格子里看到了利斯特博士的名字。因为如果你假装认识某个人，他们就更容易放你进来。在某些方面莱拉比威尔更了解他的世界。

在二楼莱拉看见一条长长的走廊，一扇门通往一个空荡荡的演讲厅，另一扇门通往一个小房间，有两个院士站在黑板前讨论着什么。这些房间和走廊的墙壁光秃秃的，很简陋，莱拉觉得那地方很简陋，没有显现出牛津的学术氛围和气派，当然砖墙粉刷得很平整，还有那厚重的木门和光可鉴人的钢制扶手，这些都价值不菲，但也从另一方面显示出这个世界的奇特之处。

她很快就找到了真理仪告诉她的那扇门。门上的标志写着：黑暗物质研究组，那下面有人潦草地写了 R.I.P 三个字母，又有人用铅笔加上"主任：拉扎勒斯"。

莱拉毫不在意，她敲敲门，一位女士的声音说道："请进。"

这是一个小房间，堆满了摇摇欲坠的书籍和资料，墙上的白板上写满了数字和算式，门后有一个看上去具有中国风格的图案。透过一扇开着的门，莱拉能看见另一个房间，里面静静地陈列着一些似乎很复杂的电子仪器。

莱拉发现她要找的院士是位女士，她有点惊讶，但真理仪并没有说明那是位男士，毕竟这是一个奇怪的世界。那位女士坐在一台机器前，机器的玻璃屏幕上显示着一些数字和图形，前面还有一个象牙色的托盘，里面排列着脏兮兮的小方块，小方块上写着字母表上的所有字母。女士敲了其中一个小方块，屏幕变成一片空白。

"你是谁？"她问。

莱拉关上身后的门。她没忘记真理仪告诉她的话，竭力让自己不像往常那样，而是说了实话。

"莱拉·西尔弗顿，"她答道，"你叫什么名字？"

女士眨了眨眼睛，莱拉猜她快四十岁了，也许比库尔特夫人稍微大一点儿，她一头黑色短发，脸颊红润，绿色衬衫外套了一件白色外套，穿着一条这个世界上许多人都会穿的蓝色帆布长裤。

听到莱拉的问话后，她伸手摸了摸头发，说道："哦，你是今天的第二个意外。我是玛丽·马隆博士，你有什么事？"

"我想请你告诉我关于尘埃的事情。"莱拉说，她看看周围，确信没有旁人在场，"我知道你了解它，我能证明。你一定要告诉我。"

"尘埃？你在说什么？"

"也许你们不这么叫它。它是基本粒子，在我的世界里，院士们叫它鲁萨科夫粒子，但他们通常叫它尘埃。它们不会轻易出现，但它们来自宇宙，会粘在人的身上。但不是孩子，更多的是在大人身上。我今天就发现了——我在马路那头的博物馆里看见一些古老的被钻了孔的头颅，就像鞑靼人钻的孔。铜器时代是在什么时候？"

女士瞪大眼睛看着她。

"铜器时代？天哪，我不知道，大概五千年前吧。"她说。

"哦，那么他们写标签的时候弄错了。有两个孔的那个头颅离现在有三万三千年了。"

她停了下来，因为马隆博士看上去像是要晕倒了。她脸色苍白，一只手捂着胸口，另一只手抓着椅子扶手，嘴张着。

莱拉困惑地站在那里，等着她恢复正常。

"你是谁？"女士终于问道。

"莱拉·西尔弗顿……"

"不，你从哪里来？你是什么人？你是怎么知道这些事的？"

莱拉厌倦地叹了口气，她忘了院士是很会兜圈子的，当他们更容易理解谎言时，对他们讲述真相相当困难。

"我来自另一个世界，"她开始说，"在那个世界里，也有这么一个牛津，但不一样，我就从那儿来，还有……"

"等一下，等一下，等一下。你从哪儿来？"

"从另外一个地方，"莱拉更加小心地答道，"不是这儿。"

"哦，另外一个地方，"女士说，"我明白了，哦，我想我明白了。"

"我来是为了寻找尘埃，"莱拉解释道，"因为在我的世界里，教会里的人，对，他们害怕尘埃，因为他们认为那属于原罪，所以它非常重要。我的父亲……不，"她跺着脚急躁地说，"这不是我要说的，我全搞错了。"

马隆博士看着莱拉绝望愁苦的面容、捏紧的双拳、她脸颊上的青紫和她的双腿，说道："哦，孩子，冷静一点。"

她停下来揉了揉因为疲劳而发红的双眼。

"我为什么要听你讲？"她继续说道，"我一定是疯了。事实上，这是世界上唯一能得到你想要的答案的地方，但他们打算关闭这个地方。你所说的，你的尘埃，像是我们一直在研究的某种物质，你提到的博物馆里的头颅给了我一个启示，因为……哦，不，这太复杂了。我太累了，相信我，我想听你说，但不是现在。我不是说了他们要关闭这个地方吗？我花了一个星期的时间准备了一份建议要提交给基金会，但我们还是没什么指望……"

她打了个大大的哈欠。

"你今天遇到的第一个意外是什么？"莱拉问道。

"哦，对，一个我一直信赖的人撤回了他对申请经费的支持，其实我认为那也不怎么出乎意料。"

她又打了个哈欠。

"我要冲点咖啡，"她说，"不然我会睡着的。你也来点儿吗？"

她往电水壶里倒满水，用小勺舀出速溶咖啡倒进两只杯子，莱拉则盯着门后那个中国图案。

"那是什么？"她问。

"那是中国的八卦图案。你知道那是什么吗？你的世界有这个吗？"

莱拉眯着眼睛看她，以防她是在讥讽自己。她说："我的世界里有些东西和这里一样，有些东西不一样，仅此而已。我对我的世界也不是无所不知，也许他们也有这个什么经。"

"我很抱歉，"马隆博士说，"是的，他们也许有。"

"什么是黑暗物质？"莱拉问，"那个图案说的就是它吗？"

马隆博士又坐了下来，用脚钩出另一张椅子让莱拉坐下。

她说："黑暗物质是我的研究小组一直在寻找的，没人知道那是什么。宇宙里的这种物质比我们眼睛能看见的要多得多，关键就在这儿，我们能看见发光的东西，比如星星和银河，但要使它们彼此关联，不会分散，就需要有更多这样的物质——使重力产生作用，你明白吗？但没有人能探测到它。关于它，有许多不同的研究项目，这是其中之一。"

莱拉全神贯注，至少这位女士说得很认真。

"你认为它是什么？"她问。

"哦，我们认为它是……"她刚要说，壶里的水开了，于是她一边说一边站起身去倒咖啡，"我们认为它是一种基本粒子。跟我们已经发现的任何物质都不同，不过这种粒子很难探测……你在哪儿上学？你研究物理吗？"

莱拉感觉到潘特莱蒙捏她的手，警告她要小心。不过没关系，真理仪告诉她要讲实话，但她也知道讲出所有真相的后果，所以她要小心谨慎，避免直截了当地说谎。

"是，"她说，"我了解一点，但不是关于黑暗物质。"

"那好，我们正准备从其他粒子对撞的干扰中探测这种几乎无法探测的物质。一般来说，他们会把探测器置于很深的地下，而我们所做的只是在探测器周围设立一个电磁场，屏蔽我们不需要的，只接受我们需要的，然后我们把这种信号放大并接在计算机上。"

她递过一杯咖啡，没加糖也没加牛奶，但她在一个抽屉里找到了几块姜饼，莱拉迫不及待地吃了一块。

"我们发现了一种符合条件的粒子，"马隆博士继续说道，"我们觉得它符合条件，但它非常奇特……我为什么跟你说这些？我不该说，它既未经公布，也没什么根据，甚至还没有书面报告。今天下午我真是有点不正常。

"那么……"她接着说，她又打了个长长的哈欠，莱拉几乎以为那哈欠停不住了，"我们的粒子的确是些奇怪的小魔鬼，我们把它叫作阴影粒子。阴影——你知道刚才是什么吓得我差点从椅子上摔下来吗？就是你提到博物馆里的头颅的时候。因为我们小组里有一个人是业余考古学家，有一天他发现了我们不敢相信的事情，但我们无法忽视，因为它符合关于这些阴影的所有不可思议的理论。你知道吗，它们有意识，是的，阴影是有意识的粒子。你听说过这种无稽之谈吗？难怪我们的经费得不到延续。"

她小口喝着咖啡，莱拉像一朵缺水的花吸水一样，把她说的每一个字都听了进去。

"是的，"马隆博士继续说道，"它们知道我们在这儿，还做出回应。更不可思议的是：除非你在期待，否则你看不见它们。除非你的意念处于某种状态，同时你还必须充满信心、放松，你得有这种能力——那上面说什么来着……"

她伸手到她办公桌上的一堆文件中拿出一小片纸，上面是绿色的笔迹，她读道：

"'一个人能够安于不肯定的、神秘的、怀疑的状态中，而不急于追究事实和理由……[1]'你必须进入那种状态。顺便说一句，这是诗人济慈说的。所以你只需要使自己进入正确的状态，然后你再看着山洞[2]……"

"山洞？"莱拉问。

"哦，对不起，就是计算机。我们叫它山洞。《山洞墙上的影子》[3]，柏拉图说的。是我们的考古学家告诉我的，他真是个全才。但他去日内瓦参加

---

1 引自英国诗人济慈（John Keats）写给他弟弟的一封信。

2 山洞（Cave），在本书中是对黑暗物质研究组计算机的昵称，寓意引自柏拉图的寓言《山洞墙上的影子》。

3 古希腊哲学家柏拉图的寓言。故事中有一个洞穴，只有一条长通道连接外面。有一群囚犯被锁在洞里，他们只能看着洞口亮光中的影子，以此来感受外面发生了什么。直到有一天，一个人走了出去，看到了外面真实的世界，他走回山洞告诉大家真相，却没有人相信他，也没有人愿意跟他走出山洞。——编者注

一个求职的面试了，我认为他这几天内不会回来……我刚才说到哪儿了？哦，'山洞'，对了。你跟它连上后，如果你想了，阴影就会有反应。毫无疑问，阴影就像一群鸟，飞向你的思想……"

"那些头颅呢？"

"我正要说到它，奥立弗·佩恩——他，我的同事——有一天闲着没事，就用'山洞'做了几个实验。非常奇怪，那完全不像物理学家所预料的那样。他有一块象牙，就一小块，那上面并没有阴影，它也没有反应。另一块被雕刻过的象牙棋子却有反应。一大块木头没有，一把木头尺却有，木头雕像则有更多……我说的是基本粒子，天哪。微不足道的小东西，它们知道这些是什么，只要是和人类劳动有关的任何东西，都被阴影包围着……

"然后奥立弗——奥立弗博士——从他在博物馆的一个朋友那里拿了几个化石头颅，对它们进行测试，看那种影响能上溯到什么时候，它终止在三四万年前，那以前没有阴影，在那之后，则有许多。显然那就是人类首次出现的时间。我指的是，你知道的，我们的远古祖先，但他们跟我们并没有什么不同，真的……"

"那就是尘埃，"莱拉肯定地说，"就是它。"

"但是，你看，如果你想让别人认真对待这件事，就不能在经费申请里这么说，这毫无道理。它不可能存在，不可能，如果不是不可能，那它就是不切实际，如果两者都不是，那它就只能令人困窘。"

"我想去看'山洞'。"莱拉说。

她站了起来。

马隆博士把手插进头发，用力眨了眨眼睛，好让她那双疲劳的眼睛看得清楚些。

"那好，为什么不呢？"她说，"明天我们可能就没有'山洞'了，来吧。"

她领着莱拉来到另一个房间，这个房间很大，摆满了电子仪器。

"就是它，就在那儿。"她指着一个发出灰色亮光、一片空白的屏幕说道，"电线后面就是探测器，要看到阴影，你得先连上电极，就像测脑电波一样。"

"我想试试。"莱拉说。

"你不会看见任何东西的，再说，我也累了。那相当复杂。"

"求求你！我知道我在做什么！"

"你知道？现在？我希望我知道，但我并不知道，天哪，这是一个昂贵的、高难度的科学实验。你别指望它像弹球机一样，你到这儿来，付了钱，它就跳一下……你究竟从哪儿来？难道你不该待在学校里吗？你怎么找到这儿的？"

她又揉了揉眼睛，好像刚刚睡醒。

莱拉颤抖着，说出真相，她心想。"我用它找到了进来的路。"说着她拿出了真理仪。

"那到底是什么？指南针？"

莱拉让她拿起它。马隆博士感觉到它的沉重，她的眼睛瞪大了。

"天哪，这是金子做的。到底从哪儿——"

"我想它和你的'山洞'作用一样，那就是我要寻找的东西。如果我能答对一个问题，"莱拉急切地说，"你知道答案而我不知道的问题，那么我能试试你的'山洞'吗？"

"什么？我们现在要算命吗？这是什么东西？"

"求求你了！就问我一个问题！"

马隆博士耸了耸肩。"哦，那好吧，"她说，"告诉我……告诉我，我从事这项工作以前是干什么的？"

莱拉急切地从她手里拿过真理仪，转动旋钮。她能感觉到，指针指向正确的图形前，她的意识已经先到达那儿了。她感到那根长指针扭动着作出了回应。它开始在表盘上旋转，她的目光跟随着它，注视着、推测着，从那长长的一串解释中看到事实的所在。

然后她眨眨眼，吐了一口气，从暂时的恍惚中回到了现实。

"你以前是个修女，"她说，"我不该那么猜，修女应该永远待在修道院里，但你不再相信教会，他们就让你离开了。这可不像我的世界，一点都不像。"

马隆博士坐在计算机旁的椅子上，瞪眼看着她。

莱拉问："这是真的吗？"

"是的，你是怎么知道的？从那个……"

"从我的真理仪里知道的。我想让它靠近尘埃工作，我来这儿就是为了更多地了解尘埃，它让我来找你。所以我想你的那个黑暗物质一定是同样的物质。现在我能试试你的'山洞'吗？"

马隆博士摇摇头，但没有说不，她只是很无奈，她摊开双手。"很好，"她说，"我想我是在做梦，我还是继续做吧。"

她坐在椅子上，转了个身，按动几个开关，传出电机运转的嗡嗡声和计算机散热器的风扇声，听到这声音，莱拉不由得吸了一口冷气，因为房间里的声音和伯尔凡加那个可怕的闪光的房间里的声音一模一样，那里的银闸刀差点儿把她和潘特莱蒙分开。她感到它在口袋里发抖，就轻轻地捏了捏它表示安慰。

但马隆博士并没有注意到这一幕，她忙着按动那些开关，又敲打着另外一个象牙色托盘上的字母键。她这么做的时候，屏幕变换着颜色，上面出现了一些小的字母和数字。

"现在你坐下，"她说着拖出一张椅子让莱拉坐下，她打开一个罐子，说道，"我要在你的皮肤上涂些凝胶，好固定电磁片，它很容易洗掉。现在别动。"

马隆博士拿出六根电线，每一根的顶端都是一片平板，她把它们一一接在莱拉头上的不同位置。莱拉端坐不动，但她呼吸急促，心脏剧烈地跳动着。

"好了，现在已经都接好了，"马隆博士说，"这个房间里到处都是阴影，说起来，宇宙中也充满了阴影，但我们唯一能看见它们的办法，就是意识一片空白时看着屏幕。好，开始。"

莱拉看着。玻璃屏幕上一片黑暗，什么都没有，她只是隐约看见自己的影子，仅此而已。她尝试着假装在阅读真理仪，想象自己在问：这位女士了解多少关于尘埃的事？她问了哪些问题？

她挪动了意识中那个真理仪表盘上的指针，她这么做的时候，屏幕开始闪烁，她吃了一惊，从专注中回到了现实，闪烁又消失了。她没有注意到马隆博士激动地坐直了身体。她皱了皱眉，面向前方坐好，再次开始集中注意力。

这次几乎立即就有了回应。屏幕上闪过一股跳动的光，横扫过屏幕，就像极光闪烁起伏的光幕。它们聚集在一起，形成某种图案，过了一会儿又分散开，然后又聚在一起，变换着不同的图案和颜色，它们一会儿圆，一会儿长，又分散开来，形成四处闪烁的一团团亮光，就像一群飞鸟在空中变换着方向。莱拉注视着这一切，她还记得当初刚开始阅读真理仪时，有所领悟前的心中一动的感觉，现在她又有了同样的感觉。

她问了另一个问题，这是尘埃吗？画出这些图案的和使真理仪指针转动的是同样的东西吗？

回答她的是更多盘旋变幻的光圈。她猜这意味着答案是"是"。她又有了另一个想法，她转身准备和马隆博士说话，却看见她张着嘴，两手抱着头。

"怎么了？"她说。

屏幕暗淡下去，马隆博士眨了眨眼睛。

"怎么了？"莱拉又问了一遍。

"哦——你刚才做的演示是我迄今为止看到过的最好的，"马隆博士说，"你刚才在做什么？你刚才在想什么？"

"我在想其实你可以让它比现在更清楚。"莱拉说。

"更清楚？这已经是最清楚的了！"

"但那是什么意思？你能读懂它吗？"

"哦，"马隆博士说，"你不能像读一封信那样去读它，那样不管用。事实上阴影会对你表现出的注意力作出反应。那真是够新奇的，它们回应的是我们的注意力，你明白吗？"

"不，"莱拉解释道，"我的意思是，那些颜色和形状，那些阴影可以干别的事，它们可以形成你想要的任何形状。如果你愿意，它们可以形成图像，你看。"

她转回身，再次集中注意力，但这次她假装那个屏幕就是周围有三十六个图案的真理仪。她对此太熟悉了，放在膝盖上的手指不由自主地摆动起来，转动想象中的指针，指向蜡烛（象征理解），转向阿尔法和欧米迦（象征语言），转向蚂蚁（象征勤奋），这就形成了一个问题：这些人必须做什么才能理解阴影的语言？

屏幕上立即有了反应，好像这个问题是它自己想的一样，从重叠波动的线条和闪光中显现出了一系列清晰的图案，指南针，又是阿尔法和欧米迦，还有闪电和天使。每个图案闪现了不同的次数，然后出现了三个不同的图案：骆驼、花园和月亮。

莱拉非常明白它们的含义，她放松注意力开始解释。这次，当她转过身来时，她看见马隆博士背靠着椅子坐着，脸色苍白，双手抓住了桌子的边沿。

"它是说，"莱拉告诉她，"它用我的语言，就是——图片语言，就像真理仪。它说的是，如果你进行设置，它也能用普通的语言、词语。你那么设置，它就会在屏幕上显示出语句。但你得进行大型精确的数字运算——那就是指南针的意思。闪电的意思是电（我是指电力）和更多其他的东西。还有天使——指的是信息。它还想说些别的，但这时它继续转到了第二部分……它指的是亚洲，几乎是在最远的东方，但还不算最远。我不知道那是哪个国家——也许是中国。那个国家的人有一种和尘埃——我是指阴影——对话的方法，就像你在这儿从事的研究，以及我和——我和那些图案，只不过他们用的是棍子。我想那就是指门上的那幅画，但我并不明白，真的。当我第一次看见门上那幅画的时候，就觉得它有特别重要的地方，只不过我不知道重要在哪里。所以一定还有许多和阴影对话的其他方法。"

马隆博士目瞪口呆。

"八卦，"她说，"是的，那是中国的东西，是一种预言——算命的，真的……还有，对，他们使用棍子。那幅画挂在那儿只是为了装饰。"她说，好像要向莱拉证明她并不真正相信这一点："你是告诉我人们通过八卦也可以接触阴影粒子？接触黑暗物质？"

"是的，"莱拉说道，"就像我说的，有很多方法。以前我没有认识到这一点，我原来以为只有一种方法。"

"屏幕上的那些图案……"马隆博士开口说道。

莱拉感到脑中思想的火花一闪而过，她转身去看屏幕。她脑中还没来得及再形成一个问题，屏幕上又闪现了更多的图案，一个接一个飞快地闪过，马隆博士目不暇接，但莱拉知道它们在说什么，她又转过身来面对着她。

"它说你也很重要，"她对马隆博士说，"它说你有很重要的工作要做。我不知道那是指什么，但那如果不是真的，它是不会这么说的。所以你应该让它使用词语，这样你就可以知道它在说什么。"

马隆博士沉默不语，然后问道："好吧，你从哪儿来？"

莱拉张口结舌。她意识到，现在马隆博士已经完全从精疲力竭的状态中恢复过来了，她原本不会把她的研究工作展示给一个来历不明的陌生孩子，现在她已经开始后悔了。莱拉得讲出事实真相。

"我来自另一个世界，"她说，"这是真的。我来到这个世界，我是……我不得不逃跑，因为我的世界里有人追我，要杀死我。真理仪来自……来自同一个地方，乔丹学院的院长把它送给了我。我的牛津有一个乔丹学院，但这儿没有。我自己学会了阅读真理仪。我有一个办法可以使自己意识空白，然后我就立刻知道那些图案的意思。就像你说的……怀疑和神秘之类的。所以当我看'山洞'的时候，我同样这么做，它也做了同样的事，所以我的尘埃和你的阴影是一回事，所以……"

现在马隆博士完全清醒了。莱拉拿起真理仪，用大鹅绒布包起来，就像母亲保护孩子一样，然后才放进背包里。

"不管怎样，"她说，"如果你愿意，你可以让你的屏幕用语句跟你交流，然后你就可以跟阴影对话，就像我和真理仪对话一样。不过我想知道的是，为什么我的世界里，人们那么恨它？我是指尘埃、阴影、黑暗物质。他们想毁掉它，他们认为它是邪恶的。但我觉得他们的所作所为才是邪恶的，我看见他们这么做了。所以，阴影究竟是什么？是好是坏？还是别的什么？"

马隆博士揉揉自己的脸，她的脸颊又变得红润起来。

"关于它的一切都令人困窘，"她说，"你知道在科学实验室里讲善恶是多么令人困窘吗？你有什么想法？我成为科学家的原因之一就是不想考虑这种事情。"

"你得考虑，"莱拉严肃地说，"不考虑善恶，你就无法调查阴影、尘埃，不管叫它什么。它说你得去做，记住，你不能拒绝。他们打算什么时候关闭这地方？"

"基金委员会这个星期结束时会决定……怎么了？"

"那你就今天晚上搞出来，"莱拉说，"你可以让你的机器用语句显示，而不是像我那样用图案，你很容易就能做到。然后你可以演示给他们看，他们就会给钱让你继续研究。你会发现所有关于尘埃或是阴影的事情，然后再告诉我。"她显得有点傲慢，就像公爵夫人评论一个不太令人满意的女佣似的。她继续说道："真理仪不会确切地告诉我我想知道的东西，但你会帮我发现，否则我可能就得靠八卦和那些棍子了。但不管怎样，我认为图像更容易。我要取下这些东西了。"她说着把电极板从头上拿了下来。

马隆博士递给她一张纸巾，让她擦掉那些凝胶。她收起了电线。

"那你要走了？"她说，"哦，你无疑让我度过了奇怪的一个小时。"

"你要让它用语句显示吗？"莱拉问道，她拿起了背包。

"我敢说，它和填基金申请表的作用一样大，"马隆博士说，"不，听着，我想让你明天再来，你行吗？同一时间？我想让你演示给别人看。"

莱拉眯了眯眼睛。这会不会是个陷阱？

"哦，好吧，"她说，"但你要记住，我想要知道一些事情。"

"是的，当然。你会来吗？"

"会的，"莱拉说，"如果我说会来，我就会来的，希望我能帮到你。"

然后她就离开了。门卫从桌边抬起头看了一眼，然后又回去看他的报纸了。

"冰原岛峰挖掘，"考古学家坐在椅子里摇晃着说道，"你是一个月内问这件事的第二个人。"

"那个人是谁？"威尔问道，他立刻警惕起来。

"我想他是个记者吧，我不能肯定。"他说。

"他为什么要了解这件事？"他问。

"和那次旅行中失踪的一个人有关。探险队失踪的时候正是冷战时期——星球大战，那时你还小，可能不记得。美国人和俄国人在北极地区建造巨大的雷达站……总之吧，我能为你做什么？"

"那好，"威尔说道，他竭力保持平静，"我就是想了解那次探险，真的，因为学校布置了一项关于史前人类的研究作业，我读了关于探险队失踪的文章，我很好奇。"

"哦，你知道的，不止你一个人。那时候，这件事曾轰动一时。我帮那个记者都查到了。那只是一次初步考察，并不是严格意义上的挖掘。在还不知道是不是值得花时间去挖掘时，人们不会开始挖掘。所以那个小组去勘察一些地点，准备写一份报告。总共有六七个傻瓜蛋，有时候这种探险需要把不同类型的人组织在一起——你知道的，地理学家或是别的什么人——以便分担开支。他们研究他们的，我们研究我们的。这样，那个队里就有一个物理学家。我想他要找一种高空大气粒子。极光，你知道的，就是北极光。显然，他带着配备了无线电发报机的热气球。

"他们之中还有一个人，曾经当过海军，是职业探险家。他们去了一个相当荒凉的地区。在北极地区，北极熊经常成为威胁，考古学家能处理一些事情，但他们并没有受过射击训练，所以有一个会射击、导航和宿营等所有生存技能的人会非常有用。

"但后来他们都失踪了。他们原来和当地一个考察站保持着无线电联络，但有一天信号没有出现，他们什么都没有听见，后来他们也没有收到过信号。那时有过一场大风雪，但那很平常。搜救队发现了他们的最后一个帐篷，虽然北极熊吃光了里面的干粮，但那个帐篷相当完整，那里没有任何探险队员的痕迹。

"恐怕我能告诉你的就是这些了。"

"好的，"威尔说，"谢谢你。嗯……那个记者，"他在门口停下来，继续问道，"你说他对其中一个人很感兴趣，是哪一个？"

"是个探险家，一个叫佩里的人。"

"他长什么样？我是说那个记者。"

"你为什么要打听这个？"

"因为……"威尔想不出合适的理由，他真不该问这个问题，"没什么原因，我就是好奇。"

"我记得他是一个高大的白人，浅黄色头发。"

"好的，谢谢。"威尔说着转身走了。

那个人一言不发地注视着他离开房间，皱起了眉头。威尔看见他的手伸向电话，便迅速离开了那栋楼。

他发现自己在发抖。那个所谓的记者就是去过他家的那伙人中的一个：个子很高，浅黄色毛发，看上去好像没长眉毛或是眼睫毛。他不是被威尔撞下楼的那个人，而是威尔跑下楼梯，从那具尸体上跳过时，在起居室门口出现的那个人。

他可不是记者。

附近有一个大博物馆。威尔继续走着，手中拿着笔记本，好像在工作，他在一个挂着图片的陈列室里坐了下来。他颤抖得厉害，觉得恶心想吐，因为有一个念头一直在压迫着他——他杀了人，他是杀人凶手。他一直压制着这个念头，现在这个念头却越来越逼近他。他夺走了那个人的生命。

他一动不动地坐了大约半小时，这是他经历过的最难熬的半小时。人们来来往往，观看着图片，轻声讲着话，丝毫没有注意他，陈列室的工作人员背着双手在门口站了几分钟，然后慢慢踱开了。威尔为他干过的事恐惧万分，他呆若木鸡。

慢慢地，他平静多了。他是在保护他的母亲，他们一直在恐吓她，他们明知她的健康状况，还迫害她。他有权保卫自己的家，父亲也会希望他这么做的。他这么做光明正大，他是为了阻止他们偷走那只绿色的皮文具盒，他是为了找到父亲，难道他没有这个权利吗？他又想起了所有那些童年的游戏，他和父亲在雪崩时、在与海盗的搏斗中救助对方。现在，这些都是真的了。我会找到您的，他在心中说道。帮助我，我会找到您的，我们会照顾妈妈，一切都会好起来的……

毕竟，他现在有个藏身之处，一个非常安全、没有人会找到他的地方。文具盒里的文件（他还没来得及去看）被他藏在喜鹊城的床垫下，也很安全。

最后他注意到人们开始有目的地朝同一个方向走动，他们准备离开了，因为博物馆的工作人员对他们说还有十分钟就要关门了。威尔打起精神也离开了。他发现自己走在去商业大街的路上，那个律师的办公室就在那条街上，他在犹豫要不要去见他，尽管他说过那些话。可那人听起来还是很友善的……

但就在他下定决心要穿过马路走进办公室的时候，他突然停住了。

浅黄色眉毛的高个子男人正从一辆车里出来。

威尔立刻若无其事地转过身，看着旁边珠宝店的橱窗。他看见了那人的影子，那人看看四周，扶正领带结，走进了律师的办公室。他一进去，威尔就溜走了，他的心脏又狂跳起来。没有什么地方是安全的。他失魂落魄地走向大学的图书馆，在那里等待莱拉。

5. 航空信

"威尔。"莱拉叫道。

她声音很轻，但威尔还是被吓着了。她就坐在他身边的长凳上，可威尔压根儿就没看见她。

"你去哪儿了？"

"我找到了我的院士！她叫马隆博士。她有一台仪器，能看到尘埃，她准备让它说话——"

"我没看见你来。"

"你没注意看，"她说，"你一定是在想别的事情。找到你真好。瞧，糊弄别人很容易，看我的。"

两个警察向他们走来，一男一女，迈着相同的步子。他们穿着夏天的白色衬衫，带着无线电对讲机和警棍，还有怀疑的眼神。他们还没有走到长凳前，莱拉就站起来跟他们说话。

"对不起，您能告诉我博物馆在哪儿吗？"她说，"我和我哥哥应该在那儿和我们的父母见面，可是我们迷路了。"

男警察看着威尔。威尔遏制住怒火，耸了耸肩，像是在说："她说得没错，我们是迷路了，是不是挺傻的？"那人笑了。女警察说道："哪个博物馆？是阿什莫林博物馆[1]吗？"

"对，就是它。"莱拉说。女警察告诉她怎么走，她假装认真地听着。

威尔起身说道："谢谢。"然后他和莱拉一起离开了。他们没有回头，其实那两个警察早就对他们失去了兴趣。

"看见了吗？"她说，"如果他们来找你，我会把他们打发走。因为他们不会找一个有妹妹的人，我最好从现在开始就跟你在一起。"他们转过拐角后她又开口了，语气中带着责备，"你一个人是不安全的。"

他一言未发，他的心愤怒地狂跳着。他们来到一个广场，那儿有一栋铅制圆顶建筑，广场周围是蜜糖色的大学楼群和一个教堂，花园围墙上方有宽大的树冠。午后的阳光是最温暖的，空气中呈现出浓郁的金色葡萄酒的颜色，树叶一动不动，在这个小广场里，连车辆的噪声都小了许多。

她终于注意到了威尔的情绪，于是她问道："怎么了？"

"你要是跟别人说话，你就引起了他们的注意。"他用颤抖的声音说道，"你应该保持安静，这样别人就会忽略你。我一直都是这么做的，我知道怎么做。而你的方式，你却——你暴露自己，你不该那样。你不该把它当儿戏，你太不当回事了。"

"你这么想吗？"她说，她的怒气也升了上来，"你以为我不会撒谎？到目前为止我撒谎是最棒的，但我没有对你撒谎，永远也不会，我发誓。你现在很危险，如果我刚才不那么做，你会被抓起来的。你没注意到他们盯着你看吗？因为他们一直就在看着你，你太不小心了。如果你问我的意见，我觉得不当回事的是你。"

"我要是不当回事的话，我还在这儿等你干什么？我本来可以跑到好几英里之外，或者离开他们的视线范围，躲在另一个城市。我还有自己的事要干，我等在这儿就是为了帮你，别说我不当回事。"

"你必须脱险。"她很恼火。没人能用这种方式跟她讲话，她是贵族，她是莱拉，"你必须脱险，不然你永远也找不到你的父亲。你这么做是为你自己，不是为我。"

---

1 阿什莫林（Ashmolean）博物馆，在英国牛津大学。

他们小声而激烈地争吵着，因为广场里很安静，附近路过的行人都很好奇。但当她说出这句话时，威尔停住了，他不得不靠在旁边的学院围墙上，他脸色苍白。

"关于我父亲你都知道些什么？"他轻声问道。

她用同样的音调答道："我什么都不知道，我只知道你在找他。我问的就是这个。"

"问谁？"

"当然是真理仪了。"

他好一会儿才想起来她指的是什么，他看上去那么生气，那么疑心重重，于是她从背包里拿出真理仪，说道："好吧，我给你看。"

她坐在广场中央草地边的石头路沿上，头伏在那台金色的仪器上，开始转动指针，她的手指动作飞快，令人目不暇接。当那根细长的指针扫过表盘，在这里或那里停一会儿的时候，她停了几秒，然后她又飞快地转动指针。威尔抬起头来小心地看看周围，但附近没有人。有一群游客抬头看着那栋圆顶建筑，一个卖冰激凌的小贩推着车走在甬道上，但那些人都没有注意他们。

莱拉眨了眨眼，叹了口气，仿佛刚从睡梦中醒来。

"你的母亲病了，"她轻声说，"但她很安全，有一位女士在照顾她。你拿了一些信后逃跑了。还有一个人，我想他是个小偷，你杀了他。你正在寻找你的父亲，还有——"

"好了，别说了，"威尔说，"够了，你没有权利这样窥探我的生活。不许你再这么干了，这简直是窥探。"

"我知道什么时候停止询问，"她说，"真理仪几乎就像人一样，我知道它什么时候生气，或是有什么事不想让我知道，我能感觉到。可是昨天你不知从什么地方冒了出来，我必须问一下你是什么人，不然我可能不安全，我不得不这么做。它还说……"她的声音又低了一些，"它说你是个杀人凶手，于是我想，很好，他是个可以信任的人。但在刚才之前我并没有多问关于你的事。如果你不希望我再问，我保证我不会再问的。这不是窥探隐私，如果我不干别的，只是窥探别人的话，它是不灵的。我很了解它，就像我对自己的牛津一样了解。"

"你应该问我，而不是问那玩意儿。它有没有说我父亲活着还是死了？"

"它没说，因为我没有问。"

这会儿他们都坐着。威尔疲惫地用双手抱着头。

"好吧，"他终于说，"我觉得我们应该彼此信任。"

"没问题，我信任你。"

威尔严肃地点点头。他太累了，在这个世界连睡一觉的可能性几乎都没有。虽然莱拉不善于观察，但他的举止中有某种东西让她觉得：他很恐惧，但他控制着自己的恐惧，就像埃欧雷克·伯尔尼松说过的"我们不得不这么做"，就像我在冰湖边的鱼库里时那样。

"还有，威尔，"她加了一句，"我不会向任何人出卖你的，我保证。"

"好。"

"以前我出卖过别人，那是我所做过最糟糕的事情。我以为我是在救他，可是我把他带到了最危险的地方。我为此痛恨自己，恨自己的愚蠢。所以，我会加倍小心，不马虎大意，不忘记事情，不出卖你。"

他没说话。他揉了揉眼睛，又使劲眨了眨，努力使自己清醒。

"我们要再晚一些才能去那个窗口，"他说，"白天我们不能从那儿过，要是有人看见就麻烦了，我们不能冒这个险。现在我们得闲逛几个小时……"

"我饿了。"莱拉说。

他说："我知道了！我们可以去电影院！"

"然后呢？"

"我会告诉你的。那儿我们还可以弄到点儿吃的。"

市中心有一家电影院，走路只要十分钟。威尔买了两张票，还买了热狗、爆米花和可乐。他们把吃的东西带进去，刚坐下，电影就开始了。

莱拉看入迷了。她看过幻灯片，但她的世界里从没有过电影院。她狼吞虎咽地吃着热狗和爆米花，大口喝着可乐，因为荧幕上的人物惊讶或高兴地大笑。幸亏观众里有很多孩子，也很吵闹，她的激动还不至于使人疑心。威尔闭上眼一下子就睡着了。

他醒来时听到周围椅子翻动的声音，人们纷纷退场了，他在亮光里眨着眼睛。他的手表显示已经晚上八点一刻了，莱拉很不情愿地离开了电影院。

"这是我一生中看过的最好的东西，"她说，"我不知道在我的世界里他们为什么没有发明它。我们也有比你们这儿更好的东西，但它比我们那儿发明的任何东西都好。"

威尔一点儿也没记住那部电影的内容。外面还很亮，马路上也很热闹。

"你想再看一场吗？"

"想啊！"

他们又去了离拐弯处几百码远的另一家电影院，又看了场电影。莱拉双脚蜷在椅子上，两手抱着膝盖，威尔则让自己的大脑一片空白。这一次当他们出来时，已经将近晚上十一点钟——这样就更好了。

莱拉又饿了，于是他们又从一个小推车那儿买了汉堡包，边走边吃，对她来说这可真新鲜。

"我们都是坐下来吃东西，以前我从没见过边走边吃的人，"她告诉他，"这儿有那么多不同之处。比如汽车吧，我就不喜欢。但我喜欢电影院和汉堡包，非常喜欢。还有那位院士，马隆博士，她要让那台机器用语句表达，我刚知道她的计划。明天我还要去找她，看看她研究到什么程度了，我肯定能帮她。也许我还能让院士们给她所需要的钱。你知道我父亲——阿斯里尔勋爵——是怎么做的吗？他跟他们开了个玩笑……"

他们走在班伯里路上，她告诉他那天晚上她怎么躲在衣橱里，看阿斯里尔勋爵给乔丹学院的院士们展示真空罐里斯坦尼斯劳斯·格鲁曼被砍下的头颅。既然威尔是这么好的一位听众，于是莱拉又继续给他讲其余的故事，从她逃出库尔特夫人的公寓开始，到她意识到是她导致罗杰死在斯瓦尔巴冰冷的悬崖上的那个时刻。威尔未加评论，他满怀同情地认真听着。她那些关于热气球旅行、披甲熊和女巫，还有教会复仇军队的讲述，似乎都比不上他那美丽寂寥而又安全的海上城市的幻梦——显而易见，那不可能是真的。

但最终他们还是来到环路和角树下，现在车辆已经不多了：每分钟至多有一辆车。窗口就在那儿，威尔觉得自己在微笑，就要平安无事了。

"等到没有车的时候，"他说，"现在我要过去了。"

片刻之后他已经站在棕榈树下的草地上了，不一会儿莱拉也跟了过来。

他们觉得又回到了家，那宽广无边的温暖的夜晚，花和大海的香味，还有那片寂静，他们像是沐浴在宜人的泉水中。

莱拉伸了个懒腰，打了个哈欠。威尔感觉到肩头卸下了一副重担，他一整天都扛着它，都没注意到它快要把他压垮了，但现在他感到浑身轻松。

就在这时莱拉抓住了他的胳膊，这时他也听到了使她这么做的声音。

在离小饭馆不远处的街道上，有什么东西在尖叫。

威尔立刻朝那声音走去，他走向月光掩映下的小巷深处，莱拉跟在后面。他们拐了几个弯，来到那天早晨见过的那个石塔前面的广场。

在塔底下，有二十几个孩子面朝里围成一个半圆，有的手中拿着棍子，有的在向墙下被捉住的什么东西扔石块。起初莱拉还以为那是另外一个孩子，但从圆圈里传出一声可怕的尖声嚎叫，那不是人的声音。孩子们也发出了尖叫，带着恐惧和仇恨。

威尔跑向那帮孩子，把一个小孩拽到一边，那是一个和他差不多年纪的小孩，穿着条纹 T 恤衫。他转过身时，莱拉看到他黑眼珠周围的一圈白。这时其他的小孩也注意到了发生的事，他们都停下来看是怎么回事。安吉莉卡和她的小弟弟也在那里，手中拿着石块。所有孩子的眼睛都在月光下闪闪发亮。

他们安静下来，只有那尖厉的嚎叫声还在继续，这时威尔和莱拉都看见了：那是一只花斑猫，它蜷曲在塔墙的下面，耳朵破了，尾巴耷拉着。是那只猫，就是威尔在森德兰大街看见的那只猫，长得像莫西，是它带领威尔发现了那个窗口。

他一看见它，就一把推开拽住的那个男孩。那个男孩被摔到地上，立刻又爬起来，他怒气冲冲，但其他的男孩都往后拉着他。威尔则早已蹲在那只猫旁边。

这会儿它躺在他的臂弯里，它躲到他胸口，他把它抱得更紧了。他面向那帮小孩站着，有一刹那莱拉甚至以为他的精灵终于出现了。

"你们为什么要伤害这只猫？"他质问道。他们回答不出，他们站在那儿，因为威尔的愤怒而发抖。他们呼吸沉重，紧紧抓着棍子和石头，说不出话。

这时传来安吉莉卡清晰的话音："你们不是这儿的！你们不是喜鹊城的！你们不知道妖怪，也不知道猫。你们和我们不一样！"

被威尔打倒的穿条纹 T 恤的那个男孩浑身发抖，准备打架。要不是威尔臂弯里的那只猫，他早就对威尔拳脚相向了，威尔也会乐意奉陪的。两人之间有一股仇恨的电流，只有暴力才能将它传导到地面。但那个男孩害怕这只猫。

"你们从哪儿来？"他轻蔑地问道。

"我们从哪儿来并不重要，如果你们害怕这只猫，我会把它带走，如果它对你们预示着厄运，那它会给我们带来好运。现在给我滚开。"

有一阵威尔以为他们的仇恨会战胜恐惧，他准备把那只猫放到地上后开始搏斗，但就在这时从那帮小孩身后传来一声响雷般的咆哮，他们转身一看，莱拉站在那里，双手搭在一只美洲豹的肩上，那只豹子张开嘴咆哮着，尖利的牙齿闪着白光。就连认识潘特莱蒙的威尔都被吓了一跳。这对那帮小孩产生了戏剧性的效果：他们转身就逃。几秒后广场上已空无一人。

在他们离开之前，潘特莱蒙的一声咆哮提醒了莱拉，她抬头看了看那座塔，她看见塔顶上有人从墙垛上往下看，他不是小孩，而是个一头卷发的年轻人。

半小时后他们已经在小饭馆楼上的公寓里了。威尔找到一听炼乳，那只猫饥饿地舔着，然后又开始舔它的伤口。潘特莱蒙因为好奇也变成了猫的模样，那只花斑猫起初怀疑地竖起了身上的毛，但它很快发现，不管潘特莱蒙是什么，它不是一只真正的猫，也不构成任何威胁，于是接下来就对它视若无睹了。

莱拉注视着威尔着迷地照顾这只猫，在她的世界里她唯一接近过的动物（除了披甲熊）是各种各样的工作动物。猫不是宠物，而是乔丹学院用来捕捉老鼠的。

"我想它的尾巴断了，"威尔说，"我不知道该怎么办，也许它会自己好起来的。我在它耳朵上涂点蜂蜜，我在什么地方看到过，它是杀菌的……"

那真是一团糟。但至少它一直舔着，伤口会变得越来越干净。

"你能确定它是你看到的那只猫吗？"她问。

"哦，是的。如果他们都这么怕猫的话，这儿一定没有几只猫。它可能是找不到回去的路了。"

"他们真的疯了，"莱拉说，"他们会要了它的命的，我从没见过这样的小孩。"

"我见过。"

他沉下了脸，他不愿谈这个。她明白最好别问他，更别去问真理仪。

她累极了，于是不久她就上了床，立刻就睡着了。

过了一会儿，那只猫也蜷起身子睡着了，威尔端了一杯咖啡，拿着那只绿色的皮文具盒，坐在阳台上。从窗户透进来的光线足够他阅读的，他想看那些东西。

那不像他想的那么多。都是信，用黑色的墨水写在航空信笺上，是他十分渴望找到的人亲笔所书。他的手指在上面一遍遍地摸着，他把脸贴在信笺上，想和父亲靠得更近一些。这时他开始读信：

费尔班克斯[1]，阿拉斯加。

1985 年 6 月 19 日，星期三

我亲爱的——还是通常的效率和混乱的集合——所有的物资都到位了，除了那个物理学家，一个叫纳尔逊的和气的傻瓜，他还没做好把热气球升上山顶的准备——他忙着准备交通工具，而我们在这里闲得无聊。但这就意味着我有机会和一个上次认识的小伙子聊天，他叫杰克·彼得森，是个金矿工人。我在一个邋遢的酒吧里找到了他，在电视棒球赛的吵闹声中我问他关于那个奇异地方的事情。他不愿在那里聊——把我带到他的房间里。借着一

1　费尔班克斯（Fairbanks），阿拉斯加中部的一座城市。

瓶杰克丹尼威士忌，他聊了很长时间——他自己没见过，但他曾经遇到过一个因纽特人，那个因纽特人见过——那家伙说那是一个进入神灵世界的通道。他们因纽特人知道这一点已经几百年了，据说有个卖药人曾经去过，还带回来一件什么纪念品——尽管有些人再也没回来过。不管怎样，老杰克的确有一张这个地区的地图，他还标出了那个家伙告诉他的那个东西所在的位置（以防万一：北纬69° 02′ 11″，西经157° 12′ 19″，在科尔维尔河向北一两英里处的卢考特岭上）。然后我们又聊起了北极地区的其他传说——一艘无人驾驶的挪威船漂流了六十年，诸如此类。考古学家们是一支好样的队伍，他们忍耐了对纳尔逊和他热气球的不耐烦，勤奋工作。他们都没听说过那个奇异的地方。所以，相信我，我会保守这个秘密。深爱你们俩。约翰。

乌米阿特，阿拉斯加。

1985年6月22日，星期六

我亲爱的，物理学家纳尔逊——我曾把他叫作和气的傻瓜，到此为止——其实他压根儿不是这种人，如果我没有搞错的话，他自己一定是在寻找那个奇异的地方。在费尔班克斯的停顿是他一手导演的，你信不信？他知道队里人不会愿意等在这里，除非有一个不争的理由，比如没有交通工具，他却亲自取消了预订的车辆。我是偶然发现这一点的，我正要去问他到底搞什么名堂时，听到他在用无线对讲机与别人通话——描述那个奇异的地方，和我知道的一样多，只不过他不知道位置。后来我请他喝酒，假装是个咋咋呼呼的大兵，老北极，喜欢高谈阔论宇宙万物。我假装用科学的局限性来引逗他——比如说你一定无法解释大脚怪的存在等——紧紧地盯着他，然后他开口说出了那个奇异的地方——因纽特人关于灵魂世界通道的传说——无形无迹——在卢考特岭附近的某个地方，你信不信，那正是我们要去的地方，想一想吧。然后你就知道，他已醒悟过来了，他知道我指的是什么。但我假装毫不注意，继续跟他讲巫术和扎伊尔豹的故事，这样我希望他会把我当成一个迷信的傻大兵。不过我是对的，伊莱恩——他也在寻找它。问题是，我告不告诉他呢？深爱你们俩——约翰。

科尔维尔沙洲，阿拉斯加。
1985年6月24日，星期一

亲爱的——短期内我不会有机会再寄信给你了——这是我们上布鲁克斯岭之前的最后一个小镇。考古学家们为即将上山而兴奋不已。有个家伙坚信他会发现更早期的人类居住环境，比任何人猜测的都早。我问那究竟有多早，为什么他如此坚信。他告诉我，他在以前某次挖掘中找到一块独角鲸的鲸牙雕刻，在那上面他发现了——碳十四——可以追溯到令人难以置信的年代，这超出了以前的估计，真是不同寻常。如果他们从另外一个世界穿过那个奇异的地方来到这儿，那不是很奇怪吗？说到物理学家纳尔逊，他现在已经是我的好朋友了——他跟我捉迷藏，暗示他晓得我清楚他知道的东西，等等。我装作是傻上校佩里，一个处于困境却并未深陷其中的大个子。但我知道他在找它，因为，尽管他也是一个名副其实的科学家，但实际上他的资金来自国防部——我知道他们使用的财务代码。还有他那个所谓的气象热气球根本不是那么回事，我看了吊篮里面——有一件防辐射服，千真万确。这很奇怪，亲爱的。我会坚持我的方案，把考古学家们带到目的地后，我就自己离开几天，寻找那个奇异的地方。如果我与纳尔逊在卢考特岭不期而遇的话，我会随机应变的。

又及：真是好运气。我遇见杰克·彼得森的朋友，因纽特人马特·基加利克，杰克曾告诉我到哪儿可以找到他，但我没敢奢望他会在那儿。他告诉我苏联人也在寻找那个奇异的地方，今年早些时候他在山上遇见过一个人，他怀疑他的行为，就偷偷观察了他几天，结果他猜对了，那是一个俄罗斯间谍。他就告诉我这么多，我觉得他后来干掉了他。但他把那地方描述给我听了，那就像是空中的一个缺口，像是一个窗口，透过它你会看到另外一个世界，但那不容易发现，因为那边的世界和这边一模一样——也是石头和苔藓等。那儿有一块高大的岩石，形状就像一头站着的熊。岩石后面大概五十步远的地方有一条小河，那个窗口就在这条河的北边。杰克告诉我的位置不太准确——它更接近北纬12°，而不是11°。

祝我好运吧，亲爱的。我会从神灵世界带个纪念品给你。我永远爱你们——替我吻吻儿子——约翰。

威尔觉得自己的头在嗡嗡作响。

他父亲描述的正是他自己在角树下发现的东西。他也发现了一个窗口——他甚至用同样的一个词描述它！所以威尔的方向一定没错，那伙人一直在寻找的也正是它……所以它一定也很危险。

他父亲写那封信的时候威尔还是个婴儿。七年后，在超市的那个早晨，他意识到母亲处于危险之中，他必须保护她。在那之后的岁月里，他慢慢认识到这危险存在于她的内心，他更加要保护她。

再然后，他认识到这残酷的现实：她内心的恐惧还不是全部，的确有人在追查她——追查这些信件和消息。

他不知道那意味着什么，但能和父亲分享这么重要的秘密，他由衷地感到高兴，约翰·佩里和他的儿子威尔各自发现了这件非同寻常的事，当他们见面时就可以谈论它，父亲会为威尔跟随他的足迹而骄傲的。

夜晚一片宁静，大海沉默着。他把信叠起来收好，然后就睡着了。

6. 发光的飞翔者

"格鲁曼？"留着黑胡子的毛皮商人问道，"从柏林学院来的吗？那个人真是不顾一切，五年前我在乌拉尔山最北部见过他。我以为他已经死了。"

老朋友萨姆·坎西诺和李·斯科斯比一样，也是得克萨斯人，他坐在萨莫斯基旅馆的酒吧里，那儿的地面铺着沥青，屋里烟雾弥漫。他灌下一杯冰凉的伏特加烈酒，把盛着腌鱼和黑面包的盘子推到李的面前。李吃了一口，向萨姆点点头，等着他告诉他更多。

"他掉进了一个俄罗斯人设下的愚蠢陷阱，"毛皮商继续说道，"他的腿被割破了，骨头都露了出来。他不用通常的药品，而是用熊会用的那种东西——血苔藓，也是一种地衣，而不是真正的苔藓。他躺在雪橇上，一会儿因为疼痛大叫大嚷，一会儿向他的手下发布命令——他们正在测星光，他们必须测准了，否则他会大声批评他们，他的舌头就像一根带刺的电线。他瘦瘦的，粗野有力，对什么事都好奇。你知道他加入了鞑靼部落吗？"

"真的吗？"李·斯科斯比说着又往萨姆的杯子里倒了些伏特加酒。他的精灵，赫斯特，在吧台上蜷着身子，靠着他的胳膊，像往常那样半闭着眼睛，耳朵耷拉在背上。

李是下午到的，他借助女巫唤起的风来到诺瓦赞布拉，他到达后，一装好设备就来到了靠近装鱼站的萨莫斯基旅馆。许多北极漂网渔船停泊在这里，人们交流新闻，寻找工作，或是互相捎信。以前李·斯科斯比在这儿也待过几天，等工作合同，等乘客，或是等合适的风向，所以现在他的行为也没有什么奇怪的。

人们感觉到周围巨大的变化，纷纷聚在一起谈论。每过一天都会传来更多的消息：今年的同一时节，叶尼塞河的冰又融化了，有一部分的海洋干涸了，在海床上留下奇形怪状的石块，一条一百英尺长的鱿鱼从一艘船上抓走三个人，把他们撕成碎片……

寒冷的浓雾源源不断地从北方涌来，有时还带来不可思议的亮光，其中隐隐约约有巨大的形状，还有神秘的声音。

总之这不是工作的好时候，因此萨莫斯基旅馆的酒吧里挤满了人。

"你是说格鲁曼吗？"坐在吧台前的一个人问道。他上了年纪，一副海豹猎人的装扮，他的旅鼠精灵从他的口袋里神情严肃地向外张望着。"他是一个鞑靼人。他加入那个部落时我刚好在场，我看见他在自己脑袋上钻了孔。他还有另外一个名字——鞑靼人的名字，我要想一想。"

"这样好不好？"李·斯科斯比说，"我请你喝酒，我的朋友，我正要打听这个人的消息。他加入了哪个部落？"

"叶尼塞部落。就在谢苗诺夫山的山脚下，靠近叶尼塞河和那条什么河的汇合处——河的名字我忘了——是一条从山上流下来的河。码头附近有一块房子那么大的石头。"

"啊，没错，"李说，"我想起来了。我曾经从那上面飞过去。你说格鲁曼在自己的脑袋上钻孔？为什么会那样？"

"他是个大祭司，"猎海豹的老人说道，"我想那个部落接受他之前知道他是个祭司。钻孔的仪式持续了两个夜晚和一个白天。他们用的是一个弓钻，用来引火的那种。"

"啊，那就说明那些人对他言听计从。"萨姆·坎西诺说，"他们是我见过的最粗野的无赖，可他们却像紧张的孩子一样跑前跑后，听从他的吩咐，我觉得是他的咒语起了作用。如果他们认为他是祭司，效果就更强了。但是你知道的，那个人的好奇心就像狼的下巴一样重，他不愿放弃。他让我告诉他我知道的所有地形知识以及狼和狐狸的生活习性。他那次掉进俄罗斯人的陷阱后很遭罪，腿被割破了，他就自己记录血苔藓的疗效，量体温，观察伤口痊愈，对每件事都做记录……一个奇怪的人。曾经有个女巫想当他的情人，但被他拒绝了。"

"是那样的吗？"李说，他想起了塞拉芬娜·佩卡拉的美丽。

"他不该那么干，"海豹猎人说，"一个女巫向你示爱，你就该接受。否则，如果有什么灾祸降临那就是你自己倒霉了。这就像在祝福或诅咒两者之间进行选择，但你不能两者都不选。"

"也许他有原因。"李说。

"如果他理智点，那就会是件好事。"

"他顽固不化。"萨姆·坎西诺说。

"也许他忠于另外一个女人，"李猜测道，"我听说过别的关于他的事情。我听说他知道一些有魔法的东西在哪里，我不知道那是什么，谁拥有它就会得到它的保护。你听说过这个故事吗？"

"是的，我听说过。"海豹猎人说，"他自己没有，但他知道它在哪儿。有一个人想让他说出来，格鲁曼就杀了他。"

"他的精灵，"萨姆·坎西诺说，"有点奇怪，她是一只鹰，黑色的鹰，头和胸脯是白色的，我从没见过这种鸟，也不知道她叫什么。"

"她是只鱼鹰，"在旁边听着的酒吧招待员说道，"你们是在说斯坦尼斯劳斯·格鲁曼吗？他的精灵是只鱼鹰，捕鱼的鹰。"

"他怎么了？"李·斯科斯比问。

"哦，他遇到苏克埃林人在白令地区的激烈战斗。上次我听说他被打死了，"海豹猎人说，"他一下子就被打死了。"

"我听说他们砍下了他的头？"李·斯科斯比说。

"不，你们都错了，"酒吧服务员说，"我知道，因为我认识一个跟他在一起的因纽特人。大概是他们在库页岛[1]的什么地方露营，后来发生了雪崩。格鲁曼被埋在万吨巨石下，那个因纽特人亲眼看见的。"

"我不明白的是，"李·斯科斯比说，他举着酒瓶让了一圈，"那人在干

---

1 库页岛（Sakhalin），在俄罗斯东北部，也叫萨哈林岛。

什么。也许他在勘探石油？或者他是一名军人？或是和哲学有关？萨姆，你刚才说什么测量，那是什么？"

"他们在测量星光，还有极光。他对极光有股热情，不过我想他的兴趣主要还是在废墟和古老的东西上。"

"我知道谁能告诉你更多，"海豹猎人说，"山顶上有个天文台，属于皇家莫斯科学院，他们能告诉你。我知道他曾经不止一次到过那里。"

"李，你打听这些究竟要干什么？"萨姆·坎西诺问。

"他欠我一笔钱。"李·斯科斯比说。

这个解释很令人满意，于是他们立刻不再好奇。话题又转到每个人都关心的事情上：正在他们周围发生的、谁也不能理解的灾难性变化。

"那些渔民，"海豹猎人说，"他们说可以一直把船开到新世界里。"

"有一个新世界吗？"李·斯科斯比问。

"只要这该死的雾一散，我们就能知道。"海豹猎人充满自信地说，"这事刚发生时，我刚好在皮船上望着北方。我永远都不会忘记我看见的一切。陆地不仅没有在地平线那边消失，反而一直延伸着。不管我能看多远，我看见的永远是陆地、海岸线、山脉、港口、绿树、玉米地，一直延伸到天空里。我告诉你们，我的朋友，那景观，即使用上五十年的路程都值得去看一看。本来我可以头也不回地一直划到天那边，划进那片平静的大海，但后来起了大雾……"

"从没见过这样的雾，"萨姆·坎西诺嘟囔着，"这雾可能要持续一个月，也许更长。但你想从斯坦尼斯劳斯·格鲁曼那里要回钱来，那你的运气可真是够糟糕的，李。这人已经死了。"

"啊！我想起来他的鞑靼名字了！"海豹猎人说，"我刚想起来他们在钻孔的时候叫他的名字，听上去像是叫约帕里。"

"约帕里？我从没听过这样的名字，"李说，"我猜可能是日语。那好吧，如果我想要回我的钱，也许我能查查他的继承人，或者也许柏林学院能结算这笔账。我要去问天文台，看看他们能不能给我一个地址。"

天文台在北方，离这儿还有一段距离。李·斯科斯比雇了一架狗拉雪橇和一个车夫。要找一个愿意在大雾中冒险的人并不容易，但李很会说服人，也许是他的钱能说服人，总之一个从鄂毕地区来的年老鞑靼人经过一番讨价还价，终于同意带他去那儿。

车夫并不依靠指南针，也许他根本就找不到指南针，他靠其他东西掌握方向——他的北极狐精灵是其中之一，北极狐坐在雪橇前端，凭着敏锐的嗅觉寻找前进的道路。李不管到哪里都带着指南针，但他认识到地球的磁场已经像其他所有事物一样一团糟。

当他们停下来煮咖啡的时候，老车夫说："这事儿以前也发生过。"

"什么，你是说天裂开来？以前也有这事儿？"

"千万年前，许多人还记得。很久很久以前，千万年前。"

"他们怎么说？"

"天裂开来，神灵在不同的世界间移动。所有的陆地都挪动了，冰融化成水，重新结冰。后来神灵把那个洞堵上，填了起来。但女巫们说，北极光后面的天空很薄。"

"要发生什么事吗，乌迈克？"

"跟以前一样的事，一切重演。只不过它还将伴随着大麻烦——大战争，神灵间的战争。"

车夫不愿告诉他更多，于是他们又继续前进，在坑坑洼洼中小心缓慢地探索着道路，躲避着苍白雾气中隐约显现的黑色岩石的尖角。

这时老人说："天文台就在那里。现在你步行上去吧，那条路的弯道太多，雪橇去不了。你要回去的话，我在这里等你。"

"是的，我完事之后就要回去，乌迈克。你给自己生一堆火，我的朋友，坐下来好好歇一会儿吧。我可能要去三四个小时。"

李·斯科斯比出发了，赫斯特躲在他外套里胸口的位置，经过一小时艰难的攀登，他突然发现前面有一堆建筑，像是被一只巨人的手托放在那里。不过，他看见这些是因为雾气暂时散去。过了一会儿，大雾重新掩盖了那些建筑。他看到主天文台的大圆顶，离它不远处，还有一个小一点儿的。它们之间是行政楼和住宿区。没有灯光，为了不妨碍在黑暗中使用天文望远镜，灯光都被管制了。

　　他到达后没用几分钟，就和一群天文学家聊了起来。他们急切地盼着他能带来一些新闻，很少有自然科学家会像大雾中的天文学家那么恼火。他告诉他们他的所见所闻，当这些话题都被谈论过以后，他开始打听斯坦尼斯劳斯·格鲁曼。天文学家们好几个星期都没见到一个来客，他们都急于跟他交谈。

　　"格鲁曼？是的，让我来告诉你有关他的事情，"主任说，"他是个英国人，且不论他的名字。我记得——"

　　"肯定不是，"他的副手说，"他是皇家柏林学院的成员，我在柏林见过他，我敢肯定他是德国人。"

　　"不，我想你会发现他是英国人，再说他英语说得好极了，"主任说，"但我同意，他的确是柏林学院的成员。他是个地理学家——"

　　"不，你错了，"另外一个人说，"他的确研究地球，但不像地理学家那样研究，我曾经跟他聊过很长时间。我觉得你们应该称他为古考古学家。"

　　他们一共五个人，围坐在桌子边。这个房间既是他们的公共休息室，又是起居室、餐厅、酒吧、娱乐室，几乎具备了所有的功能。他们中有两个俄罗斯人，一个波兰人，一个约鲁巴人，还有一个苏克埃林人。李·斯科斯比感觉到，这个小团体很高兴有客人来访，只要他能让大家聊天交流的话题有些改变。波兰人是最后一个说话的，后来被约鲁巴人打断了：

　　"你说的古考古学家是什么意思？考古学家研究的本来就是古老的东西，你为什么还要在前面加上一个'古'字呢？"

　　"他研究的领域古老得超乎你的想象，他在寻找两三万年前的文明遗迹。"波兰人答道。

　　"胡说八道！"主任说，"完全是胡说八道！这人在跟你捣乱呢。三万年前的文明？哈！证据在哪里？"

　　"在冰层下面，"波兰人说，"关键就在这儿。根据格鲁曼的研究，地球的磁场在过去不同时期有过巨大的变化，地球的地轴也移动了，所以温带地区变成了冰川。"

　　"怎么形成的呢？"一个俄罗斯人问。

"哦，他的理论很复杂。关键是，任何关于早期文明的证据既然都被埋在冰层下面，那它们一定很古老，他声称有一些关于岩石异常形成的图片。"

"哈！那就是全部吗？"主任说。

"我只是如实报告，我并没有为他辩解。"波兰人说。

"先生们，你们认识格鲁曼多久了？"李·斯科斯比问道。

"哦，让我想想，"主任说，"我第一次遇见他是在七年之前。"

"在那之前的一两年，他发表关于磁极变化的文章时，给自己换了个名字，"约鲁巴人说，"但不知道他是从哪儿冒出来的。我的意思是，没人认识学生时代的他，也没人见过他以前的任何研究……"

他们又聊了一会儿，拼凑着对格鲁曼的回忆片段，推测格鲁曼可能会是怎样的一个人，尽管大部分人认为他已经死了。当波兰人接着去煮咖啡时，李的兔子精灵赫斯特轻声对他说：

"李，你得查查那个苏克埃林人。"

那个苏克埃林人话说得非常少。李还以为他天性沉默寡言，但在赫斯特的提醒下，他趁聊天的空隙随意扫了一眼那人的精灵，一只白色的猫头鹰，她那明亮的橙色眼睛瞪着他。猫头鹰就是这样的，它们总是瞪着眼睛。但赫斯特说得对，那人脸上虽不动声色，精灵的脸上却透着敌意和怀疑。

李还注意到：那个苏克埃林人戴着一只镶有教会标志的戒指。他猛然明白了那人沉默的原因。他听说，所有科学研究机构都必须接受一名教会代表，作为一个探子，压制任何被视为异端的新发现。

认识到这一点，李又想起了莱拉说过的事情，于是他问道："告诉我，先生们——你们知不知道格鲁曼是否研究过尘埃的问题？"

沉闷的小房间立即陷入一片寂静，所有人的注意力都集中到了那个苏克埃林人身上，尽管他们并没有直接看着他。李知道赫斯特半闭着眼睛，耳朵耷拉在背上的时候是不能未卜先知的，于是他表现出一副天真热情的模样，一一打量着他们的表情。

他的目光最后落在苏克埃林人身上，他问："请原谅，我是不是问了什么不该问的问题？"

苏克埃林人问："斯科斯比先生，你从哪儿听说它的？"

"以前我飞越大海时从一个乘客那儿听说的，"李轻松地答道，"他们从没说过那是什么，但从大家谈论它的方式看，它好像就是格鲁曼博士研究的对象。我认为它是天空中的一种现象，就像极光一样。但它让我感到困惑，因为作为一个气球驾驶员，我对天空已经很了解了，但我从没有遇到过它，它究竟是什么呢？"

"就像你说的，是天空中的现象，"苏克埃林人说，"它没有什么现实的意义。"

这时李认为他该告辞了，他并没有了解到更多的东西，他也不想让乌迈克多等。他离开了浓雾笼罩中的天文台和天文学家们，踏上了下山的路。他认路的办法是跟着他的精灵，因为精灵的眼睛离地面更近一些。

他们刚刚走了十分钟，有什么东西从他头上飞过，扑向赫斯特，那是苏克埃林人的猫头鹰精灵。

但赫斯特感觉到了她的到来，她及时卧倒，猫头鹰的双爪扑了个空。赫斯特也能搏斗，她的双爪很尖利，而且她也勇猛善战。李知道那个苏克埃林人一定也在附近，他伸手到腰间拿枪。

"在你后面，李。"赫斯特说道。他俯转身体，一支箭呼啸着越过了他的肩膀。

他立刻开了枪，子弹打中了苏克埃林人的腿，他呻吟着倒了下去。过了一会儿，猫头鹰精灵昏昏沉沉、笨拙地扑到他身边，半躺在雪地上，挣扎着合上了翅膀。

李·斯科斯比扣着扳机，用枪指着那人的头。

"你这浑蛋，"他说，"你要干什么？你难道不知道天上发生这种事我们都一样麻烦吗？"

"太晚了。"苏克埃林人说。

"什么太晚了？"

"太迟了，已经无法阻止了。我已经派出了一只信鸽。教会当局会知道你的询问，他们会很高兴知道格鲁曼的……"

"什么？"

"别人也在寻找他的事实。这证实了我们的推测，别人也知道尘埃。你是教会的敌人，李·斯科斯比。凭着他们的果子，就可以认出他们来[1]。凭着他们的问题，就可以知道毒蛇正在噬咬他们的心……"

那只猫头鹰发出微弱的叫声，断断续续地扇着翅膀，她那亮橙色的眼睛蒙上了一层痛苦的色彩。苏克埃林人周围的雪地上渐渐出现了更多的血迹，即使在浓雾弥漫的昏暗光线里，李也能看出这个人就要死了。

"我猜那颗子弹一定打中了动脉，"他说，"放开我的袖子，让我给你做一根止血带。"

"不！"苏克埃林人声嘶力竭地说，"我愿意死！我会得到殉教者的荣誉！你剥夺不了！"

"既然你愿意，那就去死吧。但告诉我这个……"

但他再也没有机会问完问题了，因为那只猫头鹰怕冷似的颤抖着不见了，苏克埃林人的灵魂消失了。李曾经见过一幅画，是一个教会的圣徒正被刺客袭击，他们用大棒击打他快要死去的躯体，圣徒的精灵被小天使带向天空，还被授予了一片棕榈叶，那是殉教者的标志。现在那个苏克埃林人的脸上就是这副表情，跟画中的圣徒一样：向往大赦的狂喜。李厌恶地放下了他。

赫斯特弹了一下舌头。

"应该想到他会送信，"她说，"拿着他的戒指。"

"为什么？我们又不是小偷，不是吗？"

"不，我们是叛教者，"她说，"这并不是因为我们的选择，而是因为他的恶意预谋。教会知道以后，我们就完了。这会儿我们得抓住每个机会，来吧，拿上这个戒指，藏起来，也许我们能用得上它。"

李觉得有道理，就从那个死人的手指上取下戒指。透过昏暗的光线，他发现路边就是陡峭的悬崖，下面是黑洞洞的深渊。于是他把那个苏克埃林人的尸体推了下去，过了很长时间他才听到一声巨响。李从不喜欢暴力，他也讨厌杀戮，尽管他已经不得不干了三回。

"这样考虑没有意义，"赫斯特说，"他没有给我们留下选择的余地，我们也不想打死他。他妈的，李，他想死。这些人真是疯了。"

---

1 此句引自《圣经》中《马太福音》第七章。

"我想你是对的。"说着他收起了手枪。

在路的尽头他看见了赶雪橇的人，那些狗都被套上了笼头，准备出发。

"告诉我，乌迈克，"在返回装鱼站的路上李问道，"你听说过一个叫格鲁曼的人吗？"

"哦，当然，"赶雪橇的人说，"所有人都知道格鲁曼博士。"

"你知道他有一个鞑靼人名字吗？"

"不是鞑靼名字。你是说约帕里吗？那不是鞑靼名字。"

"他怎么了？他死了吗？"

"你问我这个问题，我得说我不知道，这样你就永远不会从我这里知道真相。"

"我明白了，那我该问谁？"

"你最好问他部落里的人。最好到叶尼塞河去问他们。"

"他的部落……你是说接纳他的人？是在他头上钻孔的人吗？"

"是的，你最好问他们。也许他还没死，也许他死了，也许他既没有死也没活着。"

"他怎么会不死不活呢？"

"在神灵的世界里，也许他在神灵世界里。我已经说得太多了，从现在起我不再说了。"

他果然不再提这事儿了。

但当他们回到装鱼站时，李立即来到码头，寻找一艘能把他带到叶尼塞河入口处的船。

在这期间，女巫们也在寻找。拉脱维亚的女巫酋长鲁塔·斯卡迪跟随塞拉芬娜·佩卡拉的队伍飞了许多天，穿过浓雾和旋风，飞越被洪水和泥石流摧毁的地区。可以肯定的是，她们身处一个陌生的世界中，这里有奇怪的风，空中有奇怪的气味，有不知名的奇怪大鸟袭击她们，得用一把箭才能将它们赶跑。当她们找到可以歇脚的土地时，那里的植物也很奇怪。

但有些植物还是可以吃的，她们发现野兔可以供她们美餐，那里也不缺水。要不是草地上和聚集在溪流和浅水里那些像雾气一样飘荡着的妖怪，这里也许会是生活的好地方。在某些光线中，几乎看不见那些妖怪，它们若隐若现地飘浮着，像透明的面纱在镜子前旋转。女巫们以前从未见过这样的东西，她们立刻产生了怀疑。

在一片树林的边上，就有一群这样的东西一动不动地站着。女巫们高高地盘旋在上面，鲁塔·斯卡迪问道："塞拉芬娜·佩卡拉，你觉得它们是活的吗？"

"不管是死是活，它们都不是好东西，"塞拉芬娜·佩卡拉答道，"我在这里就能感觉到。我是不会更靠近这帮东西的，除非我知道什么武器能对付他们。"

对女巫来说，幸运的是妖怪们好像只能在地上活动，不会飞。那天后来，她们看见了妖怪的所作所为。

在一条小河和道路的交叉处，在树林旁，有一座低矮的石桥连着一条灰扑扑的小路。午后的阳光斜照在草地上显得一片浓绿，而空中则是灰扑扑的金色。就在这斜阳中，女巫们看见一群人向石桥走来，有些人步行，有些人坐着马车，还有两个人骑着马。塞拉芬娜屏住了呼吸：这些人没有精灵，但他们看上去还活着。她刚要飞下去看个究竟，这时她突然听到一声警告。

喊声是领头那个骑马的人发出的。他指着那些树，女巫们向下看去，她们看见妖怪们形成一股气流，横扫过草地，似乎毫不费力地向那群人——向它们的猎物涌去。

人们四散开来。塞拉芬娜吃惊地发现那个领头的骑马人并没有留下来帮助同伴，而是立刻掉转马头，飞奔而逃。第二个骑马人也是如此，以力所能及的速度向另外一个方向逃跑了。

"飞低一些，姐妹们，"塞拉芬娜对同伴说，"但在我发出命令之前，不要加入。"

她们看见这群人中还有孩子，有的坐在马车里，有的走在马车旁。很明显，孩子们看不见妖怪，妖怪对他们也不感兴趣，他们要的是大人。有一个老妇人坐在马车里，膝上抱着两个小孩。鲁塔·斯卡迪对她的懦弱很是愤怒，因为她想躲在那两个孩子的后面，把孩子推向接近她的妖怪，好像送上那两个孩子就可以挽救她的生命似的。

那两个孩子从老妇人身边挣脱开，跳下马车，他们现在就像周围其他孩子一样，当妖怪袭击大人时，他们惊恐地前后乱跑，或是站着抱在一起哭。马车里的老妇人很快就被一团透明的微光包围了，那团光忙碌地移动着，以一种看不见的方式工作和捕食，鲁塔·斯卡迪感到十分恶心，她几乎不愿再看下去。除了那两个骑马逃走的，其余的大人都遭到了同样的命运。

塞拉芬娜·佩卡拉惊呆了，她向下飞得更近。有一个父亲带着孩子想蹚过小河逃走，但被一个妖怪抓住了，小孩哭着抓住父亲的后背不放。那人动作慢了下来，无助地站在齐腰深的河水里，动弹不得。

他怎么了？塞拉芬娜在离水面几英尺的地方盘旋着，震惊地看着这一切。她从自己世界的旅行者那里听说过吸血鬼的传奇，她看见妖怪狼吞虎咽时就想起了吸血鬼。妖怪在大口吞着什么——那人的什么东西，也许是他的灵魂，他的精灵。因为在这个世界里，很明显，精灵都在身体里面，而不是在外面。他的手臂慢慢从那个孩子的腿上松开了，孩子掉进他身后的河水里，他大口喘着气，哭着，徒劳地伸手想抓住父亲。但他的父亲只是缓缓地转过头，漠然地看着他的儿子被淹没在他身边。

塞拉芬娜忍受不了这一幕，她向下飞近，把那个孩子从水里拉出来，就在这时，鲁塔·斯卡迪叫道："小心，姐姐！在你后面……"

一刹那，塞拉芬娜突然感到心中一阵可怕的麻木，她把手伸向鲁塔·斯卡迪，鲁塔抓住她的手，把她拉出了危险。她们飞得更高了，那个孩子发出尖叫声，用尖尖的手指抱住她的腰。塞拉芬娜看见她身后的妖怪，在水面上盘旋着像一团迷雾，正在追赶逃跑的猎物。鲁塔·斯卡迪向那迷雾的中央部位射了一箭，但毫无用处。

塞拉芬娜确信不受妖怪的威胁后，把孩子放到了河岸上，然后又飞到空中。这一支旅行的队伍永远地停在了那里，马儿吃着草，或是摇头驱赶着苍蝇，孩子们哭喊着，互相抱着对方，站在远处看着这一切。所有的大人都一动不动。他们睁着眼睛，有些人站着，但大部分人都坐着，一种可怕的沉寂笼罩着他们。当最后一个妖怪心满意足地飘走时，塞拉芬娜飞落到坐在草地上的一个女人面前，那是个看上去健康强壮的女人，她脸颊红润，一头金发充满光泽。

"女人？"塞拉芬娜·佩卡拉问道。没有回答。"你能听见我说话吗？你能看见我吗？"

她摇晃着她的肩膀。她使了很大的劲，那个女人才抬起头来，但她似乎毫不在意。她的双眼空洞无神，塞拉芬娜掐了掐她的手臂，她只是缓慢地低头看了看，然后又望向别处。

其他的女巫在破烂的马车间走动，沮丧地寻找其他受难者。在这期间，孩子们聚集在不远处的一座小山丘上，盯着女巫们看，害怕地窃窃私语。

"骑马的人在看着我们。"一个女巫说。

她指向一个山隘，那条路一直延伸到那里。那个逃跑的骑马人勒住缰绳，他转过身来，把手搭在眼睛上方，观察着这边的动静。

"我们去跟他谈谈。"塞拉芬娜说着跃上了半空。

不管他在妖怪面前的举动如何，他并不是懦夫。当他看见女巫们靠近，就从背上取下来复枪，策马来到草地上，这样他就能在开阔地带转身、开枪和面对她们。但塞拉芬娜·佩卡拉缓缓飞落下来，把她的弓举在面前，然后又放在地上。

无论他们是否有这种举动，它的含义很明确。那人从肩上取下来复枪，看着塞拉芬娜，又看着其他的女巫，然后又仰头看着在空中盘旋着的她们的精灵。她们是年轻而凶猛的女人，披着片片缕缕的黑色丝绸，骑着云松枝飞过天空——这在他的世界是从未有过的，但他还是平静而警觉地面对着她们。塞拉芬娜来到他面前，看见他脸上布满悲伤和坚毅，这和他在同伴受难时掉头逃跑的表现很不相称。

"你们是什么人？"他问。

"我叫塞拉芬娜·佩卡拉，我是厄纳拉湖女巫的酋长，我们来自另外一个世界。你叫什么名字？"

"乔基姆·洛伦茨。你说你们是女巫？那你们和魔鬼来往吗？"

"如果是的话，你会把我们当成敌人吗？"

他想了会儿，然后把来复枪横放在腿上。"以前可能会，"他说，"但时代已经变了。你们为什么要到这个世界来？"

"因为时代变化了。攻击你同伴的是什么动物？"

"哦，是妖怪……"他耸了耸肩说道，他有些惊讶，"你们难道不知道妖怪吗？"

"在我们的世界里，我们从没见过它们。我们看见你逃跑了，我们不知道该怎么想，现在我明白了。"

"没有办法抵挡它们，"乔基姆·洛伦茨说，"只有孩子毫发无伤。根据法律，每一队旅行的人都必须有一男一女骑着马。他们必须按照我们刚才做的那样做，否则就没人照顾孩子。现在情况更糟糕，城市都被妖怪占据了，而原来每个地方只有十几个妖怪。"

鲁塔·斯卡迪看着四周。她注意到另一个骑马的人也向马车这边走来，她看到那的确是个女人。孩子们都跑过去迎接她。

"告诉我，你们来找什么？"乔基姆·洛伦茨继续问道，"刚才你还没有回答我，没事儿你们是不会来这儿的。现在回答我。"

"我们来找一个孩子，"塞拉芬娜说，"从我们世界来的一个小女孩。她的名字是莱拉·贝拉克瓦，别人叫她莱拉·西尔弗顿。但是，在这么大的世界里，我们真不知道她会在哪儿。你有没有见过一个独自一人的奇怪小孩？"

"没有。但有一天晚上，我们看见天使向北极飞去。"

"天使？"

"他们在天上成群结队，全副武装，闪闪发亮，这在最近几年真不多见。但听我爷爷说，他们那个时候，天使常常经过这个世界。"

他用手搭在眼睛上方，俯视着那些破烂的马车和一动不动的旅行者。另一个骑马人已经下了马，正在安慰其中几个孩子。

塞拉芬娜随着他的目光望去，说道："如果我们今天跟你们一起宿营，替你们站岗，防备那些妖怪的话，你愿不愿意跟我们讲讲这个世界，还有你看见的那些天使？"

"当然愿意，跟我来吧。"

女巫们帮忙把马车沿着小路赶到更远的地方，走过小桥，远离妖怪出没的树林。那些遭殃的大人只能留在原地，尽管这一幕让人看了很痛苦。有的孩子抱着母亲，那位母亲却再也不能回答他们。有的孩子拉着父亲的袖子，但那位父亲什么话也不说，视若无睹，眼神一片空洞。更小的孩子们不明白为什么要抛下他们的父母。大点的孩子中，有的早已失去自己的父母，有的早就见过此类情景，他们只是阴郁而麻木地看着这一切。塞拉芬娜抱起刚才掉进河里的那个孩子，他哭着要他的父亲，从塞拉芬娜的肩上回过头来，看着那个仍然一动不动站在河水中的身影。塞拉芬娜感觉到他的眼泪落在她的肩膀上。

那个骑马的女人穿着粗帆布马裤，骑马的姿态像个男人，她没跟女巫们说一句话。她脸色阴沉，她命令孩子们前进，口气严厉，毫不在乎他们的眼泪。夕阳在空气中投下金色的光辉，一切都明亮澄净，孩子们的脸和那一男一女的脸看上去也显得圣洁、坚强而美丽。

后来，当余晖在一圈覆盖着灰烬的岩石上闪烁，大山也在月光下呈现出一片静谧时，乔基姆·洛伦茨向塞拉芬娜讲述了他世界的历史。

他解释说，那本是一个快乐的世界。城市很大也很美丽，土地丰饶肥沃。商船往来于蔚蓝色的大海，渔民们拖着成网的鳕鱼、金枪鱼、鲈鱼和鲱鱼，森林里有各种野生动物，没有一个孩子挨饿。在大城市的庭院和广场里，巴西、贝宁、爱尔兰、韩国大使们混在烟草商、贝加莫喜剧演员、证券商中。晚上，蒙着面纱的情人在悬挂玫瑰的柱廊下或是在点着灯的花园里相会，空气中涌动着茉莉花的香味和曼陀林的乐声。

女巫们瞪大了眼睛，听着与她们的世界相似却完全不同的这个世界的故事。

"但问题出现了，"他说，"三百年前，问题出现了。有人猜应该受责怪的是天使之塔的哲学家协会，就在我们刚刚离开的那座城市里。另外一些人说这是对我们罪孽的报应，虽然我从没听说大家对这是什么样的罪孽有一致的意见。但突然之间不知从哪儿冒出了这些妖怪，从此我们就备受折磨。你们刚才都看到了它们的所作所为。现在你们想象一下在妖怪出没的世界里生活是什么感觉。当我们再也不能依靠原有的基础发展时，我们还怎么能繁荣呢？父亲或母亲随时都会被夺去生命，家庭就会破碎；商人随时会被夺去生命，公司就会倒闭，所有的职员和代理商就都会失业。相爱的人又怎么能信任彼此的誓言呢？我们的世界出现妖怪之后，所有的诚信和高尚的品德都消失了。"

"那些哲学家是什么人？"塞拉芬娜问，"你提到的那座塔在哪儿？"

"就在我们刚离开的那座城市——喜鹊城。你知道它为什么叫这个名字吗？因为喜鹊偷东西，这就是我们现在唯一能干的。几百年来我们没有创造，没有建树，我们所能做的就是偷取其他世界的东西。哦，对了，我们了解其他的世界，天使之塔的哲学家发现了我们需要了解的与此有关的所有知识。他们知道一个魔咒，如果你念动咒语，它会让你走过一扇并不存在的门，然后你会发现自己来到了另外一个世界。有人说那不是一个魔咒，而是一把钥匙，能打开无锁之门。谁知道呢？不管怎么样，它把妖怪放了进来。但我知道，哲学家们仍然在使用它，他们去别的世界，把他们发现的东西偷回来。当然，都是些金银珠宝，但也有别的东西，像一些想法和主意、成袋的玉米或是铅笔。那就是我们所有财富的来源，"他悲愤地说，"那个小偷协会。"

"为什么妖怪不会伤害孩子呢？"鲁塔·斯卡迪问道。

"这就是它的神秘之处。孩子的天真烂漫中有一种力量，能抵御'漠然'这种妖怪。更奇怪的是，孩子们看不见妖怪，我们也不明白为什么，到现在也没明白。但因为妖怪而产生的孤儿，你可以想象得出来，都有共同点——父母都被夺去了生命，他们成群结队，到处流浪，有时大人会雇用他们到妖怪遍布的地方寻找食物和生活用品，有时他们四处游荡，捡到什么就吃什么。

"这就是我们的世界，我们努力在这种诅咒下生活。它们是真正的寄生虫：它们并不杀死主人，但它们夺去他大部分的生命。但也有粗略的平衡……直到最近，直到那场暴风雪。那场暴风雪！整个世界似乎都被击碎了。人们的记忆中从未有过这样的暴风雪。

"然后就是那场持续几天几夜的大雾，它笼罩了我所知道的世界的每个地方，谁也无法旅行。当大雾散尽的时候，城里充满了成千上万的妖怪。于是我们就逃到高山上，逃到海上，现在你们也看到了，无论我们到哪儿，都逃脱不了妖怪的威胁。

"现在该你讲了，说说你们的世界，还有你们为什么离开它到这儿来？"

塞拉芬娜如实向他讲述了她所知道的一切。他是个诚挚的人，没有什么需要向他隐瞒的。他入神地听着，惊奇地摇着头。当她讲完时，他说："我告诉过你关于我们那些哲学家的本领，他们打开了通往其他世界的路。有人认为他们由于疏忽留下了一些门。如果旅行者偶尔发现这条路，从其他的世界来到这儿，我是不会吃惊的。再说，我们知道天使从这里经过。"

"天使？"塞拉芬娜问，"你刚才也提到过。我们对此一无所知，你能讲讲吗？"

"你想了解天使？"乔基姆·洛伦茨说，"很好。我听说他们称自己为神子[1]，也有人叫他们守望者。他们不像我们那样是血肉之躯，他们是灵魂之躯。也许他们的肌肉比我们的更优美、更轻、更透明，我不知道，但他们和我们不一样。他们带来天堂的消息，那是他们的工作。有时候我们会在天空见到他们，他们从不同的路线穿过这个世界，像萤火虫那样闪闪发光，不过他们飞得更高。在安静的夜晚你甚至能听见他们扇动翅膀的声音。他们关注的跟我们不一样，尽管有人说，古时候他们也曾飞到人间，和男人女人打交道，也和人类繁殖下一代。

"暴风雪过后，大雾降临了，我在回家的路上被妖怪困在圣埃利娅城后的山上。我躲在牧羊人住的小屋里，在白桦林和一眼泉水的旁边，整个夜晚我听到头顶上雾中的声音，是警告和愤怒的叫喊声，还有扇动翅膀的声音，比我以往任何时候听到的都近。黎明时分我听到打斗声、箭的呼啸声和刀剑的撞击声。虽然我非常好奇，但我很害怕，没敢出去看。你知道的，我完全被吓坏了。当天空在大雾中显得稍微晴朗一些的时候，我壮着胆子往外看，我看见一个巨大的受伤身影倒在泉水旁。我觉得我好像看了不该看的——神圣的事物。我不得不往别处看，当我再看的时候，那个身影已经不见了。

"那是我最接近天使的一次。但我告诉过你，我们在其他夜晚也看到过

---

1 神子，原文为"bene elim"，在希伯来语中意为"神的儿子"。

他们，高转着飞在星星中间，向北极飞去，就像一队扬帆远航的船只……有什么事正在发生，但地上的我们不知道那是什么事情。可能会爆发战争，天堂原先曾有过一次战争，哦，那是在许多许多年前，在几万年前，但我不知道结果是什么。再发生一场战争也不是完全没有可能。但损失将是巨大的，还有对我们的影响……我无法想象。

"尽管如此，"他直起身捅了捅火，继续说道，"结果也许比我担心的要好些。也许天堂的战争会把这个世界的所有妖怪都驱赶到它们来时的深渊里。哦，那该多好！我们会幸福快乐地活着，再也不用害怕！"

乔基姆·洛伦茨望着火堆，脸上却毫无希望之色。火光一闪一闪地映在他脸上，像在和他做游戏，但他的表情没有任何游戏的意思，他看上去严肃而忧郁。

鲁塔·斯卡迪说："北极，先生，你刚才说天使正飞往北极。他们为什么要那么做，你知道吗？是不是天堂就在那儿？"

"我不清楚。你也知道我不是个博学的人，但有人说这个世界的北边是神灵的栖居地，如果天使们要集会的话，他们一定会去那儿。如果他们要在天堂发动战争，我敢说那就是他们修建堡垒、准备出发的地方。"

他抬头向上看，女巫们跟随他的目光看去，这个世界的星星和她们那个世界的星星一模一样，横贯苍穹的银河闪闪发光，数不清的点点星光点缀着夜空，几乎可与月光媲美……

"先生，"塞拉芬娜说，"你听说过尘埃吗？"

"尘埃？我想你不是指路面上的尘埃，而是指其他意义的尘埃吧。不，我从没听说过。看！现在就有一队天使……"

他指着蛇夫星座。的确，有什么东西正从那里经过，是一小串发亮的东西，他们不是在飘浮，而是有目的地飞行，像队形整齐的天鹅或是大雁。

鲁塔·斯卡迪站了起来。

"姐姐，我该和你分别了，"她对塞拉芬娜说道，"我要去和这些天使谈谈，不管他们会怎样。如果他们要去找阿斯里尔勋爵，我就和他们一起去。如果不是，我就自己去找他。谢谢你陪伴我，多保重。"

她们互相吻了吻对方，鲁塔·斯卡迪骑上她的云松枝，跃上天空。她的精灵——塞吉，一只蓝脖鸟，也从黑暗中蹿了出来，跟在她身边。

"我们要飞得很高吗？"他问。

"像蛇夫星座那些发光的飞翔者那么高，他们飞得很快，塞吉，我们去赶上他们。"

她和精灵赶了上去，比火中冒出的火星速度还快，风从她的云松枝丫间穿过，她的黑发被风吹得飘向脑后。她没有回头再看一眼那宽广黑暗中的一小堆火，也没有再看熟睡中的孩子和她的女巫同伴们，她那一段的旅程已经结束。再说，她前面那些发亮的大家伙已经变小了，如果她不紧盯着，他们很容易就会消失在大片星光中。

于是她继续向前飞，目光一刻也没有离开那些天使，她渐渐靠近了，他们的身影显得更加清晰。

他们发出亮光，但不像火燃烧时发出的光，而仿佛是不管他们身在何处，不管多么黑暗，阳光都在照耀着他们。他们看上去就像人一样，但长着一双翅膀，而且个子更高。另外，因为他们都光着身子，鲁塔·斯卡迪能看出他们中有三个男的，两个女的。他们的翅膀从肩胛骨处伸出，后背和前胸肌肉强健。鲁塔·斯卡迪跟在他们后面，保持着一段距离，注视着，估算着他们的力量，以防要和他们搏斗。他们没有携带武器，但他们既然有能力自主飞翔，如果真的打斗起来，他们甚至可能超过她。

她准备好弓箭以防万一，然后加速向前飞到他们身边，喊道："天使！停下来听我说！我是女巫鲁塔·斯卡迪，我要和你们谈谈！"

他们转过身来，向里扇着巨大的翅膀，放慢速度，在空中站直了身体，扇着翅膀，保持着这个姿势。他们围住她，在黑暗中，五个巨大的身影像是被一个看不见的太阳照耀着，闪闪发光。

她坐在云松枝上，尽管她的心被一种陌生的感觉敲打，剧烈跳动着，但她毫不畏惧地看着四周，她的精灵扇动着翅膀，靠着她温暖的身体。

每个天使显然都彼此独立，但和她所见过的人类相比，他们之间有更多的共同点。他们所共有的是瞬间传遍全体的一种电光石火般的灵性和知觉。他们光着身子，但在他们深邃而锐利的目光前，她感觉自己好像是光着身子一样。

但她并不为自己感到害羞，她高昂起头回应他们的目光。

"那你们就是天使了？"她说，"或者是守望者？或者是神子？你们要去哪儿？"

"我们听从某个召唤。"一个天使说。

"谁的召唤？"她问。

"一个人的。"

"阿斯里尔勋爵吗？"

"也许是。"

"你们为什么要听从他的召唤呢？"

"因为我们愿意。"天使答道。

"那不管他在哪儿，你们也带我去他那儿吧。"她命令他们。

鲁塔·斯卡迪已经四百十六岁了，她具有一个成熟的女巫酋长该有的骄傲和学识。她比任何短命的凡人都聪明，但在这些古老的天使面前，她觉得自己完全像个孩子。她既不知道他们那细微触须般的知觉是否可以伸向她无法想象的宇宙最深远处的角落，也不知道她看到他们显现人的形态是否只是因为她的眼睛如此期待。如果她能洞察他们真正的形态，她会发现，他们其实不像生命体，而更像某种由灵性和知觉构成的巨大建筑。

但他们并没有指望她别的：她太年轻了。

他们立即扇动翅膀向前飞去，她也跟随着他们出发了，她乘着他们翅尖激起的气流前进，津津有味地体会着她的飞行因此而增加的速度和威力。

整个夜晚他们都在飞行。星星在他们周围旋转，又在从东方渗透出的曙光中逐渐暗淡和消失。太阳喷薄而出，整个世界立刻一片灿烂辉煌，于是他们又飞翔在明净的蓝天下和新鲜湿润的空气中。

尽管对任何眼睛来说，天使的奇异之处都很明显，但在白天，天使还是不太容易被看见。鲁塔·斯卡迪发现他们身上的光芒并非来自升起的太阳，而是一种来自别的地方的光芒。

他们不知疲倦地继续飞行，她也不知疲倦地跟随着。能命令这些不朽的生物，她感到一种占据身心的强烈快乐。她快乐，为她的血肉之躯和她肌肤所接触的粗糙的松树皮，为她心脏的跳动和她所有感官的存在，为她感觉到的饥饿，为她那只嗓音甜美的蓝脖鸟精灵，为她身下的大地和每一种动植物的生命；她快乐，因为她和他们由相同的物质组成，因为她知道她死后躯体将滋养其他生命，就像别的生命也曾滋养过她一样；她快乐，还因为她将再次见到阿斯里尔勋爵。

又一个夜晚来临了，天使仍然在飞翔。在某些地方空气的质地变了，不是变好或变坏，只是有了变化。鲁塔·斯卡迪知道他们已经离开刚才的世界，来到另一个世界，但她不明白这一切是怎么发生的。

"天使！"她感觉到变化时，叫道，"我们怎么离开了刚才遇见你们时的那个世界？哪里是边界？"

"空中有些看不见的地方，"天使回答道，"那是进入其他世界的门户。我们能看见，但你看不见。"

鲁塔·斯卡迪看不见那扇门，但她无须看见：女巫比鸟儿更能控制飞行。天使说话时，她的注意力集中到了她身下的三座山峰，她准确地记住了它们的形状。现在，无论天使会怎么想，只要她需要，就可以轻易地找到它。

他们飞得更远了，不久她就听见一个天使说道："阿斯里尔勋爵就在这个世界，那就是他正在修建的城堡……"

他们减慢了速度，像鹰一样在半空中盘旋。鲁塔·斯卡迪朝一个天使所指的方向看去，尽管星星依旧在高高的、黑天鹅绒般的夜空中闪烁，但东方已经开始透出隐约的亮光。在这个世界的最边缘，这亮光每时每刻都在积聚增长，一座绵延的大山露出了山峰——断矛似的黑色岩石、断裂的巨大石块和锯齿般的山脊，胡乱堆在一起，仿佛是一场宇宙灾难后形成的废墟。但她看见那最高的一座山峰已经被清晨的第一缕阳光勾勒出灿烂的轮廓，显现出一幅瑰丽的景象：有一座巨大的城堡，每个城墙垛都由半座山那么高的火山岩构成，城堡大得要用飞行时间来衡量。

在黎明前的黑暗中，在巨大的城堡下，火光闪耀着，锻铁炉冒着烟。在许多英里之外，鲁塔·斯卡迪就听到锤子的敲打声和磨坊的碾磨声。她发现有更多的天使成群结队从各个方向飞来，不仅仅是天使，还有机器——钢铁翅膀、像信天翁一样滑翔着的飞机，扇动着的蜻蜓翅膀下的玻璃座舱，大黄蜂般嗡嗡作响的齐柏林飞艇——全部飞往阿斯里尔勋爵在世界边缘大山中所建造的城堡。

"阿斯里尔勋爵在那儿吗？"她问。

"是的，他在那儿。"天使答道。

"那我们飞到那儿去找他吧，你们必须做我的仪仗队。"

他们顺从地展开翅膀，飞向那镶着金边的城堡，心情迫切的女巫飞在他们前面。

7. 劳斯莱斯汽车

　　莱拉很早就醒了，她发觉这是一个安静而温暖的早晨，似乎这个城市除了安静的夏季，没有其他季节。她溜下床，来到楼下，听见外面的海上有孩子的声音，于是她走过去看他们在干什么。

　　在阳光照耀下的港口，三个男孩和一个女孩划着脚踏船驶过港口，飞快地划向码头台阶。当他们看见莱拉时，有那么一会儿，他们的速度慢了下来，然后又飞快地划起来。首先到达的那只船因为动作太猛撞到了台阶上，有一个人掉进了水里，他试图爬上另一只船，结果把那只船也弄翻了，于是他们就一起泼起水来，仿佛前一天晚上的恐惧从未存在过。莱拉心想，他们比在那座塔旁的大部分孩子年龄都小，于是她也到水里加入他们的行列，潘特莱蒙则变成她身边一条闪闪发亮的小银鱼。她从没觉得和其他孩子交谈有什么困难，很快他们就围着她坐在水中温暖的石头上，他们的衬衫一会儿就在太阳下晒干了。可怜的潘特莱蒙只好又藏进她的口袋，变成一只青蛙，躲在清凉的湿棉布下。

　　"你要对那只猫怎么样？"

　　"你真的能赶跑坏运气吗？"

　　"你从哪儿来？"

　　"你那个朋友不怕妖怪吗？"

"威尔什么都不怕，"莱拉答道，"我也是。你们为什么害怕猫？"

"你不知道关于猫的事吗？"最大的男孩不相信地问道，"猫的身体里有魔鬼。你必须杀死你看见的每一只猫。它们会咬你，还会把魔鬼放进你的身体。还有，你跟那只大豹子是怎么回事？"

她知道他指的是变成豹子的潘特莱蒙，于是她天真地摇了摇头。

"你们一定是在做梦，"她说，"很多东西在月光下看起来显得不一样。但我和威尔，我们来的那个世界没有妖怪，所以我们不太了解它们。"

"如果你看不见它们，那你就是安全的，"一个男孩说，"你要是能看见它们，它们就会抓住你，是我爸爸说的。它们就抓住了他。"

"现在它们都在这儿吗，在我们周围？"

"是啊，"一个女孩说，她伸出手，抓住一把空气，骄傲地说，"现在我就抓住了一个！"

"它们伤害不了我们，"一个男孩说，"所以我们也伤害不了它们。"

"这个世界一直都有妖怪吗？"莱拉问。

"是的。"一个男孩说道。另一个小孩却说："不，它们是很久以前来的，几百年之前。"

"它们来是因为那个协会。"第三个小孩说。

"那是什么？"莱拉问。

"才不是呢！"女孩说，"我奶奶说它们来是因为人变得很坏，所以上帝派它们来惩罚我们。"

"你奶奶什么都不懂，"一个男孩说，"你的奶奶长着胡子，她是一只山羊。"

"那个协会是怎么回事？"莱拉坚持问道。

"你知道的那座天使之塔，"一个男孩说，"那座石塔，它就属于协会，那里有一个秘密的地方。协会的人什么都懂，哲学、炼金术，他们知道各种各样的事。是他们把妖怪放了进来。"

"不对，"另一个男孩说，"它们是从星星那儿来的。"

"对的！就是那么发生的。几百年前，协会的人分离了一种金属——铅，他们想把它变成金子。他们把它分割得越来越小，直到他们所能达到的最小程度，没有比那再小的东西了，小得你根本看不见。但他们把那个东西也分割开了，就在那最小的一块里装着所有的妖怪，被紧紧地压在一起，互相之间没有一点空隙。一旦他们切开它，砰！它们都冒了出来，之后它们就一直待在这儿，我爸爸这么说的。"

"现在那座塔里还有协会的人吗？"莱拉问道。

"没有！他们和其他人一样逃走了。"女孩说。

"那座塔里一个人也没有，那儿闹鬼，"一个男孩说，"所以那只猫从那儿出来。我们不会去那儿，没有一个小孩会去那儿，那儿真可怕。"

"协会的人不怕到那儿去。"另一个男孩说。

"他们有特殊的魔法，或是别的什么。他们很贪婪，他们靠穷人生活，"女孩说，"穷人做所有的工作，协会的人却游手好闲。"

"但现在那座塔里一个人都没有吗？"莱拉问道，"一个大人都没有吗？"

"这个城市里压根儿就没有大人！"

"他们不敢待在这儿。"

但她曾经看见那座塔上有一个年轻人，她对此坚信不疑。那些孩子说话的方式中有什么东西，就像熟练的撒谎者。她一眼就能识破撒谎的人，他们在撒谎。

她突然想起小保罗曾经说过，他和安吉莉卡有个哥哥，图利奥，他也在这座城市里，安吉莉卡还用嘘声制止了他……她见过的那个年轻人会不会是他们的哥哥呢？

她离开了，让他们自己去捞起他们的船划回海滩。她走进房间去煮咖啡，再去看看威尔醒了没有。他还在睡觉，那只猫蜷在他的脚边，而莱拉急着去见她的院士，于是她写了一张字条放在他床边的地板上，然后她就拿起背包出发了，去找那个窗口。

她走的那条路要经过他们昨天晚上去过的小广场。但现在那儿空无一人，阳光照在古老的塔前，照在门廊边模糊的雕刻上：那是合拢翅膀的人的形状。他们的面目被数世纪的风吹日晒侵蚀了，但静默中仍然透出一种权威、怜悯和智慧的力量。

"天使。"潘特莱蒙说道，现在他变成了一只蟋蟀，站在莱拉的肩头。

"也许是妖怪。"莱拉说。

"不！他们说这是什么安琪，"他坚持道，"那肯定是天使。"

"我们要进去吗？"

他们仰头看着那扇装饰着黑色铰链的巨大橡木门，靠近大门的那几级台阶已经破损不堪，门开着一道缝。除了莱拉自己的恐惧，没有什么可以阻止她走进那扇门。

她踮着脚尖走到台阶的最上面，从门缝向里张望，她只能依稀看见一个黑洞洞的石头大厅，潘特莱蒙焦急地在她肩头拍打着翅膀，就像他们在乔丹学院的地下室和那些头颅开玩笑时一样。不过现在她变聪明了些，这不是什么好地方。她跑下台阶，离开广场，走向明媚阳光下的棕榈树大道。确信没人看着她的时候，她穿过那个窗口，来到了威尔的牛津。

四十分钟后她再次来到物理大楼，和门卫交涉，不过这次她手中有一张王牌。

"你去问马隆博士好了，"她甜甜地说，"你只要问她就行了，她会告诉你的。"

门卫拿起电话，按下号码，然后开始说话。莱拉充满怜悯地看着他，他们甚至没给他一个房间让他坐在里面，就像真正的牛津学院一样，他们只让他坐在一张大大的木头柜台后面，好像这是一家商店似的。

"好了，"门房转过身来说道，"她让你上去。注意，你别去其他地方。"

"是，我不会的。"她娴静地答道，就像是一个听话的乖女孩。

可是到了楼上她还是吃了一惊，因为她刚刚路过一扇标着"女士"的门时，那门突然开了，马隆博士无声地示意莱拉进去。

她困惑地走了进去。这儿不是实验室，这是一个洗手间，而且马隆博士很紧张。

她说："莱拉，实验室里还有别人——可能是警察，他们知道昨天你来找过我——我不知道他们要查什么，但我不喜欢。这是怎么回事？"

"他们怎么知道我来找过你？"

"我不知道！他们不知道你的名字，但我明白他们的意思——"

"哦，那我可以对他们撒谎，这好办。"

"但这究竟是怎么回事？"

门外的走廊传来一个女人的声音："马隆博士？你见到那个孩子了吗？"

"是的，"马隆博士喊道，"我正领她去洗手间……"

她完全没必要那么紧张，莱拉想，不过也许她还不习惯危险的情况。

走廊里的那个女人很年轻，衣着得体。当莱拉出来的时候，她试图对她微笑，可她的眼神依然尖锐，带着怀疑。

"你好，"她说，"你是莱拉吗？"

"是的，你叫什么名字？"

"我是克利福德警官，进来吧。"

莱拉觉得这位警官有毛病，好像这是她自己的实验室似的，但她还是顺从地点了点头。这时候她感到一阵后悔，她不该来这儿，她知道真理仪想让她做什么，但那可不是这件事。她疑虑重重地站在门口。

房间里已经有一个白色眉毛、高大威严的男人。莱拉知道院士看上去应该是什么样的，他们俩谁都不是院士。

"进来吧，莱拉，"克利福德警官又说道，"没关系，这是沃尔特斯警督。"

"你好，莱拉，"那人说，"我已经从马隆博士那儿听说你很多事情了，如果可以的话我想问你几个问题。"

"什么样的问题？"她说。

"不难，"他微笑着说，"来，坐下吧，莱拉。"

他推了一张椅子给她。莱拉小心地坐下，她听见门自动关上了。马隆博士就站在旁边。潘特莱蒙变成一只蟋蟀躲在莱拉胸前的口袋里，她能感觉到他在她的胸口处焦虑不安，她希望他的颤抖不要显露出来。她向他传递着想法，让他不要乱动。

"你从哪儿来，莱拉？"沃尔特斯警督问道。

如果她说是牛津的话，他们很容易盘问出来，但她也不能说她来自另一个世界。这些人很危险，他们想要了解更多。她想到这个世界自己唯一知道的另一个地名，那就是威尔来的地方。

"温彻斯特。"她说。

"你跟人打过架,是不是,莱拉?"警督说,"你身上那些青紫是怎么回事?脸上有一块,腿上还有一块——有人打你了吗?"

"没有。"莱拉说。

"你上学吗,莱拉?"

"是的,有时候上。"她补充道。

"难道今天你不该待在学校里吗?"

她没说话,她觉得越来越不自在。她看着马隆博士,她不高兴地紧绷着脸。

"我是来见马隆博士的。"莱拉说道。

"你住在牛津吗,莱拉?你住在哪儿?"

"跟几个人在一起,"她说,"是一些朋友。"

"他们的地址是什么?"

"地址叫什么我不太清楚,我很容易就能找到,但我记不住那条街的名称。"

"他们是什么人?"

"是我父亲的朋友。"她说。

"哦,我明白了。你是怎么找到马隆博士的?"

"因为我父亲也是一个物理学家,他认识她。"

现在容易多了,她想。她开始放松,撒谎也更加流利了。

"她向你展示了她的研究,是不是?"

"是的,有屏幕的仪器……对,就是那些。"

"你对这些东西很感兴趣,是不是?科学,以及类似的东西?"

"是的,特别是物理。"

"你长大了想当科学家吗?"

问这种问题是要被回敬一个白眼的,他的确得了一个,但他并没有觉得窘迫。他那双浅色的眼睛快速扫了一眼那个年轻的女人,然后又回到莱拉身上。

"你是不是对马隆博士向你展示的东西感到很惊奇?"

"有一点儿，但我已经预料到了。"

"是因为你父亲吗？"

"是的，因为他做的是同样的研究。"

"哦，是这样的。那你能理解吗？"

"理解一部分。"

"那你的父亲在研究黑暗物质，是吗？"

"是的。"

"他的研究进展和马隆博士一样吗？"

"他们研究的方式不太一样，有些研究他做得更好，但那台屏幕可以显示词句的仪器——他没有那样的仪器。"

"威尔也和你的朋友在一起吗？"

"是的，他——"

她停住了，她知道她犯了个可怕的错误。

他们也知道，而且立刻站起来，打算拦住她，但不知怎么马隆博士挡了道，那个警官被绊倒了，又堵住了警督的路。这就让莱拉有时间像箭一般地飞跑出去，她"砰"的一声关上身后的门，用尽力量跑向楼梯。

有两个穿白色外套的男人从一扇门里走了出来，她撞在他们身上。潘特莱蒙突然变成一只乌鸦，发出尖叫，扑打着翅膀，他们被吓了一大跳，跌倒在地上。于是她挣脱了他们的手，跑下最后一段楼梯，来到大厅。那个门卫刚刚放下电话，在柜台后面一边跑一边叫道："哎！停下！你！"

但他要抬起的那块柜台板在另一头，于是她在门卫跑出来抓住自己之前到了转门前面。

在她身后，电梯门开了，那个浅色头发的人跑了出来，他跑得那么快，那么猛——

那扇门却转不动！潘特莱蒙向她尖叫：他们推了反方向！

莱拉因为恐惧而发出尖叫，她转了个身，用她小小身体的重量推着那扇沉重的玻璃门，希望能转动它。她及时推动了那扇门，逃脱了门卫，门卫恰好又堵住了浅色头发那人的路，因此莱拉才得以在他们出来之前逃脱。

她毫不在意路上的车流和刺耳的刹车声，她穿过马路，跑向高楼之间的空地，又跑到一条双向都有汽车驶过的马路，她躲闪着自行车，她跑得已经够快的了，但那个浅色头发的人总是在她身后——哦，他太可怕了！

她跑进一个花园，跳过篱笆，穿过灌木丛——潘特莱蒙变成一只黑色小鸟飞在她头顶，告诉她该走哪条路。她蜷缩在一个煤仓下面，听到那个人飞奔而过的脚步声，却没听见他的喘气声，他那么强壮，跑得那么快。潘特莱蒙说："现在回去！回到那条路上——"

于是她溜出躲藏的地方，跑过草地，跑出花园大门，又来到班伯里路上的开阔地带，她再次在刺耳的刹车声中东躲西闪地穿过马路，跑向瑙伦花园[1]，公园附近有一条僻静的小路，两旁种着树，公园附近还有一些高大的维多利亚式的房屋。

她停下来喘气。在一座花园前有一道高大的篱笆，篱笆前是一堵矮墙，她钻进女贞树的树荫里，坐了下来。

"她帮了我们！"潘特莱蒙说，"马隆博士挡住了他们的路。她没有和他们站在一边，她站在我们这边。"

"哦，潘特莱蒙，"她说道，"刚才我不该提到威尔。我应该多加小心——"

"我们就不该来。"他严肃地说。

"我知道，那也……"

她没来得及责备自己，因为潘特莱蒙拍打着他的翅膀，说道："注意——在你后面——"他立刻又变成一只蟋蟀，钻进了她的口袋。

她站起来刚要跑，突然看见一辆宽大的深蓝色汽车无声无息地驶向她身旁的甬道，她的两边都被包围了。但这时汽车的后窗被摇了下来，里面伸出一张她认识的脸。

"利齐，"博物馆里的老头说道，"真高兴又看见你。我可以送你一段吗？"

他打开门，往里挪了挪，在他旁边让出座位。潘特莱蒙隔着薄薄的棉布捏她，但她还是抓起背包立即坐了进去。那个人斜身越过她，伸手关上了车门。

"你看上去很匆忙，"他说，"你要去哪儿？"

---

1 瑙伦花园（Norham Garden），在牛津。

"请送我去萨默敦。"她说。

司机戴着一顶尖帽子。车里舒适豪华，老头的科隆香水在封闭的车厢里很刺鼻。汽车无声地驶离了甬道。

"你刚才去哪儿了，利齐？"老头问道，"你有没有了解到更多关于那些头颅的事？"

"是的。"她扭身从后窗向外看去，浅色头发的人已不见了踪影，她终于逃脱了！那人肯定不会想到，现在她正平安无事地和这么一个有钱人坐在豪华轿车里。她有一种短暂的胜利感。

"我也作了些调查，"他说，"我的一个考古学家朋友告诉我，他们还收藏了其他几个头颅，和陈列着的那些一样。有一些真的是非常古老，是尼安德特人[1]的头颅，你知道吧。"

"是的，我也听说了。"莱拉说道，虽然她并不知道他说的是什么。

"你的朋友好吗？"

"什么朋友？"莱拉问道。她有些警觉，她刚才是不是又跟他提威尔的名字了？

"和你在一起的那个朋友。"

"哦，是的。她很好，谢谢你。"

"她是干什么的？是考古学家吗？"

"哦……她是个物理学家，她研究黑暗物质。"莱拉说道，她还没回过神来。在这个世界，撒谎比她原先想的要难得多。有一种感觉一直在提醒她：这个老头似曾相识，但她就是想不起来是怎么回事。

"黑暗物质？"他说，"真有趣！我今天在《泰晤士报》上看到了有关它的报道。宇宙中充满了这种神秘的物质，但没有一个人知道那是什么！你的朋友正在从事这方面的研究，是吗？"

"是的，她知道很多。"

"你将来想干什么，利齐？你也想研究物理吗？"

---

1 尼安德特人 (Neanderthal)，旧石器时代中期的古人化石，分布在欧洲、北非、西亚和中亚，最初发现于德国杜塞尔多夫地区附近尼安德特河流域的洞穴中，故名。

"也许吧,"莱拉说,"说不定。"

司机轻轻咳嗽了一声,放慢了车速。

"好了,萨默敦到了,"老人说,"你想在哪儿下车?"

"哦,就停在商店那边吧,我可以从那儿走过去,"莱拉说,"谢谢你。"

"左转到南大街,然后停在右边,好吗,艾伦?"老头说。

"好的,先生。"司机答道。

一分钟后汽车无声地停在一个公共图书馆前。老头打开他那边的车门,这样莱拉就不得不从老头的膝盖上爬过去。虽然地方很大,但莱拉还是感到很别扭,她不想碰到他,虽然他衣冠楚楚。

"别忘了你的背包。"他说着把包递给她。

"谢谢。"她说。

"希望能再次见到你,利齐,"他说,"向你的朋友问好。"

"再见。"她说。她在甬道上磨磨蹭蹭地走着,直到那辆车拐弯从视线中消失后,她才向那排角树走去。她对那个浅色头发的人有一种预感,她想问问真理仪。

威尔又开始读父亲的信。他坐在阳台上,听着远处港口那边传来跳水的孩子们的叫喊声,读着写在布纹航空信笺上的清晰字迹,想象着写信人的容貌,又一遍遍地看提到那个婴儿——也就是他——的那一段。

他听到莱拉从不远处跑来的脚步声,于是他把信放进口袋里,站了起来,几乎就在同时莱拉站在了他面前,双眼圆睁,潘特莱蒙变成一只难以自控、疯狂咆哮的野猫。很少哭泣的她现在却愤怒地抽泣着,她胸膛起伏着,牙关紧咬。她扑向他,一把抓住他的双臂喊道:"杀了他!杀了他!我想让他死!我希望埃欧雷克在这儿!哦,威尔,我错了,我很抱歉——"

"怎么了?怎么回事?"

"那个老头——他完全是个卑鄙下流的小偷。他偷走了它,威尔!他偷走了我的真理仪!那个穿着华丽衣服、有仆人给他开车的臭老头。哦,今天早晨我干了这么多错事——哦,我……"

她抽抽噎噎地哭得那么伤心，他觉得她会把心哭碎的。其实她的心的确快碎了，因为她扑倒在地上，身体战栗着，大声号哭。潘特莱蒙变成一匹狼，在她身边发出痛苦的悲号声。

远处的水面上，孩子们都停下了手中的事情，用手挡在眼睛上方向这里张望。威尔在她身边坐下，摇晃着她的肩膀。

"停下！别哭了！"他说，"从头说给我听。什么老头？发生什么事了？"

"你会生气的。我发誓不说出你的，我发过誓，可是后来……"她抽泣着，潘特莱蒙又变成了一只笨头笨脑的小狗，耷拉着耳朵，摇晃着尾巴，局促不安地扭动着身体。威尔明白莱拉一定是干了什么羞于对他启齿的事情，于是他对精灵开了口。

"发生了什么事？告诉我。"他说。

潘特莱蒙说："我们去找院士，可那儿还有别人——一男一女——他们对我们要花招。他们先问了一大堆问题，然后就问到了你，我们没反应过来，就说出认识你，然后我们就逃走了……"

莱拉的双手捂着脸，头使劲低向地面。激动中的潘特莱蒙则不停地变换着形状：狗、小鸟、猫、白貂。

"那个人长什么样？"威尔问。

"大个子，"莱拉瓮声瓮气地说，"很结实，浅色的眼睛……"

"你从那个窗口过来时被他看见了吗？"

"没有，但是……"

"那好，那他就不知道我们在哪儿了。"

"但真理仪！"她喊道，立刻猛地坐直了身体，她那张表情激动的脸僵住了，像一张希腊面具。

"对，"威尔说，"跟我说说这件事。"

她一边哭一边咬牙切齿地告诉他发生的事：那个老头昨天怎样看见她在博物馆里用真理仪；今天他怎样停下车，而她又怎样急于逃脱那个浅色头发的人的追赶；他怎样把车停在路的另一边，因此她不得不从他身边爬过去才能下车，他一定是趁着递给她背包的时候迅速拿走了真理仪……

他看得出她备受打击，却不明白她为什么内疚。这时她又说道："还有，威尔，求求你。我做了件非常糟糕的事情。因为真理仪告诉我必须停止寻找尘埃——至少我想它是这意思——我必须帮助你找到父亲。我本来可以做到，如果有真理仪，不管你父亲在哪儿我都可以帮你找到他。但我没听它的，只干了我想干的事，我真不该……"

他曾见过她用真理仪，知道它能告诉她真理，他转过身去。她抓住他的手，但他挣脱开来，走到了水边，孩子们又开始在港口玩耍。莱拉跑到他身边说道："威尔，我很抱歉——"

"那有什么用？我可不管你抱歉不抱歉，你已经这么干了。"

"但是，威尔，我们应该互相帮助，只有你和我，因为再没有别人了！"

"我不知道怎么做。"

"我也不知道，但是……"

她说了一半停住了，她眼中突然升起一线亮光，她转身跑到被扔在路边的背包旁，飞快地翻找着。

"我知道他是谁了！还有他住在哪儿！看！"她说着举起一张白色的小卡片，"他在博物馆给了我这个！我们可以去把真理仪拿回来！"

威尔接过那张小卡片，上面印着：

> 查尔斯·拉特罗姆爵士，高级英帝国勋爵士
>
> 莱姆菲尔德公馆
>
> 老海丁顿
>
> 牛津

"他是爵士，"他说，"一个爵士，那就是说人们自然会相信他，而不会相信我们。你究竟想让我干什么？报告警察？警察正在到处找我！即使他们昨天没有，那现在一定在找我。如果你一个人去，他们现在知道你是谁，也知道你认识我，所以那也行不通。"

"我们可以偷，我们可以到他的房子里偷，我知道海丁顿在哪儿，我的牛津也有一个海丁顿，不是很远。我们一个小时就可以走到那儿，很容易的。"

"你真蠢。"

"埃欧雷克·伯尔尼松会立马过去把他的脖子拧下来，我真希望他在这儿，他会——"

但她住口了，威尔正看着她，她很害怕。如果披甲熊这样看着她，她也会胆怯害怕的，虽然威尔很年轻，但他的眼神中有些东西和披甲熊很像。

"我长这么大还没听过这么愚蠢的想法，"他说，"你觉得我们能偷偷摸摸地溜到他的房子里把它偷出来吗？你得想一想，动动你的脑子。如果他是一个有钱人，那他一定有各种防盗警报和机关，到时候肯定警铃大作，红外线控制的特制锁和灯光会自动启动——"

"我从没听说过那些，"莱拉说，"我们的世界没有那些东西，我不可能知道那些，威尔。"

"那好，想一想吧：他有整幢大房子来藏它，小偷得用多长时间才能翻遍屋里的橱柜、抽屉和每个角落？那伙人到我家花了好几个小时也没翻出他们要找的东西，我打赌他的房子比我们家要大得多，也许还有一个保险柜。所以即使我们进了他家，也不可能在警察来之前找到它。"

她低下了头，他说的都是事实。

"那我们该怎么办呢？"她问。

他没有回答。但毫无疑问，她说的是"我们"。不管他愿不愿意，他已经跟她绑在一起了。

他在阳台和水边来回踱步，他拍打着双手，想找出答案，但没找到，于是他愤怒地摇着头。

"那就……去吧，"他说，"就去那儿见他。别让你的院士帮忙，即使警察没去找她也不行，她肯定会相信他们，而不是我们。如果我们进了他家，至少会知道主要的房间在哪儿，那就有了开头。"

他没有再说一个字就进屋了，他把信藏在他睡觉的那个房间的枕头下。这样，即使他被抓住，他们也永远不会得到那些信。

莱拉在阳台上等着，潘特莱蒙变成一只麻雀栖息在她肩头，她看上去稍微高兴了些。

"我们会把它拿回来的，"她说，"我能感觉得到。"

他什么也没说。于是，他们就向着那个窗口出发了。

他们花了一个半小时走到海丁顿。莱拉领路，他们绕过市中心，威尔则随时观察着四周，一句话也不说。对莱拉来说，目前比她以往的任何经历都艰难，甚至比在北极去伯尔凡加的路途还要艰难，那时她身边还有吉卜赛人和埃欧雷克·伯尔尼松，虽然那片冻土地带充满危险，但那些危险是可以看得见的，而在这儿，这个既属于她又不属于她的城市，危险可能会以友好的形式出现，而背信弃义则带着笑容，气味芬芳。就算他们没杀死她或把她和潘特莱蒙分开，但他们夺走了她唯一的向导。没了真理仪，她只是……只是一个迷路的小女孩。

莱姆菲尔德公馆的外墙是暖洋洋的蜂蜜色，前面的半面墙上长满了弗吉尼亚爬山虎。这栋房子矗立在一座被精心照料的大花园里，一侧是灌木丛，一条碎石车道一直通往前面的大门，还有一间可以停两辆车的车库，那辆劳斯莱斯车就停在车库门前的左侧。威尔看到的一切都在述说着这里的财富和权力，那种英国上层人士梦想的某种优越感。有什么让他咬紧了牙，一开始他不知道为什么，后来他突然想起来，他小的时候，有一次母亲带他去了一幢和这差不多的豪宅，他们穿了最好的衣服，他做出了最文雅的举止，可是有个老头和老太太让母亲哭了起来，当他们离开那栋房子的时候，她还在哭……

莱拉看见他呼吸急促，捏紧了拳头，她敏感地知道她不该问为什么，那是他的事情，和她无关。不一会儿，他深深地吸了口气。

"那好，"他说，"我们可以试试。"

他迈上车道，莱拉紧紧地跟在后面。他们觉得自己毫无遮挡地暴露着。

门上有一个老旧的门铃，就像莱拉世界里的一样，威尔不知道该按哪个地方，莱拉指给他看他才知道。他们拉动门铃，房子里很远的地方响起了铃声。

来开门的是那天开车的仆人，不过今天他没戴那顶帽子。他先看看威尔，然后又看看莱拉，他的表情稍微有些变化。

"我们想见查尔斯·拉特罗姆爵士。"威尔说。

他翘着下巴，就像那天在塔前面对那些扔石块的孩子一样，那个仆人点了点头。

"在这儿等着，"他说，"我去通报查尔斯爵士。"

他关上了门。那门是用坚硬的橡木做的，两把沉重的大锁分别锁住门的上面和底端，虽然威尔认为理智的小偷是不会尝试从大门进去的。门前很显眼的地方安着防盗报警器，左右各有一盏聚光灯，他们连走近这栋房子都不可能，更不要说破门而入了。

门后传来不慌不忙的脚步声，这时门又开了。威尔抬头看着来人那张贪婪的脸，他吃惊地发现，他显出一副平静威严的样子，没有丝毫负疚或羞愧。

威尔感觉到莱拉在他身旁怒不可遏，于是他很快地说："对不起，莱拉认为，早些时候她搭你车的时候不小心把她的东西落在车里了。"

"莱拉？我不认识什么莱拉，这真是个不寻常的名字。我认识一个叫利齐的小女孩，你是谁？"

威尔暗暗骂着自己的坏记性，他说："我是她的哥哥，我叫马克。"

"哦，哈罗，利齐，或是莱拉，你们进来吧。"

他站到一边。威尔和莱拉都没有料到他会这样，他们不太肯定地走了进去。大厅里很昏暗，闻起来有一股蜂蜡和花香的味道。厅里到处光可鉴人，墙边有一个桃花心木柜子，陈列着美丽的瓷像。威尔发现那个仆人立在一旁，仿佛在等待召唤。

"到我书房来。"查尔斯爵士说着打开大厅另一扇门。

他彬彬有礼，甚至显得很好客，但他的举止中有某些东西使威尔很警惕。书房宽大舒适，散发出雪茄烟味，还摆着真皮的扶手椅，书房中似乎满是书架、图画和打猎纪念品，还有三四个玻璃门的柜子，陈列着古老的科学仪器——铜制显微镜、包着绿色皮革的望远镜、六分仪、指南针。这就不难看出他为什么想要那台真理仪了。

"坐下。"查尔斯爵士指着一张沙发说，他坐在桌子后面的椅子上，继续说道，"怎么样？你们要说什么？"

"你偷了……"莱拉急切地说道，但威尔看了她一眼，她停住了。

"莱拉认为她的东西落在了你的车里，"他又开始说道，"我们来把它拿回去。"

"你指的是它吗？"他说着从桌子抽屉里拿出一个天鹅绒包裹。莱拉站了起来，但他毫不理会，他打开包裹，金灿灿的真理仪展现在他手中。

"是的！"莱拉脱口而出，她伸手去拿。

但他合上了手掌。桌面很宽，她够不着。她还没来得及做出其他动作，他已经转了个身，把真理仪放进玻璃门橱柜，上了锁，把钥匙放进了西装背心的口袋。

"可它不是你的，利齐，"他说，"或莱拉，如果那是你的名字的话。"

"是我的！那是我的真理仪！"

他悲哀而沉重地摇摇头，好像他虽然不愿意责备她，但他这么做完全是为她好一样。"我认为对于这个问题还有相当多的疑问。"他说。

"可那是她的！"威尔说，"的确是！她给我看过！我知道那是她的！"

"你看，我认为你得证明这一点，"他说，"我不需要任何证明，因为现在它在我手里，这就意味着它是我的，就像我收藏的其他东西一样。我必须说，莱拉，我很惊讶地发现你那么不诚实……"

"我没有不诚实！"莱拉喊道。

"哦，可你是这样的，你告诉我你的名字是利齐，现在我知道你有另外一个名字。坦率地说，你没有任何办法使别人相信那么珍贵的东西属于你。这样吧，我们叫警察来。"

他扭头去叫他的仆人。

查尔斯爵士还没来得及说完，威尔就喊道："不，等一下——"而就在这时，莱拉绕着桌子跑起来，潘特莱蒙不知从什么地方冒出来，出现在她的臂弯里。它变成一只咆哮的野猫，向那个老头龇牙咧嘴，发出咝咝的声音。查尔斯爵士对突然出现的精灵眨了眨眼，却没有退缩。

"你甚至不知道你偷的是什么，"莱拉吼道，"你见过我用它，你就想偷，然后你就偷走了它。但你……你……你比我母亲还坏，至少她还知道它很重要！你却只把它放在盒子里不管不问！你真该去死！如果我能做到，我会叫人杀了你，你不配活着，你是……"

她说不下去了，她所能做的就是向他脸上吐唾沫，于是她就使劲地这么干了。

威尔静静地坐着，观察着四周，牢记着每样东西所在的位置。

查尔斯爵士平静地抖开一块丝绸手帕擦了擦。

"你有没有一点自控力？"他说，"去，坐下，你这肮脏的小孩。"

莱拉的身体颤抖着，她感到泪水涌出了眼眶，她猛地坐在了沙发上，潘特莱蒙变成了一只猫，它站在莱拉的膝盖上，竖着尾巴，瞪着那个老头。

威尔一言不发地坐在那里，他感到困惑不解。查尔斯爵士早就可以把他们赶出去，他在玩什么花招呢？

这时他看见了一幕奇怪的景象，那景象那么奇怪，他甚至以为那是自己的想象。从查尔斯爵士的亚麻上衣袖子里，在那雪白的衬衫袖口，出现了一个翠绿色的蛇头，吐着黑色的芯子，布满锁子甲般鳞片的蛇头上是一双带着金边的黑眼睛，它来回打量着莱拉和威尔。她因为愤怒压根儿没看见它，威尔也只看见了一会儿，然后它就又缩进老头的袖子里，但这就已经让他吃惊得瞪大了眼睛。

查尔斯爵士来到窗口附近的座位，平静地坐下，手抚着裤子上的皱褶。

"我觉得你们最好听我说，而不是不加控制地做出这种举动，"他说，"你们的确没有任何选择，那台仪器现在归我了，它会一直在我这儿，我需要它，我是个收藏家。你可以吐唾沫，跺脚，尖叫，想怎么样都可以。但等到你说服任何人听你讲的时候，我就会有很多文件证明我已经买下了它，我很容易做到这一点，这样你们就再也拿不回它了。"

现在他们俩都沉默了，但他想说的话还没有结束，一股巨大的困惑使莱拉的心跳变得缓慢，使整个房间都沉寂下来。

"不过，"他继续说道，"我有一样更想要的东西，但我自己拿不到它，我想和你做个交易，你把我要的东西拿来，我就把它还给你——你叫它什么？"

"真理仪。"莱拉嗓音嘶哑地说。

"真理仪，真是有趣。真理——那些符号——是的，我明白了。"

"你要的东西是什么？"威尔问道，"它在哪儿？"

"它在我去不了但你们能去的一个地方。我很清楚你们已经在什么地方找到了入口，我猜那儿离萨默敦不远，今天上午，利齐或是莱拉就是在那儿下的车。入口的那一侧就是另外一个世界，一个没有大人的世界。到现在为止我说得对吗？你们知道，制造这个入口的人有一把刀，他把那把刀藏在那个世界里，他非常害怕，他有他的理由。如果他的确在我说的那个地方的话，那他应该在那座门口雕刻着天使的古老石塔里，那座天使之塔。

"那就是你们要去的地方，我不管你们怎么做，我要得到那把刀。把它拿来给我，你们就可以拿走真理仪。虽然失去它我会很难受，但我是一个遵守诺言的人。你们要做的就是：把那把刀拿来给我。"

8. 天使之塔

威尔问："拿着这把刀的人是谁？"

他们坐在开往牛津的劳斯莱斯车里。查尔斯爵士坐在前排，半侧着身体。威尔和莱拉坐在后排，潘特莱蒙现在变成了一只耗子，安静地卧在莱拉手中。

"那个人对那把刀的拥有权，还不如我对这台真理仪的拥有权。"查尔斯爵士说，"我们都很不幸，真理仪在我的手里，而刀却在他的手里。"

"那你是怎么知道那个世界的呢？"

"我知道许多你们不知道的事情。你们以为是怎么回事？我比你们年纪大得多，也知道得多。在这个世界和那个世界间有许多通道，还有一些知道从哪儿可以轻易来回穿行的人，喜鹊城里有一个由博学的人组成的协会，他们以前经常这么干。"

"你根本不是这个世界的人！"莱拉突然说道，"你从那儿来，是不是？"

她的记忆再次奇怪地涌动起来，她几乎能确信自己以前见过他。

"不，我不是。"他说。

威尔说："如果我们要从那个人那里拿到那把刀，我们必须对那个人多一些了解。他不会就那么把刀给我们，是不是？"

"当然不会。这是一件可以赶走妖怪的东西，不管用什么办法，那都不会是件容易的事。"

"妖怪害怕那把刀吗？"

"非常害怕。"

"它们为什么只袭击大人呢？"

"你现在不用知道为什么，那无关紧要。莱拉，"查尔斯爵士转身对她说，"跟我讲讲你这个非同一般的朋友。"

他是指潘特莱蒙。他刚说完，威尔就明白刚才看见的他袖子里的那条蛇也是个精灵，查尔斯爵士一定来自莱拉的世界。他问起潘特莱蒙就是为了扯开话题：那么他并没有意识到威尔看到了他的精灵。

莱拉把潘特莱蒙抱到自己的胸口，这时他变成了一只黑色的耗子，尾巴摇晃着，缠绕着她的手腕，他那双通红的眼睛瞪着查尔斯爵士。

"你不该看见他，"她说，"他是我的精灵。你以为在这个世界里你没有精灵，其实你有，你的精灵肯定是只屎壳郎。"

"如果埃及法老乐意以圣甲虫¹作为灵魂的象征，我也会乐意的。"他说，"那么，你来自另一个世界，真是有趣。真理仪也来自那儿吗？还是你旅行时偷来的？"

"是别人送给我的，"莱拉恼怒地说，"是在我的牛津，乔丹学院的院长送给我的，它归我所有。你不知道它怎么用，你这个愚蠢的臭老头，你再花一百年也不知道怎么读它。对你来说，它只是一个玩具。但是我需要它，威尔也需要它。别担心，我们会把它拿回来的。"

"我们等着瞧吧，"查尔斯爵士说，"上次我就是在这儿让你下车的。你们要在这儿下车吗？"

"不，"威尔说，因为他看见一辆警车停在不远处的马路上，"因为有妖怪，你去不了喜鹊城，所以即使你知道那个窗口在哪儿也没有关系，把我们送往环路那边。"

"随便你，"查尔斯爵士说，汽车又开动了，"如果你拿到那把刀，就给

---

1 圣甲虫（Scarab），被古埃及人认作神物，用以作为护身符或灵魂的象征。前面莱拉骂查尔斯爵士的精灵是"屎壳郎"，与圣甲虫同属金龟子科。

我打电话，艾伦会来接你。"

直到司机停车时他们都没有再说一句话。他们下车的时候，查尔斯爵士摇下车窗对威尔说："顺便告诉你，如果你拿不到那把刀，就不要回来了。你要是两手空空到我这儿来，我会叫警察的。如果我把你的真实姓名告诉他们的话，我猜他们会马上就到。你叫威尔·佩里，是吗？是的，我想是的。今天的报纸上有你一张很不错的照片。"

汽车开走了，威尔哑口无言。

莱拉摇着他的胳膊。"没关系，"她说道，"他不会告诉任何人，如果他要说的话早就说了。来吧。"

十分钟后他们站在了天使之塔脚下的广场上。威尔跟她说了关于蛇精灵的事情，她在街上停下来，对她那模糊的记忆感到很苦恼。那个老头是谁？她在哪里见过他？不行，她还是想不起来。

"我没想告诉他，"莱拉小声说，"但昨天晚上我看见有一个人站在上面。那些小孩吵闹的时候他还往下看……"

"他长什么样？"

"很年轻，卷头发。一点儿也不老。但我只看见他一下下，在墙垛的上面，在最顶端。我想他可能是……你还记得安吉莉卡和保罗吗？保罗说过他们有一个哥哥，他也来到了这个城市，她拦住保罗，不让他告诉我们，好像那是个秘密？我想那人可能就是他，也许他也在找那把刀。我猜想所有的孩子都知道这件事，那就是孩子们回到这里的真正原因。"

"嗯，"他说着抬头向上看，"可能是。"

她想起那天早晨孩子们的谈话，他们说过没有小孩愿意走进那座塔，那里有可怕的东西。她还想起她和潘特莱蒙离开那座城市前，从门外向里看时，她那种不自在的感觉。也许那就是为什么他们需要一个大人进到里面去的原因。她的精灵现在变成了明亮阳光下的一只飞蛾，在她的头顶扑打着翅膀，焦急地小声说着什么。

"嘘，"她也小声回答道，"潘特莱蒙，没有别的选择，是我们的错，我们得去纠正，这是唯一的办法。”

威尔沿着塔墙走在右边，在拐弯处，在那座塔和另一座楼之间有一条狭窄的鹅卵石小路。威尔走上那条小路，抬头向上看，观察着地形，莱拉跟在后面。威尔在二楼的一扇窗户下停了下来，对潘特莱蒙说："你能飞上去吗？你能看看里面吗？"

他立即变成一只麻雀飞走了。他只能勉强飞到一定的高度，当他飞到窗台上时潘特莱蒙吸了一口气，轻轻惊叫了一声，他在那里停了一两秒，然后就又飞了下来。她舒了口气，深呼吸了几下，就像落水后刚被救上来一样。威尔迷惑地皱着眉头。

"受不了，"她解释道，"当精灵离开你时你会很难受。"

"对不起，你看到了什么？"他问。

"楼梯，"潘特莱蒙说，"楼梯和黑暗的房间，墙上挂着剑、矛和盾牌，像是个博物馆。我还看到了那个年轻人，他在……跳舞。"

"跳舞？"

"他来回移动，挥舞着手，或者像是在跟什么看不见的东西搏斗……我透过一扇开着的门看到了他，不是很清楚。"

"和妖怪搏斗？"莱拉猜测着。

但他们也猜不出别的，于是他们就继续往前走。塔的后面是一堵石墙，墙头插着碎玻璃，里面是个小花园，有一眼喷泉，周围是一块块整齐的花草平台（潘特莱蒙又飞上去看了看），另一边是条小路，又把他们带回了广场。塔上的窗户又小又深，像发愁的眼睛。

"我们得从前面进去。"威尔说。

他走上台阶，推开门，阳光射了进来，沉重的铰链吱吱嘎嘎地响着。他向里走了一两步，没看见任何人，于是他又向里走了几步。莱拉紧紧地跟在后面。地上铺了石板，因为年代久远，石板已经变得很光滑，里面很凉爽。

威尔看到一段向下的楼梯，于是他又往下走，来到一个宽大的、天花板很低的房间里。房间一头是一个巨大的煤炉，墙被煤烟熏得乌黑一片，但那儿也没有人，于是他又往上走回门厅，发现莱拉手指竖在唇边，正抬头向上看。

"我能听见，"她小声说，"我猜他是在自言自语。"

威尔竖起耳朵倾听着，他也听见了：低沉而含糊不清的吟唱声，不时夹杂着刺耳的笑声或是短促而愤怒的叫喊声，听起来像个疯子的声音。

威尔鼓起腮帮子呼了一口气，开始爬楼梯，黑橡木楼梯又宽又大，台阶和石板一样陈旧而结实，脚踩上去不会发出咯吱声。他们越往上走越暗，因为唯一的光源就是每一层楼梯平台上那一扇又小又深的窗户。他们爬上一层就停下来听一听，然后再往上爬，现在那人的声音和晃晃悠悠有节奏的脚步声交织在一起，那声音来自楼梯平台对面的那个房间，房门开着一条缝。

威尔蹑手蹑脚地走过去，把门又推开了几英寸，这样他就能看见了。

那是一个大房间，天花板上积了厚厚的蜘蛛网。墙边排列着书架，书架上堆着破破烂烂的书，有的书装订线松散了，有的书纸张掉了出来。有几本书打开着，散放在地上或是宽大的布满灰尘的桌子上，其他塞在书架上的书摆得杂乱无章。

房间正中有个年轻人正在——跳舞。潘特莱蒙说得对：那人正像他所说的那样，他背对着门，一会儿朝向这边，一会儿朝向那边，他的右手一直在身体前面挥舞，好像要清除什么看不见的障碍。他那只手里有一把刀，那刀看上去很普通，刀身并不怎么锋利，大约八英寸长。他举着刀向前刺，又向两边砍，一边砍一边向前摸索，上下乱刺，周围却空空如也。

他又动了一下，仿佛要转身，威尔向后退去。他竖起一根手指在唇边，向莱拉示意，领着她来到楼梯，又走上一层楼。

"他在干什么？"她小声问。

他尽可能详细地向她描述着。

"他好像疯了，"莱拉说，"他是不是瘦瘦的，卷头发？"

"是的，红头发，像安吉莉卡一样。他看上去的确是疯了，我不知道——我觉得这比查尔斯爵士说的还要奇怪。我们再上楼看一看，然后再去跟他说话。"

她没有提出疑问，由他带领着，走上楼梯，来到最顶层。那儿亮堂多了，因为那儿有一段白色的楼梯一直通向屋顶——或者，那儿还不如说像个温室，是一座由木头和玻璃构成的建筑，即便在楼梯的最下面他们也能感觉到那灼人的热浪。

正当他们站在那儿时，听到上面传来一声呻吟。

他们吓了一跳。他们原来以为这座塔里只有一个人。潘特莱蒙吓得一下子从猫变成了一只鸟，飞到莱拉的胸口，这时威尔和莱拉才发现他们互相抓住了对方的手，于是又慢慢松开了。

"最好去看一看，"威尔小声说，"我先去。"

"应该我先去，"她也小声说，"因为是我的错。"

"正因为是你的错，所以你要照我说的去做。"

她噘起嘴，但还是跟在他后面。

他向上爬去，来到阳光下。玻璃建筑里阳光刺眼，里面也像阳光花房那么热。威尔觉得看不清楚，也很难呼吸。他发现了门把手，于是转动门把手，迅速走了出去，他举起一只手挡住阳光，不让它照到眼睛。

他发现自己置身于铅皮塔顶上，周围是矮矮的墙垛。玻璃建筑在最中间，它周围的铅皮塔顶向下呈现出轻微的坡度，通向矮墙下的石头水槽，石槽中有一些方方正正的排水洞，用来排出雨水。

在骄阳下，铅皮屋顶上躺着一个满头白发的老头。他脸上青一块紫一块的，一只眼睛闭着，他们走近了才发现他的双手被捆在后面。

他听见他们走近，又开始呻吟起来，并试图翻过身来准备自卫。

"不要怕，"威尔轻声说，"我们不会伤害你。是拿刀的那个人干的吗？"

"嗯。"老头咕哝着。

"我们来解开绳子。他系得不是很紧……"

那根绳子捆得匆忙粗糙，威尔知道该怎么解开后，绳子很快就松落了。他们帮助那个老人站起来，把他带到墙垛的阴影下。

"你是谁？"威尔说，"我们没想到这儿有两个人，我们原来以为这儿只有一个人。"

"贾科姆·帕拉迪西，"老人用牙齿残缺不全的嘴咕哝着，"我是持刀者，别人都不是。那个年轻人从我这里偷走了它，经常有像他那样的傻瓜为那把刀来冒险，但这个人真是不顾一切，他要杀死我。"

"不，不会的，"莱拉说，"持刀人是怎么回事？那是什么意思？"

"我代表协会拥有这把魔法神刀。他去哪儿了？"

"他在楼下，"威尔说，"我们上来时经过他身边，他没看见我们，他正拿着刀在空中挥舞。"

"他想砍穿，他不会成功的。当他——"

"小心。"莱拉说道。

威尔转过身时，那个年轻人爬到了小木屋里。他并没有看见他们，但这儿没有可藏身的地方——当他们站起来时，他看见了他们，他突然转过身来，面对着他们。

潘特莱蒙立即变成一只熊，从后面扑向他的腿。只有莱拉知道，他无法碰到那个人。那人眨了眨眼，还瞪眼看了一会儿，但威尔看得出来其实他并没有在意。他疯疯癫癫的，他那红色的卷发纠结在一起，下巴上沾着斑斑点点的唾沫，瞳孔周围的眼白都露了出来。

他拿着那把刀，而他们什么武器也没有。

威尔离开老人，来到铅皮塔顶上蹲了下来，随时准备跳下去，或是和他搏斗，或是跳到别的地方。

年轻人冲上前来，持刀向他砍去——左一下，右一下，左一下，越来越靠近，逼得威尔直后退，最后被困在塔的一角。

莱拉从后面爬向那人，手中拿着那根解下来的绳子。威尔猛地冲向前，就像在家中对付那个人一样，效果也一样：他的对手始料不及，被撞得直向后退，从莱拉身上翻滚下去，摔在铅皮塔顶上。这一切发生得太快，威尔都没来得及感到害怕。但他来得及看到那把刀从那人的手上掉下来，落在几英尺之外的铅皮塔顶上。刀尖冲下，没遇到任何阻力，就像掉进了一块黄油，刀身都没了进去，一直没到刀把，然后猛地停住了。

那个年轻人立刻转身要去拿那把刀，但威尔扑向他的后背，抓住他的头发。他在学校里学会了打架，只要那些小孩嗅出他妈妈有什么不对劲，就会出现许多需要打架的场合。他也从中学到，在学校里打架并不靠优美的姿势得分，而需要强迫对手屈服，那就意味着要比他伤害你还要更多地伤害他。他还知道，你得愿意伤害别人，他发现事到临头时并不是很多人都会伤害别人，但他知道他会。

所以他对此并不陌生，但他以前还没有跟一个拿着一把刀、几乎成年的人打过架，因此他必须不惜一切代价阻止那人捡起他掉落的那把刀。

威尔把手指插进那人浓密的湿头发中，用尽全力向后拽。那个人发出哼叫声，向两边甩动身体，挣扎着，但威尔拽得更紧了，他的对手因为疼痛和愤怒而咆哮着。他冲向前，然后又猛地退回去，把威尔挤在他和墙垛之间，这一招很厉害，威尔被挤得差点背过气去，他一阵晕厥，松开了手。那个人挣脱开来。

威尔跪在水槽里，大口喘着气，但他不能待在那儿。他试图站起来——他这么做时，一只脚踩进了排水洞。他的手指绝望地扒住了温暖的铅皮，在可怕的一瞬间，他以为自己会从塔顶滑落到地面，可什么事也没有发生，他的左脚踩了个空，身体的其他部分安然无恙。

他抽回左脚，一瘸一拐地站了起来。那个人又够到了刀，但他还没来得及把刀从铅皮里拔出来，莱拉突然跳到了他的背上，像只野猫一样又抓又挠，又踢又咬，她试图抓他的头发，但没抓住，被他掀翻在地。当他站起来时，他已经把刀拿到了手。

莱拉被摔在一边，潘特莱蒙现在变成了一只野猫，站在她身边，毛发竖着，龇牙咧嘴。威尔面对着那个人，第一次清楚地看清了他。毫无疑问，他就是安吉莉卡的哥哥，没错，他很凶残，他全部的注意力都集中在威尔身上，刀就在他手中。

但威尔也不是孬种。

他抓住莱拉掉下来的那根绳子，把它缠在左手上用来保护手，防备那把刀。他来到年轻人和太阳之间，这样对手就不得不眯着眼睛看他。更棒的是，玻璃建筑把强光反射到他的眼睛里，威尔看得出来有一会儿他几乎什么都看不见了。

他跳到那个人的左边，离开那把刀，他高举着左手，用力踢向那个人的膝盖。他精心瞄准，他的脚踢中了目标，那个人大叫一声蹲了下去，又笨拙地一瘸一拐地躲开。威尔在他身后追着，不停地踢他，够得着哪儿就踢哪儿，把他逼得退到了玻璃房里。要是能把他逼到楼梯口就好了……

这次，那个人更沉重地倒了下来，他拿刀的右手垂在威尔脚边的铅皮地面上，威尔立刻踩住，用力把他的手指压在刀柄和铅皮地面之间，然后他用绳子更紧地缠在手上，再次踩着他的手指。那人大叫着松开了刀。威尔立即踢开那把刀，他的鞋只碰到了刀把，这对他来说真是够幸运的。那把刀从铅皮地面上跳起来，落在一个排水洞旁。他手上的绳子又松开了，好像有很多鲜血从什么地方喷涌而出，溅在铅皮地面和他的鞋上。那人自己站了起来——

"小心！"莱拉叫道，但威尔已经准备好了。

当那人失去平衡的时候，威尔用尽全力使劲撞向他的肚子。那人仰面倒在玻璃上，玻璃立刻碎了，稀松的木框也散了架。他从楼梯间的废墟上爬起来，抓住门框，但那根门框因为没了支撑很快也掉了下来。他摔了下去，更多的玻璃碎片落在他身旁。

威尔跑回水槽，捡起那把刀，战斗结束了。那个被打败的年轻人爬上楼梯，看见威尔拿着刀站在上面，他愠怒地瞪了一眼然后转身跑了。

"啊，"威尔说道，他坐了下来，"啊！"

他还没有注意到，可怕的事情发生了。他扔下刀，握住他的左手，那团绳子已经被鲜血浸透了，当他扯掉绳子时——

"你的手指！"莱拉倒吸一口气，"哦，威尔——"

他的小拇指和旁边那根手指跟绳子一起掉了下来。

他的头嗡嗡作响。血从原来手指的关节处冒出来，他的牛仔裤和鞋子早已被血浸透了。他不得不仰面躺下，闭上眼睛。疼痛不那么剧烈了，他的一部分意识感到些许惊讶。那不像割破皮肤时那种尖锐而清晰的刺痛，而更像一记铁锤沉闷的重击。

他从没有感到这么虚弱过，他觉得有那么一会儿自己已经睡着了。莱拉摆弄着他的胳膊。他坐起身来察看伤势，他有些眩晕。那个老头就在附近，但威尔看不出来他在干什么，这时莱拉跟他说话了。

"如果我们有血苔藓就好了，"她说道，"那是熊用的东西，那样我就能做得更好。威尔，我能，看，现在我要把这根绳子系在你胳膊上止血，因为我没法把它系在原来你手指所在的地方，因为那儿没法系。举着别动。"

他任由她系上绳子，然后他四处张望，寻找他的手指。它们在那儿，弯曲着躺在铅皮地面上，像两个血淋淋的问号。他笑了。

"嘿,"她说,"别那样,起来吧。帕拉迪西先生有一些药,是药膏,我不知道是什么,你得下楼。那个人已经跑了——我们看见他跑出大门,现在他已经跑了,你打败了他。来吧,威尔——来吧——"

她连哄带骗地带他来到楼下,他们小心翼翼地走过一地的碎玻璃和木条,走进楼梯间一个阴凉的小房间,墙边排列着瓶瓶罐罐、捣杵、研钵,还有化学家用的天平。肮脏的窗户下是一个石头水槽,老头正用颤抖的手从一个大瓶子向小瓶子里倒什么东西。

"坐下,把这个喝了。"他说着向小玻璃杯里倒入了一种暗暗的金色液体。

威尔坐了下来,接过杯子。他刚喝了第一口,喉咙就像被火烫了似的,威尔倒吸着凉气,莱拉生怕杯子掉下来,赶紧接了过去。

"把它都喝了。"老头命令道。

"这是什么?"

"洋李酒,喝了它。"

威尔小心地一口口喝着。现在他的手真的开始疼了。

"你能治好他吗?"莱拉问,她的声音听上去很绝望。

"哦,能,我们有各种各样的药。你,小姑娘,去打开桌子抽屉,拿一卷绷带出来。"

威尔看见那把刀就躺在房间中央的桌子上,他还没来得及拿起来,那个老头端着一碗水,一瘸一拐地向他走来。

"把这个也喝了。"老头说。

威尔紧紧地端着碗,他闭上眼睛,老头在他手上弄着什么,他感到一阵刺痛,但后来他感到有一块毛巾缠在他的手腕上,有什么东西轻轻地蘸着他的伤口,那里先是一阵清凉,然后又开始疼。

"这种药膏非常珍贵,"老头说,"很难弄到,但对伤口有好处。"

那是一管被挤扁的、布满灰尘的普通消毒药膏,威尔在他世界的任何一家药店里都能买到,但老头拿着它的样子就好像它是用没药[1]制成的一样。

---

1 没药(Myrrh),在西方据说它有神奇的疗效,用它制成的油膏可促进伤口愈合。在《圣经》中,没药是给初生基督的礼物之一。

威尔扭过头看别处。

在那人替威尔敷伤口时，莱拉感觉到，潘特莱蒙正在无声地呼唤她到窗口来看。他现在变成一只茶隼，扒着窗棂向外看，他看到了下面的动静。她也和他一起看，她看见一个熟悉的身影：那个女孩安吉莉卡正向她的哥哥跑去，图利奥站在窄街的另一侧，背靠着墙，在空中挥舞着手臂，像是要从脸上驱走一群蝙蝠。然后他又转过身，双手开始抚摸墙上的石块，数着它们，试探着石块的边缘，他弓着肩膀，摇着脑袋，好像要避开他身后的什么东西。

安吉莉卡很绝望，她身后的保罗也是，他们跑到哥哥面前，抓住他的胳膊，试图把他从困扰他的那些东西中拉出来。

莱拉一阵难受，她知道发生了什么：他被妖怪袭击了。安吉莉卡知道这一点，虽然她看不见它们，保罗哭着，奋力与空空如也的空气搏斗着，想把它们赶走，但那不管用，图利奥不行了。他的动作越来越呆滞，不久就停住了。安吉莉卡抱着他，摇晃着他的胳膊，但怎么也唤不醒他；保罗不停地哭喊着哥哥的名字，好像那样就能把他叫回来。

这时安吉莉卡好像感觉到莱拉在看她，她抬起头来。有一刹那她们的目光相遇了，她眼中的仇恨是那么深，莱拉一震，好像被她打了一拳。这时保罗注意到她的目光，也抬起了头，他用稚嫩的嗓音叫着："我们要杀了你！是你害了图利奥！我们要杀了你！"

两个孩子转身跑了，留下了他们那个遇难的哥哥。莱拉感到害怕和内疚，她退进房间，关上窗户。屋里其他的人没有听见，贾科姆·帕拉迪西正在往威尔的伤口上涂更多的药膏，莱拉努力把她看见的那一幕从脑海中赶走，把注意力集中在威尔身上。

"你得用什么东西系在他胳膊上，"莱拉说，"用来止血，不然血不会止住的。"

"是的，是的，我知道。"老头悲哀地说道。

他们缠绕绷带时，威尔的眼睛一直望着别处，他一口一口地喝着洋李酒。

尽管这时伤口还疼得厉害，但他已经平静多了，伤口好像和他不相干似的。

"来，"贾科姆·帕拉迪西讲道，"给你这把刀，拿着，它是你的了。"

"我不想要，"威尔说，"我不想和它有什么关系。"

"你别无选择，"老头说，"现在你是持刀者。"

"我记得你说过你是持刀者。"莱拉说。

"我的时代已经结束了，"他说，"这把刀知道什么时候离开一个人的手，去投奔另一个人，我还知道怎么才能明白这一点。你不相信我？你看！"

他伸出自己的左手，小指和邻近的那根手指都没有了，跟威尔一模一样。

"是的，"他说，"我也是这样。我搏斗了，也失去了同样的两根手指，这就是持刀者的标志，我事先也不知道。"

莱拉坐了下来，瞪大双眼。威尔用他那只没受伤的手扶住布满灰尘的桌子，他张口结舌。

"但我——我们到这儿来只是——有一个人偷了莱拉的东西，他想要这把刀，他说如果我们把刀拿给他，他就会——"

"我知道那个人。他是个撒谎的人，一个骗子，他不会给你任何东西。他想要那把刀，可一旦他得到了它，他就会背叛你们。他永远也不会成为持刀者，这把刀现在归你所有了。"

威尔极不情愿地拿过刀，那把刀看上去只是一把普通的匕首，大约八英寸长，刀身两侧都是暗淡无光的金属，短小的横柄也是用同样的金属制成，还有一个红木做的刀把。当他更仔细地观察它的时候，他看见红木上镶嵌着金丝，组成了一个图案，他起先没认出来，直到他转动刀把才发现那是个天使，翅膀合拢在一起。在另一边是一个不同的天使，翅膀伸展着。金丝稍稍浮出表面一些，握上去很实在。当他把刀拿起来时，他觉得那把刀拿在手里很轻，平衡有力，刀身一点儿都不暗淡。事实上，在金属表面下，那里仿佛藏着一团云雾，青紫、海蓝、棕黄、云灰、浓绿，夜幕下荒凉墓地中坟墓入口处的重重黑影……如果说什么地方有这种虚幻的色彩，那就是在这把魔法神刀的刀身上。

但刀刃就不同了。事实上，两侧的刀刃并不相同。一边是清亮的钢，是锋利得无法比拟的钢，融入了那些奇妙的色彩中。威尔先是看着那把刀，它看上去如此锋利，以至于威尔把目光缩了回来。另一侧的刀刃同样锋利，却是银白色的。莱拉在从威尔肩后看着那把刀，她说："我以前见过这个颜色！当时他们想把我和潘特莱蒙砍开，用的是同样的刀！"

"这一侧的刀刃，"贾科姆·帕拉迪西用汤匙柄碰了碰钢制的刀刃，说道，"可以切开世界上任何物质，看着。"

他把银汤匙压在刀刃上，威尔拿着刀，他只感到一股很小的阻力，汤匙柄就被干脆利落地削断，掉落在了桌面上。

"另一侧的刀刃，"老头继续说道，"就更加精密了，你可以用它切开整个世界。现在试一试，按我说的做——你是持刀者，你必须知道，除了我没有人能教你，但我的时间已经不多了。站起来，听着。"

威尔把椅子推向身后，站了起来。他松松地握着那把刀，感到头晕恶心，有种逆反的情绪。

"我不想——"他开口说道，但贾科姆·帕拉迪西摇摇头。

"安静！你不想——你不想……你别无选择！听我说，时间不多了，现在握住这把刀——就像这样。这不仅要用刀去砍，还要用你的意志，你一定要去想它。现在这么做：把注意力集中在刀尖上，集中，小伙子，集中你的意念。别去想你的伤口，它会愈合的。想着刀尖，现在你在那儿。现在和它一起去感觉，轻轻的。你要找一个小缺口，小得眼睛都看不见，但如果你把注意力集中在刀尖上，它会找得到。在空气中感觉它，直到你感觉到存在于这个世界的最微小的缺口……"

威尔试图这么做，但他的头嗡嗡作响，左手一跳一跳地疼极了，他又看见他躺在屋顶上的那两根手指，他想到他的母亲，可怜的母亲……她会说什么呢？她会怎么安慰他？他又该怎么安慰她？他把刀放到桌上，蹲了下去，抱着他那受伤的手哭了，他无法承受这么多。哭泣震撼着他的喉咙和胸膛，眼泪模糊了他的双眼，他在为她哭泣，那个可怜的、担惊受怕的、忧伤的亲人——他离开了她，他离开了她……

他伤心而孤独，可就在这时，他感觉到有什么奇怪的事发生了。他用右手背擦了擦眼睛，看见潘特莱蒙的脑袋出现在他膝盖上。那个精灵现在变成一只猎狼犬，抬起头，用忧伤温柔的目光凝视着他，然后轻柔地、不停地舔着那只受伤的手，又把他的头栖息在威尔的膝盖上。

威尔并不知道莱拉世界的禁忌：一个人不可以触摸别人的精灵。如果他以前没有碰过潘特莱蒙的话，那他也是因为出于礼貌与他保持距离，而并非知道这一点。莱拉则非常惊讶。她的精灵出于自己的意愿做完了他要做的，然后变成一只小小的飞蛾，扇动翅膀飞回她的肩头。老头很好奇地看着，但没有显出难以置信的样子，他以前也见过精灵，他也去过别的世界旅行。

潘特莱蒙的举动起了作用，威尔艰难地咽了咽唾沫，又站了起来，擦去眼中的泪水。

"好吧，"他说，"我再试试。告诉我怎么做。"

这一次他强迫自己集中注意力，按贾科姆·帕拉迪西说的去做，他咬紧牙关，身体因为用尽全力而颤抖着，浑身是汗。莱拉迫不及待地想打断他，因为她了解这个过程，马隆博士也了解，还有那个诗人济慈，不管他是什么人，他也了解，他们都知道欲速则不达的道理，但她双手紧握，努力让自己一言不发。

"停下，"老人和蔼地说，"放松，别强迫。这是魔法神刀，不是沉重的宝剑。你握得太紧了，放松你的手指。让你的意念沿着你的手臂漫游，到手腕，然后进入刀把，再到刀身。别着急，慢慢来，别强迫它，仅仅是漫游，然后来到刀尖，来到这把刀最锋利的地方，你就会与刀尖合为一体。现在开始，去那儿感受一下，然后再回来。"

威尔又试了试。莱拉能看出他身体的紧张，看见他下巴的动作，她发现有一种意志从那里出现，平静、放松、明确。这意志是威尔自己的——或者，也许是他的精灵的。他该多想有一个精灵啊！那种孤独……难怪他会哭，潘特莱蒙那么做是对的，尽管她对此感到很奇怪。她向她钟爱的精灵伸出手，他现在变成了一只貂，扑向她的膝盖。

威尔的身体停止了颤抖，他们一起注视着他。他并没有松懈，他现在用另一种方式来集中注意力，那把刀看上去也不一样了。也许是因为刀身云雾般的色彩，也许是因为威尔拿刀时那种自然的方式，他和刀尖一起做出的那些动作不再漫无目的，而是果断坚定。他用这种方式感觉着，然后他转动小刀，用银白色的一侧感觉着，这时他似乎发现空气中有一些细微的凸出。

"这是什么？是它吗？"他声音嘶哑地问。

"是的，别强迫。现在回来吧，回到你自己。"

在莱拉的想象中，她看见威尔的灵魂沿着刀身、他的手和胳膊向上飞回了他的心。他退后一步，垂下手，眨了眨眼睛。

"我觉得那儿有什么东西，"他对贾科姆·帕拉迪西说，"这把刀先是在空气中划过，然后我就感觉到……"

"好，现在再做一次。这一次，当你感觉到的时候，让刀沿着它滑进去，来砍一刀。别犹豫，也别吃惊，别把刀掉下来。"

威尔得蹲下去，深呼吸几下，再把左手放在另一只胳膊下，然后他才能继续，但他很专心。几秒后，他又站了起来，把刀举在面前。

这一次容易多了。只要他感觉过它一次，下一次他就知道该寻找什么，这次不到一分钟他就感觉到了那个奇怪的小突起，这就像用解剖刀的刀尖仔细探寻两个针脚间的切口一样。他碰了碰它，又退回来，然后又碰了碰它加以确定，再然后，他按照老人说的去做，用银白色的刀刃削了一刀。

贾科姆·帕拉迪西事先提醒他别吃惊是明智的，他小心地握住刀，把它放在桌子上，然后才表示出惊讶。莱拉早已站起身来，她目瞪口呆，因为在这个灰扑扑的小房间的正中央，出现了一个窗口，和角树下的那个窗口一模一样：半空中的一个缺口，透过它他们可以看见另外一个世界。

因为他们身处高塔，他们在牛津北部的高空，下面是一片墓地，可以回头看到整个城市，在他们前面不远处就是那排角树，还有房子、树、马路，还有远处的高塔和城市里的尖顶建筑。

如果不是他们见过第一个窗口，他们会以为这是某种光的魔术。只不过，那不仅是光，还有空气钻了进来，他们能闻到汽车的汽油味，而这在喜鹊城是没有的。潘特莱蒙变成一只小麻雀飞了过去，他在开阔的半空中很高兴，还抓住了一只小昆虫，然后才又飞回莱拉的肩膀上。

贾科姆·帕拉迪西带着好奇和悲伤的微笑注视着他，然后说道："打开就到此为止了，现在你得学会如何关上。"

莱拉往后站了站，给威尔让出地方，老头站到他身边。

"这要用你的手指，"他说，"一只手就可以了。感觉它的边缘，就像你刚才开始时，感觉那把小刀一样。除非你把灵魂集中在指尖，否则你发现不了它。你要非常轻柔地去接触它，不停地感觉它，直到你找到边缘为止。然后你再把它夹上，合起来，就是这样。试试吧。"

威尔在颤抖，他明白要使意识达到某种微妙的平衡，但他无法集中注意力，他越来越恼火，莱拉看得出来是怎么回事。

她站起来，拉着威尔的右胳膊说道："听着，威尔，坐下，我来告诉你该怎么做。你先坐下歇一会儿，因为你的手很疼，这分散了你的注意力，这是肯定的。过一会儿就好了。"

老头先是举起了双手，然后又改变了主意，他耸耸肩，又坐了下来。

威尔坐下来，看着莱拉。"我做错什么了？"他问道。

他浑身血迹斑斑，颤抖着，眼神疯狂。他紧张到了极点：他咬着牙，脚敲打着地面，呼吸急促。

"是因为你的伤口，"她说，"你什么都没做错，你做得对，但你的手让你无法集中注意力。我不知道还有什么别的办法，除非，也许你可以试试不要排斥它。"

"你的意思是什么？"

"哦，你脑中同时在做两件事，你想忽视疼痛，又想关上那个窗口。我想起有一次我在特别害怕的时候阅读真理仪，也许那时候我已经习惯了，我不知道，但我读它的时候还是一直害怕。你就放松心情，心想，是的，它的确很疼，我知道，但别试图去排斥它。"

他闭了闭眼睛，呼吸放缓了一些。

"好吧，"他说，"我来试一试。"

这次就容易多了。他感觉着边缘，结果他一分钟之内就找到了它，他按贾科姆·帕拉迪西说的去做：把边缘捏合起来。这是最容易做的事。他感到一种短暂的、平静的快乐，于是另一个世界不见了，那个窗口关上了。

老人递给他一个皮鞘，镶着坚硬的牛角，还有系刀的扣子，因为刀刃最轻微的移动都会割开最厚的皮革。威尔用笨拙的手把刀放进刀鞘，尽可能紧紧地扣上。

"这应该是一个神圣的时刻，"贾科姆·帕拉迪西说，"如果我们有几个星期的时间，我会跟你讲这把魔法神刀的故事，还有天使之塔协会，还有这个腐败草率的世界令人悲哀的历史。妖怪是我们的错，也只能是我们的错。它们的出现是因为我的前任们——炼金术士、哲学家、博学的人，他们对物质最深层的本质进行研究和探索，他们对把最微小的物质的粒子聚合起来的纽带感到好奇。你知道我说的纽带吗？结合物质的东西？

"这是一个重商的社会，一个充满商人和银行家的社会。我们以为我们了解债券[1]，我们以为债券可以转让，可以买卖和交换……但是关于这些纽带，我们却错了，我们解开了它们，我们把妖怪放了进来。"

威尔问道："妖怪是从哪儿来的？那排树的下面为什么会有那个窗口呢？我们第一次就是从那里过来的。这个世界上还有其他的窗口吗？"

"妖怪从哪儿来是一个谜——从另一个世界，从某个黑暗的空间……谁知道呢？问题是它们在这儿毁掉了我们。这个世界上还有另外的窗口吗？是的，有一些，因为持刀者有时候因为粗心或是遗忘，来不及把应该关上的窗口关好。你来时的那个窗口，角树下面那个……是我自己一时糊涂留在那儿的。我害怕一个人，我原本想把他引到这个城市，让他成为妖怪的牺牲品。但我觉得他太聪明了，这个把戏不会引他上钩的。他想要那把刀，求求你，千万别让他拿到。"

威尔和莱拉交换了一下眼神。

"那好，"老头说完摊开双手，"我能做的就是把刀传给你，告诉你怎么使用，这我已经做到了。我还要告诉你协会衰落前的旧规矩：第一，千万不要打开窗口后忘了关上；第二，永远不要让别人使用这把刀，它只是你一个人的；第三，永远不要为了卑鄙的目的使用它；第四，保守这个秘密。如果还有其他规矩的话，那我已经忘了，但如果我忘记它们的话，那是因为那些并不重要。你有了这把刀，你就是持刀者，你不该再是一个孩子了。我们的世界一片混乱，但持刀者的标志是不会错的，虽然我连你的名字都不知道。现在走吧，我很快就会死的，因为我知道哪里有毒药，我不想等到妖怪进来，这把刀一离开它们就会来。走吧。"

1　"债券"和"纽带"的英文是一个词，都是bond。

"但，帕拉迪西先生——"莱拉开口道。

但他摇摇头，继续说道："没有时间了。你们来这儿是有目的的，也许你们还不知道目的是什么，但带你们来的天使知道。走吧，你很勇敢，你的朋友也很聪明，你也拥有了这把刀，走吧。"

"你不会真的毒死你自己吧？"莱拉忧伤地问道。

"走吧。"威尔说。

"你指的那些天使是什么？"她继续问。

威尔拽着她的袖子。

"走吧，"他又说道，"我们得走了。谢谢你，帕拉迪西先生。"

他伸出血迹斑斑、沾满灰尘的右手，老头轻轻地握了握，他也握了握莱拉的手，对潘特莱蒙点了点头，潘特莱蒙垂下他的貂脑袋致意。

威尔捏着皮鞘里的刀，他领着路，走下宽阔黑暗的楼梯，来到塔外。小广场里阳光强烈，一片寂静。莱拉十分警惕地观察着周围，但街上空无一人。还是别把她看到的事情告诉威尔了，免得他担忧，需要担忧的事情本来就已经够多的了。她带他离开曾见到那些孩子的那条街时，遇难的图利奥仍然一动不动地站着，像死了一样。

"我希望——"当他们快要离开广场时，莱拉站住了，回头仰视着，她说，"太可怕了，想到……他的牙都碎了，眼睛也快瞎了……他现在会喝毒药自杀的，我希望——"

她的眼泪就要夺眶而出。

"嘘，"威尔说，"他不会难受的。他就是睡着了，这总比遇见妖怪好，这是他说的。"

"我们该怎么办呢，威尔？"她说，"我们该怎么办？你受了这么重的伤，还有那个可怜的老头……我恨这个地方，我真恨它，我真想一把火把这儿都烧光。我们现在该怎么办？"

"哦，"他说，"那好办，我们得把真理仪拿回来，我们只能去偷了。这就是我们要做的事情。"

9. 妙手神偷

他们先去了小饭馆，休息了一会儿，换了衣服。很显然威尔浑身血迹哪儿也不能去。从商店拿走东西的那种负罪感也过去了，于是他拿了整套的衣服和鞋子，莱拉自告奋勇要帮忙，她帮他放哨，防备别的孩子，然后把衣服拿回小饭馆。

莱拉烧了些热水，威尔把热水提到浴室，他脱掉衣服，准备从头到脚洗个澡。他的伤口还在隐隐作痛，丝毫没有减轻，但至少伤口很整齐，他领略了那把刀的威力后，知道这个世界上没有比那把刀切得更整齐的伤口了。他原先手指的位置在不停地流血。他看着伤口，感到恶心，心跳加快，这使他的伤口流血更多。他坐在浴盆边沿，闭上眼睛，深呼吸了好几次。

过了不久他觉得平静多了，开始洗澡。他尽力地洗，然后用那块很快被血染红的毛巾擦干自己。他穿上新衣服，努力不让它们沾上血迹。

"你得再用绷带包扎一下我的伤口，"他对莱拉说，"只要能止血，我不在乎你把它扎得有多紧。"

她撕开床单，一圈一圈地尽可能把伤口包紧。他咬着牙，却没法忍住眼泪。他一言不发地抹掉眼泪，她则什么话也没说。

她包扎好以后，他说："谢谢你。"然后他又说："听着，万一我们不能回到这儿，我想让你在背包里帮我带点东西，只是一些信。如果你愿意也可以读这些信。"

他去卧室拿出那个绿色的皮文具盒，把那些航空信笺递给了她。

"我不会读的，除非——"

"我不会在意的，否则我不会这么说。"

她把信纸叠起来。他在床上躺了下来，把猫推到一边，然后就睡着了。

那天很晚的时候，威尔和莱拉蹲在一条小巷里，小巷旁边就是查尔斯爵士花园的灌木丛，被树荫遮挡着。在喜鹊城的这一边，他们置身于一个长满草的庭院里，庭院中央是一幢古色古香的别墅，在月光的照耀下闪闪发光。他们花了很长时间才接近了查尔斯爵士的家，他们大部分时间都在喜鹊城里走着，不时停下来砍出一个窗口看看他们在威尔世界的什么地方，一旦知道方位后他们就很快关上那些窗口。

在不远处，那只花斑猫跟在他们身后。他们把它从扔石块的小孩那里救出后，它好好睡了一觉，现在它醒了，不愿意离开他们，它好像认为不管是什么地方，只要他们在，它就是安全的。威尔并不知道这一切，他脑中要想的事情很多，他没有想这只猫，他忽略了它。现在他越来越熟悉那把刀，也更加确信驾驭它的能力。但他的伤口比以前更疼，带着一种深深的、无休无止的刺痛。他起床后莱拉重新为他包扎的绷带早就被血浸透了。

他在离那栋白得发亮的别墅不远处的空中砍出一个窗口，他们从那儿来到海丁顿那条安静的小巷里，研究怎样才能准确无误地到达查尔斯爵士存放真理仪的书房。两盏泛光灯照亮了他的花园，房子正面的窗户里有灯光，而不是在书房。这一侧只有月光照耀着，书房的窗户漆黑一片。

小巷横穿树林，另一头通往一条没有灯光的马路。那里通常能让小偷更容易地从灌木丛进入花园，尽管查尔斯爵士的房子四周围着坚硬高大的铁栏杆，高度是威尔身高的两倍，顶端安着尖刺。当然，这对魔法神刀来说，根本不是什么障碍。

"我砍的时候你扶着栏杆，"威尔悄声说，"当它倒下来的时候你就接住。"

莱拉照着他说的做，他一共砍断了四根栏杆，这样他们可以毫不费力地穿过去。莱拉把它们一根根地放在草地上，然后他们走了过去，在灌木丛中挪动着身体。

他们隔着平坦光滑的草地，清楚地看见了他们前方的墙壁和被爬山虎遮挡的书房窗户，威尔小声说："我要从这里砍进喜鹊城，留着这个窗口，我在喜鹊城走到我认为是书房的那个位置，再砍进这个世界，把真理仪从橱柜里拿出来，关上那个窗口，然后我再回到这里。你在这个世界里放哨，一听见我叫你，你就从这个窗口进入喜鹊城，然后我再关上这个窗口。行不行？"

"行，"她悄声说，"我和潘特莱蒙都会留神的。"

她的精灵变成了一只茶色的猫头鹰，在树下的斑驳阴影里几乎看不到他。他那瞪得大大的浅色眼睛把周围的一举一动都看在眼里。

威尔向后站了站，举起刀，用最精细的动作在空中搜寻着、试探着，直到大约一分钟后他找到了目标，他立刻砍了一刀，打开一个窗口，通往月光照耀下的喜鹊城的土地。他往后站了站，估算着要走几步才能从那个世界进入书房，他记忆着方位。

然后他没说一句话就跨了过去，消失不见了。

莱拉在附近蹲了下来，潘特莱蒙栖息在她头顶的一根树枝上，沉默不语，它的脑袋转动着环顾四周。她能听见从她身后传来海丁顿的汽车声，还有从小巷尽头的马路上传来的什么人轻微的脚步声，甚至还有她脚边和树枝间小昆虫的轻微动作发出的声响。

一分钟过去了，又一分钟。现在威尔在哪儿？她伸着脖子去看书房的窗户，可那儿仍然是一块悬垂着爬山虎的黑色方洞。就在这个早晨，查尔斯爵士还坐在靠窗的位置，跷着二郎腿，抚弄着裤子上的褶皱。橱柜在窗户的什么位置？威尔能不能不惊动任何人进到里面？莱拉都能听见自己的心跳声。

这时潘特莱蒙发出一声轻响，就在同时，从房子前面，莱拉的左边，传来一种不同的声音。她看不到前面，但她能看见一道亮光扫过树丛，她听见低沉的扎扎声：她猜想是汽车轮胎压过碎石路的声音，她压根儿没听到发动机的声音。

她寻找潘特莱蒙，他已经无声地飞在了前面，他尽力飞在能离开莱拉最远的地方。他在黑暗里又转身飞回来，落在她手腕上。

"查尔斯爵士回来了，"他悄声说，"还有别人和他在一起。"

他又飞走了，这次莱拉跟在它后面，她踮着脚尖，非常小心地走在柔软的地面上。她蹲在灌木丛后，最后她趴在地上，从一棵月桂树的枝叶后偷看。

劳斯莱斯汽车停在了屋前，司机来到乘客一侧打开车门。查尔斯爵士站在那里等待着，面带笑容，他向从汽车里走出来的女人伸出手臂。当她进入莱拉的眼帘时她的心像是被重击了一下，这是自从她从伯尔凡加逃出来后最可怕的重击，因为查尔斯爵士的客人就是她的母亲，库尔特夫人。

威尔小心地数着步伐，走过喜鹊城的草地，他尽可能清晰地保持着对书房方位的记忆，他以附近那幢有廊柱、整齐的花园，还有雕塑和喷泉的灰白色别墅作为参照，努力确定它的方位。他意识到在泻满月光的草地上他是多么暴露。

当他感觉处在正确的方位时，他停下来，拿出刀，仔细往前试探。这些看不见的小缺口随处都是，但不是哪里都有，也并不是小刀一挥就能打开一个窗口。

他先打开一个他手掌那么大的小缺口，往里面看，可那儿什么都没有，只有一片黑暗：他看不出自己身在何处。他关上那个缺口，身体转了九十度，又打开一个。这次他发现前面是纺织物——厚重的绿色天鹅绒，是书房的窗帘。但窗帘和橱柜的方位是什么关系呢？他不得不关上那个窗口，再试一个。时间在一分一秒地过去。

第三次，他发现他能在大厅门外透进的昏暗灯光中看见整个书房。书桌、沙发，还有那个橱柜！他能看见铜显微镜侧面发出的一丝亮光。房间里一个人都没有，整幢房子一片寂静，这再好不过了。

他仔细估算着距离，关上那个窗口，向前走了四步，又举起刀。如果他没算错的话，他应该恰好在正确的位置，进去之后就可以割穿橱柜玻璃，拿出真理仪后再关上身后的窗口。

他在合适的高度打开一个窗口，他离面前的橱柜玻璃门只有一臂之遥。他把脸凑近，从上到下专注地看着每一层。

真理仪不在那儿。

起先威尔以为他认错了橱柜。房间里一共有四个橱柜，那天早晨他数过，记住了它们的位置——高大的方柜子，暗色木头制成，侧面和前面都有玻璃，搁板上铺着天鹅绒，用来陈列珍贵物品，如瓷器、象牙或金制品。会不会是他把窗口开在了错误的橱柜前？但最上层搁板上是那个巨大的有铜环的仪器：他还特别注意到了它。在中间那层搁板，查尔斯爵士就把真理仪放在了那儿，现在那里是空的。就是这个橱柜，真理仪已经不在那儿了。

威尔往后退了退，深呼吸了一下。

他得正儿八经地过去好好找一找，随便在这里或那里开个窗口会耗费一整夜的时间。他关上橱柜前的窗口，又打开另一个窗口，观察房间的其他部分，他全都看清楚后关上了那个窗口，又在沙发后面打开了一个更大的窗口，这样如果有紧急情况他可以很快逃脱。

这时，他的手一跳一跳地疼得厉害，绷带松松垮垮地垂着，他使劲将绷带重新缠了缠，把绷带末端塞进去。然后他整个人都潜进了查尔斯爵士的家里，他蹲在真皮沙发后，右手握着刀，仔细倾听。

他没听到什么动静，就慢慢站起来，环顾着整个房间。通向大厅的门半敞开着，从门外透进来的光线足够让他看清东西。橱柜、书架、画，跟那天早晨一样，都丝毫未变地摆放在原处。

他踏上不会发出任何声音的地毯，一一察看那些橱柜，那儿没有真理仪，整齐堆放着书籍纸张的桌上没有，壁炉架上摆放的开幕式或招待会的请柬中没有，靠窗有坐垫的椅子上也没有，门后的八角形小桌上还是没有。

他回到书桌前，他想试试那些抽屉，不过他心中没抱什么期望。他正要拉开抽屉时，隐约听见汽车轮胎压过碎石路的扎扎声，那声音是如此轻微，他几乎怀疑那是自己的想象，但他还是静立不动地倾听着。那声音停住了。

这时他听到大门开了。

他又立刻到沙发那儿，蹲在后面，紧靠着窗口，那个窗口通往洒满月光的喜鹊城的草地。他刚蹲下，就听见那个世界里传来轻盈地跑在草地上的脚步声，他往那边看去，是莱拉向他跑来。他及时向她挥手，并把手指竖在唇边，她慢了下来，明白他已经知道查尔斯爵士回来了。

"我没拿到它，"当她靠近时他悄声说道，"它不在那儿，可能被他拿走了。我准备去听听，看他是不是把它放回去了。你在这儿等着。"

"不！事情比这更糟！"她几乎处于一种极度的恐慌，她说，"她跟他在一起——库尔特夫人——我的母亲！我不知道她是怎么到这儿来的，但只要她见到我，我就死定了，威尔，我忘了——现在我知道他是谁了！我想起来以前我见过他！威尔，他是博雷尔勋爵！我逃走的时候，在库尔特夫人的鸡尾酒会上见过他！他肯定一直都知道我是谁……"

"嘘，你要是发出吵闹声的话，就别待在这儿。"

她控制住自己，艰难地把话咽了下去，摇了摇头。

"对不起，我想和你在一起，"她悄声说，"我想听听他们说什么。"

"别出声……"

因为他能听见大厅传来的说话声。威尔在他的世界里，莱拉在喜鹊城，但两个人近得可以触摸到对方。她看见他垂落的绷带，就碰碰他的手臂，打着包扎的手势，他一边伸出手让她包扎，一边蹲在那儿，侧着脑袋认真倾听。

一线光亮照进房间，他听见查尔斯爵士和仆人说话，让他退下。他走进书房，关上了门。

"我可以给你倒一杯托考伊葡萄酒吗？"他问。

一个女人低沉甜美的声音答道："你真好，卡洛。我已经很多年没有品尝过托考伊葡萄酒了。"

"请坐在壁炉旁的椅子上。"

然后是倒酒的汩汩声，玻璃瓶在杯沿轻轻的碰击声，道谢的低语声，随后查尔斯爵士在沙发上坐了下来，离威尔只有几英寸远。

"祝你健康，玛丽莎，"他说道，喝了一口酒，"现在，你该告诉我你想要什么。"

"我想知道你是从哪儿得到真理仪的。"

“为什么？”

“因为它原来是莱拉的，我想找到她。”

“我真是无法想象你要找到她，她是个无法无天的孩子。”

“我得提醒你她是我的女儿。”

“那她就更加无法无天了，因为她一定是故意抵制你迷人的魅力。没有人能随便这么做。”

“她在哪儿？”

“我保证会告诉你的，但你要先告诉我一些事情。”

“如果我能的话。”她说，她换了种口气，威尔觉得那可能是一种警告。她的声音很迷人：令人心旷神怡，甜甜的，像唱歌一样，也很年轻，他特别想知道她长什么样子，因为莱拉从来没有描述过她，有那种嗓音的人一定也有张容貌出众的脸。“你想知道什么？”

“阿斯里尔在忙什么？”

这时一阵沉默，她好像在琢磨着该说什么。威尔回头去看窗口那边的莱拉，他看见她被月光照亮的脸，她害怕地瞪大眼睛，咬着嘴唇以保持安静，她和他一样，在竖着耳朵倾听。

库尔特夫人终于说道：“很好，我来告诉你。阿斯里尔勋爵正在集结一支队伍，他的目的是把无数世纪前天堂里的那场战争打完。”

“真野蛮。不过，他好像有一些先进的武器。他对磁极做了些什么？”

“他找到了一个办法，可以炸开我们的世界和其他世界间的阻碍。它导致地球磁场极度波动，它肯定也使这个世界产生了共振……不过，你是怎么知道的？卡洛，我觉得你应该回答我的一些问题。这是个什么世界？你是怎么把我带到这儿来的？”

“那是千百万个世界中的一个。它们之间有许多通道，但很难被发现，我知道十几个这样的通道，但它们通往的地方有些变化，一定是阿斯里尔所做的一切导致了这些变化。现在我们似乎可以从这个世界直接进入我们的世界，也许还能进入许多其他的世界。今天早些时候，我正在从其中一个通道向外看，当我发现它通向我们的世界时，你可以想象我是多么惊讶。更令我惊讶的是，我在附近发现了你。这是天意，亲爱的夫人！这个变化意味着我能直接把你带来，而无须冒险穿过喜鹊城。"

"喜鹊城？那是什么？"

"以前所有的通道都通向一个世界，那儿类似一个交叉路口，那就是喜鹊城世界，但是现在去那儿太危险了。"

"为什么危险呢？"

"对成人来说是危险的，儿童可以自由地去那儿。"

"什么？我一定要了解这些，卡洛。"女人说道，威尔能听出她很不耐烦，"这是所有问题的关键，儿童和成人的区别！这里包含着尘埃的所有秘密！这就是为什么我一定要找到这个孩子的原因。女巫给她起了个名字——我几乎就要从一个女巫那儿得到这个名字，但她死得太快了。我必须找到这个孩子，从某种意义上来说，她知道答案，我必须得到这个答案。"

"你会的。这个仪器会把她引到我这里——别担心，只要她把我要的东西给我，你就可以带走她。不过，跟我说说你那些奇怪的保镖，玛丽莎。我从没见过那样的兵士，他们是什么人？"

"是人，就是这样。但……他们被切割过了，他们没有精灵，所以他们没有恐惧感，没有想象力，也没有自由的意志，他们会一直战斗到粉身碎骨。"

"没有精灵……哦，那倒很有趣。我在想，如果你可以牺牲他们中的一个，我可不可以建议做个小实验？我想看看妖怪对他们感不感兴趣。"

"妖怪？那是什么？"

"亲爱的，我以后再解释吧。那就是大人不能进入那个世界的原因。不过，如果它们对你的保镖并不比对那些孩子更感兴趣的话，我们也许可以去喜鹊城旅行。尘埃、儿童、妖怪、精灵、切割……是的，那可能很有用。再来点酒吧。"

"我想知道所有的事情，"倒酒声中，她说道，"我要你遵守诺言，现在告诉我，你在这个世界做什么？当我们以为你在巴西或西印度群岛时，你是不是就在这儿？"

"很久以前，我找到了来这里的路，"查尔斯爵士说，"这是个大秘密，即便对你都不该透露，玛丽莎，我让自己过得很舒适，这你可以看得出来。在我们的世界时，作为国家委员会的成员使我更容易明白这里的权力之所在。

"事实上，我当了间谍，虽然我并没有把知道的所有事情都告诉我的上司。若干年来这个世界上的安全机构都密切关注着苏联——我们称它为俄国。尽管目前这个威胁减小了，但还有一些监听站和窃听器留了下来，我和那些雇用间谍的机构仍然保持联络。"

库尔特夫人啜饮着托考伊葡萄酒，明亮的眼睛一眨不眨地盯着他。

"最近我听说地球磁场受到极度干扰，"查尔斯爵士继续说，"安全机构对此很警觉。每个研究基础物理的国家——我们叫实验神学——都急切地要求他们的科学家去了解那是怎么回事。因为他们知道有什么事正在发生，他们怀疑这和其他世界有关。

"事实上，他们的确有些线索，关于尘埃已经有了相关的研究。哦，对了，这里的人也知道它。就在这个城市还有一个研究它的小组。另外一件事：十年或十二年前有一个人在北方失踪了，安全部门认为他掌握着他们急需的某种知识——特别是各个世界间通道的方位，比如说你今天早些时候来时的那个通道。他发现的那个是他们唯一知道的：你可以想到，我并没有告诉他们我所知道的。新的磁场干扰事件发生后，他们就出发去找这个人。

"当然，玛丽莎，我自己也很好奇，我急切地想增长我的知识。"

威尔泥塑木雕般地坐在那里，他的心怦怦跳得厉害，他都怀疑那些大人能听见他的心跳声。查尔斯爵士正在谈论他的亲生父亲！

但这期间，除了查尔斯爵士和那个女人的声音，他还关注着房间里的其他东西。地板上，或是他只能看见的沙发一端和小八角桌的桌腿附近那块地方，有一个影子在移动，但查尔斯爵士和那个女人都没有动。那个影子快速地四处游走，这让威尔感到非常困惑。房间里唯一的灯光来自壁炉旁的落地灯，所以那影子非常清晰，但它一刻也没有长时间停留过，这让威尔看不出它是个什么东西。

就在这时，发生了两件事。第一，查尔斯爵士提到了真理仪。

"比如，"他继续着他的话题，"我对这个仪器感到非常好奇，你不妨告诉我它是怎么工作的。"

他把真理仪放在沙发一端的八角桌上。威尔可以清楚地看见它，几乎伸手可及。

发生的第二件事是那个影子突然静止不动了。影子的来源一定曾经在库尔特夫人的椅背上停留过，因为灯光把他的影子清晰地投射在了墙上。他停下来的时候，他意识到他是那个女人的精灵：一只蹲着的猴子，不时扭动脑袋，搜寻着什么。

莱拉在威尔身后也看见了，威尔听到她吸了一口气。他悄悄地转过身，耳语道："回到那个窗口，到他的花园里，找几块石头砸书房，他们的注意力会暂时转移，这样我就可以把真理仪拿走。然后你再到那个窗口等着我。"

她点点头，然后转过身，无声地跑过了草地。威尔又转回身来。

那个女人在说："……乔丹学院的院长是个傻老头儿。我真是想不通他为什么把它给了她，你得需要好几年的认真学习才能知道它大概是怎么回事。现在你该告诉我一些事了，卡洛，你是怎么找到它的？那个孩子在哪儿？"

"我在城里的一家博物馆看见她在用它。我当然认出了她，因为很久以前，我在你的鸡尾酒会上见过她。我知道她一定是找到了一个通道。于是我想，可以用它来达到自己的目的，于是我第二次遇到她时，就把它偷来了。"

"你倒是很坦白。"

"没必要遮遮掩掩，你我都是成年人。"

"现在她在哪儿？当她知道它不见了之后她是怎么做的？"

"她来找我，我想这需要相当的胆量。"

"她胆量一直不小。你打算拿它怎么办？你的目的是什么？"

"我告诉她可以把它拿回去，只要她能给我拿样东西——我自己无法拿到的东西。"

"是什么？"

"我不知道你是否……"

就在这时第一块石头砸进了书房的窗户。

那儿传来令人满意的玻璃碎裂声，两个大人张大嘴巴发愣的时候，那只猴子的身影立即从椅背上跳了起来。这时又传来一声撞击，然后又是一声，威尔感到沙发动了一下，查尔斯爵士站起身来。

威尔倾身向前，从小桌上一把抓过真理仪，塞进他的口袋，然后他拔腿跑回窗口另一侧。他一回到喜鹊城的草地上就开始探索那难以捉摸的边缘，他沉着心神，放缓呼吸，时时刻刻都清醒地意识到，一英寸之外就是可怕的危险。

这时传来一声尖叫，不像人的声音，也不像动物的声音，而是比两者更可怕的声音，他知道是那只可恶的猴子。那时他已经把大部分窗口都关上了，但在他胸口那么高的地方还有一个小缺口，他又往后跳了一步，因为从缺口里伸进了一只长着黑指甲的金色毛爪子，然后是一张脸——梦魇般可怕的脸。那只金色猴子龇着牙，瞪着眼，那恶狠狠的架势让威尔觉得他仿佛是一杆尖矛。

再过一秒他就会钻过来，那可就完了。但威尔还拿着刀，他立刻举刀忽左忽右地砍向猴子的脸——或者说是如果那只猴子没有及时躲开的话，他的脸可能会在别的地方，这给了威尔所需要的时间抓住窗口的边缘，把它们合上。

他自己的世界消失了，他独自一人站在月光下喜鹊城的草地上，气喘吁吁，浑身发抖，他被吓坏了。

但现在还要去救莱拉。他跑回第一个窗口，就是通向灌木丛中的那个，他从窗口看去，月桂树和冬青树的深色枝叶挡住了视线，但他钻了过去，把树枝推到一边，他清清楚楚地看见了房子的侧面，还有被打碎玻璃的书房窗户，在月光下显得触目惊心。

正在他看的时候，那只猴子从房屋拐角处跳了出来，以猫的速度在草地上奔跑着，这时他看见查尔斯爵士和那个女人紧紧地跟在后面。查尔斯爵士还拿着一把手枪。那个女人很漂亮——威尔吃惊地发现了这一点——在月光下很可爱，她明亮的黑眼睛又大又迷人，她苗条的身材轻盈优雅，但当她打了个响指时，那只猴子立即停下来，跳进她的臂弯里，他看到那面容甜美的女人和那只邪恶的猴子原来是一个整体。

但是莱拉在哪儿呢？

大人们四处搜寻，这时那个女人把猴子放到地上，他开始在草地上四处奔跑，像是在嗅闻味道，又像在寻找足迹。周围一片寂静，如果莱拉已经躲在灌木丛中的话，她无法做到移动时不发出一点声响，只要发出声响，她就会被发现。

查尔斯爵士动了一下手枪的什么地方，"咔嗒"一声轻响：枪的保险栓。他向灌木丛里张望，好像直盯着威尔的脸，但随后他的目光又滑向旁边。

这时，两个大人都向左边看去，因为那只猴子听到了什么动静，他闪电般地跳向无疑是莱拉藏身之处的地方，不用多久他就会找到她——

这时那只花斑猫突然从灌木丛中跳到草地上，发出喵喵的声响。

猴子听见了，在半空中扭动了一下，好像很惊讶，其实威尔自己更惊讶。猴子用爪子撑着地，面对着那只猫，那只猫弓着背，竖着尾巴，侧着身体站着，发出喵喵声，它呼噜呼噜地发出了挑战。

那只猴子向它扑去。那只猫躬身一跳，伸出尖针般的利爪，左扑右抓，令人目不暇接。这时莱拉来到威尔身边，她跌跌撞撞地跨过窗口，潘特莱蒙跟在她身边。猫尖叫着，爪子挠在猴子脸上时，猴子也发出了尖叫。最后猴子转身跳进库尔特夫人的臂弯里，那只猫闪电般地跳进灌木丛，消失在它自己的世界里。

威尔和莱拉来到了窗口另一边，威尔再次探索着半空中几乎无形无迹的边缘，迅速地把它们合在一起，从渐渐消失的缺口处传来脚步声和树枝断裂声——

然后只剩下威尔手掌那么大的缺口，随即它就被关上了，整个世界安静下来。他跪倒在沾满露水的草地上，摸索着拿出真理仪。

"给你。"他对莱拉说。

她接过来。他用颤抖的手把小刀放进刀鞘，然后四脚朝天地躺在地上，闭上了眼睛，他感觉到全身沐浴在银色的月光里，他还感觉到莱拉正解开他的绷带，用十分轻柔的动作重新包扎。

"哦，威尔，"他听见她说，"谢谢你所做的，所有的一切……"

"我希望那只猫平安无事，"他喃喃地说，"它像我的莫西。现在它可能回家了，回到了它自己的世界，现在它平安无事了。"

"你知道我是怎么想的吗？有一阵子我以为它是你的精灵。不管怎样，它做了一个好精灵会做的事。我们救了它，它又救了我们。来吧，威尔，别躺在草地上，那是湿的。你得躺在床上，不然你会感冒的。我们到那边的那幢大房子里去，那儿肯定有床，还有吃的。来吧，我要重新给你包扎伤口，我会煮咖啡，做煎鸡蛋，你想要什么都行，我们还需要补充睡眠……有了真理仪我们就安全了，你会知道的。现在，除了帮你找到父亲，我不会再做任何别的事，我保证……"

　　她扶他站起来，他们一起慢慢地穿过花园，向月光下那幢白得发亮的大房子走去。

10. 大祭司

李·斯科斯比在叶尼塞河口的港口登陆，他发现那儿一片混乱。渔夫们努力要把捕到的那点儿可怜巴巴的、不知名的鱼卖给罐头加工厂；船主们对当局因为要治理洪水而增加港口收费怒气冲冲；因为森林的冰雪迅速融化，动物行为异常；猎人和收集毛皮的捕兽者没法工作，他们都在小镇上闲逛。

可以肯定的是，现在他要沿河进入内陆很困难，因为平时这条路只是一条干干净净的冻土路，现在连永久冻土带都开始解冻了，路上一片泥泞。

于是李收起了他的气球和装备，用所剩无几的金子租了一只有汽油发动机的船，他还买了几桶油和一些储备物资，然后他就向涨水的上游出发了。

起先他进展缓慢，这不仅是由于水流的变化，还由于水中漂浮着各种各样的残骸碎片：树干、灌木树枝、淹死的动物，有一次还出现了一具肿胀的人尸。他不得不小心翼翼地驾驶，让那台小发动机开足马力前进。

他驶向格鲁曼的部落所在的村落，他只能凭借着几年前飞越这个国家上空时的记忆判断着，但那段记忆很清晰，即使有些地方的河岸已经消失在褐色浑浊的洪水中，他还是没费什么事就在湍急的河流中找到了正确的航道。气温影响了昆虫，有一团小蚊子使得景物的轮廓一片模糊。李在脸和手上涂了曼陀罗药膏，又连着抽了几支气味辛辣的雪茄烟，这才稍好了一些。

赫斯特沉默寡言地坐在船头，眯缝着眼睛，长耳朵耷拉在瘦得皮包骨的后背上。他们都已经习惯了对方的沉默，只在必要的时候才开口说话。

第三天的早晨，李驾着小船驶进一条小的支流，那条小溪从一片绵延的小山里流出，山上本来应该覆盖着皑皑白雪，现在却露出了一块块棕褐色的土地。小溪两旁很快就出现了矮松和云杉，又过了几英里，他们看见了一块又大又圆的石头，有房子那么高，李把船停泊在岸边，系上了缆绳。

"这里原来有个码头，"他对赫斯特说，"还记得在诺瓦赞布拉跟我们提起过它的海豹猎人吗？现在它肯定在水下六英尺的地方。"

"我真希望他们聪明些，把村子建得更高一点。"她说着跳上了岸。

不到半小时，他已经把背包放在了村里酋长的木屋旁。他转过身，向围拢过来的人群致意。他用的是北方通用的表示友谊的手势，并把来复枪放在脚边。

一名年老的西伯利亚鞑靼人，眼睛深陷在周围的皱纹中，几乎看不见了，他把弓放在那支枪旁边。他的狼獾精灵向赫斯特抽了抽鼻子，作为回应，赫斯特向她晃了晃耳朵。然后酋长开口说话了。

李回答了，他们轮流用了六七种语言，最后才找到一种他们可以交谈的语言。

"我向您和您的部落致敬，"李说，"我有一些烟草种子，可能不是很值钱，但我很荣幸地把它赠送给您。"

酋长满意地点点头，他的一个妻子接过李从背包里取出的一个包裹。

"我来找一个叫格鲁曼的人，"李说，"我听说你们的部落接纳了他，他成了你们的族人。他也许有其他名字，但他是欧洲人。"

"哦，"酋长说，"我们一直在等你。"

其余的村民站在村落中泥泞的地上，聚集在笼罩着雾气的稀薄阳光中，他们听不懂，但他们看出了酋长的愉悦。愉悦、欣慰，李感觉到了赫斯特的思想。

酋长频频点头。

"我们一直在等你,"他又说了一遍,"你来是要把格鲁曼博士带往另一个世界吗?"

李扬起了眉毛,但他还是温和地说:"正如您说的,先生。他在这儿吗?"

"跟我来。"酋长说。

其他村民尊敬地让开了,赫斯特得在脏兮兮的泥路上小跑,李能理解她的嫌恶情绪,就把它托在自己的臂弯里,把包背在肩上,跟随着酋长,沿着森林小路来到一座小屋前。小屋坐落在一片落叶松围着的空地上,距离村子有十支箭的射程那么远。

酋长在这座木头骨架、覆盖着动物皮毛的小屋外停了下来。这地方装饰着野猪獠牙、麋鹿和驯鹿的角,但那不仅仅是打猎的纪念品,因为它们和干花以及细心编好的松枝挂在一起,像是某种仪式。

"你得毕恭毕敬地跟他说话,"酋长小声说,"他是个大祭司,他的心脏有病。"

李突然感到后背打了个冷战,赫斯特在他的臂弯里也变得僵直了,他们发现自己一直被注视着。在干花和松枝的后面,有一只明亮的黄眼睛在向外看,那是一个精灵,正当李看它时,它转过头,用它那有力的喙敏捷地咬住一根松树枝,拽到面前当作帘子。

酋长用他们自己的语言喊他,用的是那位上年纪的海豹猎人告诉他的名字:约帕里。过了一会儿,门开了。

站在门口的是一个披着动物毛皮的人,面容憔悴,目光炽热,黑发中掺杂着灰白的发丝,下巴倔强地翘着,他的精灵,一只鱼鹰,站在他的手腕上,瞪着双眼。

酋长鞠了三次躬,然后退下了,把李一个人留给他要找的那个大祭司。

"格鲁曼博士,"他说,"我叫李·斯科斯比。我从得克萨斯来,是个专业热气球飞行员。如果您让我坐下来慢慢说,我会告诉您什么让我来到这儿。我没弄错吧?您是柏林学院的斯坦尼斯劳斯·格鲁曼博士吗?"

"是的,"大祭司说,"你说你从得克萨斯来,那风把你从家乡吹到这儿来,可真是够远的,斯科斯比先生。"

"哦,现在这个世界里的风很奇怪,先生。"

"的确如此。我想阳光很暖和，你在我的小屋里会发现一张板凳，如果你能帮我搬出来，我们可以坐在这宜人的阳光下聊一聊。我还有些咖啡，如果你愿意跟我分享的话。"

"这再好不过了，先生。"李说。他搬出那张板凳，格鲁曼到火炉那儿，把滚烫的饮料倒进两个马口铁杯子。在李听来，他不是德国口音，而是英国口音，是英格兰口音。天文台主任说对了。

他们坐了下来，赫斯特眯着眼睛，无动于衷地坐在李的身边，那只庞大的鱼鹰精灵则盯着那轮太阳。李开始说话了，他先从在特罗尔桑德和吉卜赛人的首领约翰·法阿的会面说起，他讲他们是如何接收披甲熊埃欧雷克·伯尔尼松，又旅行来到伯尔凡加，救了莱拉和其他孩子，然后他又讲了他和莱拉，还有塞拉芬娜·佩卡拉乘坐热气球一同飞往斯瓦尔巴群岛的途中，从莱拉和女巫那里得知的事情。

"你看，格鲁曼博士，在我看来，根据那个小女孩描述的，阿斯里尔勋爵只是把冰冻着的头颅向院士们挥舞了一下，就把他们吓坏了，所以他们没敢靠近看。那就让我疑心你还活着。很明显，先生，您在这方面有专门的知识。我在北冰洋沿岸一路上都听说了有关你的事情，关于你在头上钻了孔，关于你的研究工作不仅仅限于挖掘海床和眺望北极光，关于在十年或十二年前你不知从什么地方突然冒出来，这一切都非常有趣。但吸引我来到这儿，格鲁曼博士，并不仅仅是好奇心。我关心那个孩子。我认为她非常重要，女巫也这么认为。如果你了解关于她的任何事情，了解任何正在发生的事情，请您告诉我。我说过，有些事情使我确信您可以做到这一点，这就是我来到这里的原因。

"但除非我听错了，先生，我听村里的酋长说，我是来把你带往另一个世界的。是我听错了，还是这正是他所说的？还有一个问题要问您，先生，他称呼您的是什么名字？那是一种部落名字，还是某种魔法师的头衔？"

格鲁曼淡淡一笑，说道："他叫的是我自己原来的名字，约翰·佩里。是的，你是来带我去另一个世界的。至于是什么使你来到这儿，我想你会发现就是它。"

他伸开手掌，掌中躺着一样东西，李看得见，却不能理解。他见到的是一枚镶着绿宝石的银戒指，纳瓦霍人[1]的设计风格，他清楚地发现那正是他母亲的戒指。他熟悉它的重量和宝石的光滑感，还有银匠特意包住宝石切割面的工艺。他知道被切割的那一角是如何变光滑的，因为在若干年前，幼小的他在祖国家乡的土地上，曾无数次用手指抚摸过那里。

他站了起来，赫斯特颤抖着站直身体，竖起了耳朵。李没注意到那只鱼鹰移到了他和格鲁曼之间，保护着她的主人。但李并不是要进行攻击，他心乱如麻，他觉得他又变成了孩子，他用紧张颤抖的声音问道："你是从哪儿得到它的？"

"拿去吧，"格鲁曼，或是佩里说，"它的任务完成了。它把你召唤到了这儿，现在我已经不需要它了。"

"但怎么……"李从格鲁曼手掌中拿起那枚他钟爱的戒指，说道，"我不明白你怎么会有……你是……你是怎么拿到它的？我已经有四十年没见过它了。"

"我是大祭司。我会做许多你不明白的事。坐下，斯科斯比先生，冷静些，我会把你应该知道的事情都告诉你。"

李又坐下来，拿着戒指，手指一遍遍地抚摸它。

"好吧，"他说道，"我心烦意乱，先生，我想我要听听你能告诉我什么。"

"很好，"格鲁曼说，"我要开始了。我的名字，正如我告诉你的，叫佩里，我并不是出生在这个世界。无论如何，阿斯里尔勋爵都不是第一个在不同世界间旅行的人，虽然他第一个惊世骇俗地打开了那条通道。在我的世界，我曾是一名军人，后来我当了探险家。十二年前，我陪同一支考察队，去我世界里的一个地方，那地方对应的是你们的白令地区。我的同伴还有其他目的，但我要找的是从古老传说里听说的东西：世界这块大布中的一个裂口，位于我们的宇宙和其他宇宙间的一个洞。我的同伴中有一些人失踪了，在寻找他们的过程中，我和另外两个人穿过了这个洞，我们甚至没有注意到这一点，我们离开了自己的世界。起先我们没有意识到所发生的事，我们不停地走，直到我们发现一个小镇，这时一切都明白无误了：我们来到了

---

1 纳瓦霍人（Navajo），美国最大的印第安部落。

一个不同的世界。

"不管我们怎么努力，都没有再找到那第一个通道。我们是在一场大风雪中走过来的，你在北极地区有经验——你知道那意味着什么。

"于是我们别无选择，只能留在新世界。我们很快就发现那是个危险的地方。那儿似乎有某种奇怪而可怕的食尸鬼或是幽灵，我的两个伙伴很快就死了，成了妖怪的牺牲品，它们就叫这个名字。

"最后我发现他们的世界是个令人憎恶的地方，我迫不及待地想离开那儿。回我自己世界的路被永久地挡住了，可还有进入其他世界的通道，我花了一些时间，找到了来这儿的路。

"所以我就来到了这里，我一到这里就发现了一个奇迹，斯科斯比先生，每个世界各不相同，在这个世界我第一次看见了自己的精灵。是的，直到我来到你们的世界，我才认识了塞扬·科特。这里的人想不通，在有的世界，精灵仅仅是意识深处一个沉默的声音。当我知道我天性的一部分竟是女性，是鸟的形状，而且很美丽时，你能想象得到我有多么惊讶吗？

"于是塞扬·科特陪着我在北方的土地上游逛，我从北极地区的人们那里学到了很多，比如我在那边村子里的好朋友们。他们告诉我这个世界里有一些缺口，再加上我自己掌握的知识，我开始明白许多神秘事物的答案。

"我用格鲁曼的名字到了柏林。我没把自己的来历告诉任何人，这是我的秘密。我向学院提交了一份论文并进行答辩，这是他们做学问的方式。我比那些院士更有知识，我没有任何困难地得到了院士的资格。

"有了新的资历，我就可以在这个世界开始工作，我对这个世界总的来说很满意，但可以肯定的是，我仍然怀念我自己世界的一些东西。你结婚了吗，斯科斯比先生？没有？哦，我已经结婚了，我很爱我的妻子，我也爱我的儿子，他是我唯一的孩子，我离开我的世界时他还是个不到一岁的小男孩。我非常想念他们，但我可能再用上一千年也找不到回去的路，我们被永远分开了。

"不过，我的工作吸引了我。我也追求别的知识，我被头颅崇拜教接纳，我成了一名祭司。我还有一些很有用的发现，比如我找到一种用血苔藓制作药膏的方法，可以保持新鲜植物的所有功效。

"现在我非常了解这个世界，斯科斯比先生。比如，我知道有关尘埃的事。我从你的表情看得出你听说过它。它使你们的神学家怕得要死，但他们也使我害怕。我知道阿斯里尔勋爵在做什么，我也知道为什么，那正是我召唤你来这儿的原因。我要去帮助他，你看，因为他所从事的是人类历史上最伟大的事业，三万五千年以来最伟大的事业，斯科斯比先生。

"我自己能做的就不多了，这个世界上没有人能治好我的心脏病，可能我还有一项成就，我知道一些阿斯里尔勋爵不知道，但他要取得成功必须知道的事情。

"我对那个存在着吞噬人类意识的妖怪世界很感兴趣，我想知道它们是什么，是怎么形成的。作为一名祭司，我能在精神上有所发现，但不能进行肢体上的探索，所以我在入定上花了很多时间，探索那个世界。我发现那里的哲学家在数世纪前就发明了一种他们自己用来研究探索的工具：一种他们称作魔法神刀的东西。它的威力很大——比他们制造它时所预想到的要大，甚至比他们现在所知道的还要大——不知怎么回事，正是因为使用它，他们让妖怪进入了他们的世界。

"我知道那把刀和它的作用，也知道它在哪儿，我还知道怎么辨认注定使用那把刀的人，我知道他在阿斯里尔勋爵的事业中注定要做的事，我希望他对这个任务当之无愧。于是我召唤你来到这儿，你要带我飞向北方，飞到阿斯里尔勋爵打开的那个世界里，我希望能在那里找到魔法神刀的持刀者。

"注意，那可是一个危险的世界，那些妖怪比你我世界里的任何事物都邪恶。我们得胆大心细，我可能回不来了，但如果你还想再见到你的国家，你需要鼓起所有勇气，用上你所有的智谋和运气。

"这是你的任务，斯科斯比先生。这就是你找到我的原因。"

大祭司沉默了，他脸色苍白，渗出了汗水。

"这是我有生以来听到的最疯狂的主意。"李说道。

他激动地站了起来，来回走了几步，板凳上的赫斯特一眨不眨地盯着他看，格鲁曼的眼睛半闭着，他的精灵坐在他的膝盖上，警惕地看着李。

"你想要钱吗？"过了一会儿格鲁曼说，"我可以给你一些金子，那并不难。"

"去他的，我不是来要金子的，"李热切地说，"我来这儿……我来这儿是想看看你是不是像我认为的那样还活着。那么，从这个意义上说，我的好奇心得到了满足。"

"我很高兴听到这些。"

"这事儿还有另外一个考虑，"李补充道，他告诉格鲁曼关于厄纳拉湖的女巫会议，还有女巫达成的决议，"你知道，那个小女孩莱拉……嗯，最初就是因为她我才开始帮助女巫。你说你用那枚纳瓦霍戒指召唤我来到这儿，也许是这么回事，也许不是。我知道的是，我来这儿是因为我要帮助莱拉。我从没见过像她那样的孩子。如果我自己有一个女儿，她能有莱拉那种坚强、勇敢和善良品质的一半就行了。现在，我听说你知道某样东西，拥有它的人会得到保护，我不知道这可能会是什么东西。从你所说的来看，我觉得那一定就是魔法神刀。"

"这就是我带你去另一个世界想要的报酬，格鲁曼博士，不是金子，而是魔法神刀，我自己并不想要它，我是为莱拉要的。你要发誓让她得到它的保护，然后不管你想去哪儿，我都会带你去。"

大祭司仔细地听着，然后说："很好，斯科斯比先生，我发誓。你相信我的誓言吗？"

"你用什么发誓？"

"随便你说。"

李想了想，然后说道："就用使你拒绝女巫求爱的那个原因，不管那是什么，我猜那是你认为最重要的事。"

格鲁曼的眼睛瞪大了，他说："你猜得对，斯科斯比先生。我很乐意用它来发誓。我向你保证我会让那个孩子莱拉·贝拉克瓦得到魔法神刀的保护。但我警告你：持刀者还有他自己的任务要完成，他的任务可能会使她处在更大的危险中。"

李严肃地点点头。"可能是，"他说，"但不管安全的概率有多小，我也想让她得到它。"

"我向你保证。现在我必须去新世界，你要带我去。"

"可是风呢？我猜你不会病得连天气都看不出来吧？"

"风的问题交给我吧。"

李点点头。他又坐在板凳上，一遍遍地抚摸那只绿宝石戒指。这期间，格鲁曼把少量的必需品装进一个鹿皮包，然后两人沿着森林小路回到村子里。

酋长说了好些话，越来越多的村民跑出来，握住格鲁曼的手，喃喃地说着什么，他们得到的回应看上去像是某种祝福。在这期间，李观望着天气。南方的天空一片晴朗，清新的微风吹拂着树梢。向北望去，大雾仍然笼罩着那条泛滥的河流，但几天来第一次出现了大雾即将散尽的迹象。

在原来是码头的大石头那儿，他把格鲁曼的包提上了船，给小小的发动机加满油，发动机立即启动了。他出发了，大祭司坐在船头，小船飞快地顺流而下，在树下疾驶，迅速地掠过水面，进入主河流，船的速度是那么快，李有点替赫斯特担心，因为她就蹲着躲在船舷内侧。他知道她是个经验丰富的旅行者，那他为什么还是这么提心吊胆呢？

他们到达了位于河流出口处的港口，发现每一家旅馆、客栈和私人住宅都被军人占据了。他们不是普通的军人，他们是莫斯科皇家卫队，是世界上经过最凶猛的训练、装备最精良的一支部队，他们发誓坚决支持教会当局的政权。

李本来想在出发前休息一夜，因为格鲁曼看上去有这个需要，但现在根本没有希望能找到一个房间。

"发生什么事了？"他还船的时候问租船的人。

"我们不知道。军队是昨天来的，他们征用了镇里所有的住处、食品和船只，如果你没有开走这只船的话，他们也会拿走它的。"

"你知道他们要去哪儿吗？"

"北方，"船夫说，"有各种传说，说有一场仗要打，是人们所知道的规模最大的一场战争。"

"北方，是到那个新世界吗？"

"是的。还有更多军队要来，这只是先头部队。一个星期后，这里连一块面包或一加仑酒都不会剩下。你租这条船帮了我一个大忙——船价已经翻倍了……"

就算现在他们能找到地方，也绝对不能在这儿休息了。李非常担心他的气球，他立即来到存放气球的仓库，格鲁曼跟在他旁边，他看起来好像生了病，但他很坚强。

仓库的管理员正忙着清点出一些发动机零件，交给一名前来征用物品的卫队军士。管理员从笔记本上抬起头看了他一眼。

"气球——很糟糕——昨天被征用了，"他说，"你也看见了现在的情形，我也没有办法。"

赫斯特摇了摇耳朵，李明白她的意思。

"你把气球交出去了没有？"他问。

"他们今天下午来拿。"

"不，他们不会来了，"李说，"因为我有比卫队更高的授权。"

他向仓库管理员出示了那枚戒指，就是他在诺瓦赞布拉从死去的苏克埃林人手指上拿来的那枚戒指。他身边的军士站在柜台旁，看到戒指后停下了手中的活，敬了个礼。尽管他举止训练有素，他脸上还是闪过了一丝疑惑的神情。

"我们现在就需要这只气球，"李说，"你去叫几个人给它充气，我是指马上，还包括食品、水和沙袋。"

仓库管理员看着军士，军士耸耸肩，然后就跑去准备那只气球了。李和格鲁曼来到存放汽油罐的码头，一边监督着别人加油，一边小声交谈着。

"你从哪儿得到的那只戒指？"格鲁曼问。

"从一个死人的手指上拿下来的。使用它有点危险，但我没有别的办法拿回我的气球。你说那个军士是不是起了疑心？"

"他当然疑心了，但他是个训练有素的军人，他不会质疑教会的。如果他最后还是向上级作了汇报，等他们采取行动时，我们已经离开这里了。好吧，我答应过给你一阵风，斯科斯比先生，希望你会喜欢。"

他们头顶的天空一片湛蓝，阳光明媚。在北方，大雾依然像一座大山一样笼罩着海面，但微风在不停地把雾气往回吹，李迫不及待地想飞上天空。

气球正在充气，它慢慢鼓了起来，高过了仓库的房顶，李检查了吊篮，小心翼翼地把所有的装备放了进去，因为谁知道在另外一个世界，他们会遇上什么样的气流？还有他的仪器，他把仪器，甚至包括那枚指针在表盘上乱晃的指南针，都小心地固定在气球框架上。最后他把许多沙袋挂在吊篮外面用来做配重。

球囊完全鼓满了，在微风中颤颤巍巍地向北倾斜，整个设备被结实的绳子向下紧拽着，李把最后那点金子付给了仓库管理员，扶着格鲁曼进了吊篮。他转身朝向那些拽着绳子的人，发出命令，让他们松开手。

他们还没来得及这么做，突然发生了什么事。从仓库一侧的小巷里传来靴子的响声，是跑步声，传来一声命令："停！"

拉着绳子的人停下了，有些人向那边看去，有些人看着李，李厉声喝道："松手！起飞！"

有两个人服从了口令，气球倾斜着上升了，另外两个人的注意力却在那些军人身上，他们正迅速地从仓库拐角处跑过来。那两人还拽着系船柱上的绳子，气球病恹恹地向一边倾倒，李一把抓住吊环，格鲁曼也抓住了，他的精灵也用爪子牢牢地抓住了它。

李喊道："松手，你们这帮傻瓜！气球升空了！"

球囊的浮力太大了，那些人用尽力气还是不能把气球拉回来。有一个人松开了手，他的绳子从系船柱上松开了，但另一个人感觉到绳子提升后并没有松手，而是下意识地抓住了绳子。李曾经见过一次类似的事情，他暗暗担心。气球升上天空时，那个可怜人的精灵，一条体格魁梧的因纽特犬，在地面恐惧而痛苦地嚎叫着，漫长的五秒钟后，一切都结束了。那个人的力气用尽了，他半死不活地摔了下来，掉进了水中。

那些军人已经举起了来复枪，密集的子弹呼啸着掠过吊篮，有一颗子弹打中了吊环，冒出了火花，震得李的手一阵刺痛，但那些子弹并没有损坏气球。他们开始第二轮射击时，气球已经差不多离开他们的射程，升上了蓝天，迅速飞向大海的上空。李觉得他的心也随之飞了起来，有一次他曾经对塞拉芬娜·佩卡拉说过他并不怎么在乎飞行，那只是一项工作。那并不是他的真心话，一路顺风地在空中冉冉上升，前面是一个全新的世界——生活中还有什么比这更好？

他松开了吊环，赫斯特蹲在她通常待着的角落里，眼睛半闭着。从下面远远地传来已毫无作用的来复枪的枪声，小镇飞快地后退了，下面出现了河流出口处宽广的水面，在阳光下波光粼粼，熠熠生辉。

"格鲁曼博士，"他说，"我不知道你是怎么想的，但我在空中感觉好多了。我真希望那个可怜人松开了绳子，那他妈的太容易了，不松开绳子就完全是死路一条。"

"谢谢你，斯科斯比先生，"大祭司说，"这件事你办得很好。现在我们可以定下心来飞行了，如果你能把皮衣给我穿我会很感激你，空中还是很冷的。"

11. 观景台

在公园里那栋白色的大别墅中，威尔睡得并不踏实，他被喜忧参半的梦境困扰着，于是他挣扎着醒来，可又想接着再睡。当他完全睁开眼睛时，他困得几乎一点儿都动不了，他坐了起来，发现他的绷带松了，床单被染成一片通红。

他挣扎着起了床，在灰尘笼罩的阳光里穿过幽静的大宅，来到厨房。因为他和莱拉不喜欢那些豪华房间里富丽堂皇的四柱大床，所以他们睡在阁楼下仆人的房间里，这段路他摇摇晃晃地走了很长时间。

"威尔——"莱拉立刻叫道，她的声音中充满关切，她从火炉旁转过身来，扶着他坐在椅子上。

他觉得头晕目眩，他猜想他一定流了很多血。其实不用猜，这明摆着，他身上到处血迹斑斑，那些伤口还在流血。

"我正在煮咖啡，"她说，"你是想先喝咖啡，还是我先重新给你包扎一下？你想先怎么样都行。冰箱里有鸡蛋，但是我没找到烘豆。"

"这种房子里不会有烘豆的，先包扎伤口吧。水龙头里有热水吗？我想洗洗。我讨厌身上都是这……"

她倒了些热水。他脱得只剩下短裤，因为头晕眼花已经顾不上尴尬了。但莱拉替他感到尴尬，她走了出去。他尽他所能洗了个澡，然后用挂在火炉上方的毛巾擦干了身体。

她回来时给他拿来了衣服，一件衬衫、一条帆布长裤，还有一根皮带。他穿上衣服，她把一条新的毛巾撕成条，紧紧地包扎在他的伤口上。她非常担心他的手，不仅因为那伤口还在不停地流血，还因为那只手的其他部分已经又红又肿。但他对此什么话都没说，于是她也没说什么。

她煮了些咖啡，烤了几片已经不太新鲜的面包，他们把咖啡和面包端到房子前面的大房间里，在那儿可以俯视整座城市。当他吃了面包、喝了咖啡后，他感觉好了一些。

"你最好问问真理仪，接下来该做什么，"他说，"你问过它什么事吗？"

"没有，"她说，"从现在起，我只做你要求的事。昨天晚上我本来想问问真理仪，但我还是没问。除非你要求，否则我绝不会去做。"

"好吧，现在你最好问问它，"他说，"现在，这儿和我的世界有同样多的危险，安吉莉卡的哥哥就是一个开头，如果——"

他停住了，因为她正要开口说什么，但他一停顿，她又欲言又止。她平静了一下，才说道："威尔，昨天发生了一些事，我没有告诉你，我本来应该跟你说说，但其他的事情太多了。我很抱歉……"

于是她把贾科姆·帕拉迪西给威尔的伤口上药时，她在窗口所看到的都告诉了他：图利奥落在了妖怪的手中，安吉莉卡看见她在窗口，还有她那充满仇恨的目光，以及保罗的威胁。

"你还记得吗？"她继续说，"她第一次跟我们说话的时候，她弟弟说他们在做一件事。他说：'他要去拿……'而她阻止他继续往下说，还打了他，记得吗？我可以肯定他要说的就是图利奥正在找那把刀，这就是那些孩子为什么到这儿来的原因。因为他们如果有了这把刀，就可以做任何事，他们甚至可以长大时也不用惧怕妖怪。"

"他被袭击时看上去是什么样子？"威尔问道。他坐在那儿，身体前倾，目光急切，这让她感到很惊讶。

"他……"她努力回忆当时确切的情形，"他开始数墙上的石头，他像是在到处摸索……但他坚持不住了，最后他好像失去了兴趣，停了下来，然后他就不动了。"她说完后，看见威尔的表情，问道，"怎么了？"

"因为……我想这些妖怪可能来自我的世界。如果它们来自我的世界，我丝毫不惊讶它们会使人有那种行为。当协会的人打开他们的第一个窗口时，如果那窗口通往我的世界，妖怪就有可能从那儿进来。"

"但你的世界没有妖怪！你从没听说过，不是吗？"

"也许它们的名字不叫妖怪，也许我们把它们称为别的什么。"

莱拉不明白他是指什么，但她不想追问他。他双颊通红，目光炽热。

"无论如何，"她岔开话题，继续说道，"重要的是安吉莉卡看到我在窗口，现在她也知道我们得到了那把刀，她会告诉他们所有人。她会认为她哥哥被妖怪袭击是我们的错。我很抱歉，威尔，我应该早点告诉你，但当时事情太多了。"

"哦，"他说，"我没觉得那有什么区别。他折磨那个老人，如果他知道怎么使用那把刀的话，他会把我们俩都杀了，我们不得不和他搏斗。"

"我只是感到难过，威尔，我是说，他是他们的哥哥。如果我们是他们，我们肯定也想要那把刀。"

"是的，"他说，"但我们不能回到过去改变已经发生的事。我们必须得到这把刀才能拿回真理仪。如果我们不用搏斗就能得到它，我们也不会去搏斗。"

"是的。"她说。

和埃欧雷克·伯尔尼松一样，威尔是个不折不扣的斗士，当他说能不搏斗更好时，她心里的想法和他一样。她知道那么说并不是懦弱，而是理智。现在他平静多了，他的双颊恢复了苍白，他盯着不远处，凝神沉思着。

然后他说："现在更重要的应该是想想查尔斯爵士会干什么。还有库尔特夫人，如果她得到了他们说的那些特别保镖，那些被砍掉精灵的士兵，她会干什么。也许查尔斯爵士说得对，他们可以对妖怪置之不理。你知道我是怎么想的吗？我认为那些妖怪吃人的精灵。"

"但是儿童也有精灵，它们并不攻击儿童。肯定不是那么回事。"

"那一定是儿童和大人的精灵之间的区别，"威尔说，"是有区别的，不是吗？你曾经告诉过我大人的精灵不会变化形状，那一定与此有关。如果她的这些士兵根本没有精灵，也许妖怪就不会攻击他们，就像查尔斯爵士说的……"

"对！"她说，"有可能。无论怎样她都不怕妖怪，她什么都不怕。她那么聪明，威尔，说真的，她那么残酷无情，她能指挥他们，我肯定她能。她能像指挥别人那样指挥他们，他们将不得不对她俯首帖耳，我肯定。博雷尔勋爵聪明强壮，她却能让他听命于她，一刻都不会耽误。哦，威尔，想到她可能会做的事，我又开始害怕了……就像你刚才说的，我要去问问真理仪。谢天谢地，我们总算把它拿回来了。"

她打开天鹅绒包裹，珍爱地抚摸着那个沉甸甸的金家伙。

"我准备问问你的父亲，"她说，"还有我们怎么才能找到他。看，我用手指着……"

"不，先问我的母亲。我想知道她是不是平安。"

莱拉点点头，她把真理仪放在膝盖上，把头发掠到耳后，低下头，开始集中注意力。威尔注视着轻盈的指针有目的地在仪盘上转动，不时停下来，然后又飞快地转动，像一只喂食的燕子。他注视着莱拉的眼睛，那眼睛那么蓝，目光锐利，充满智慧。

然后她眨了眨眼睛，抬起头来。

"她平安无事，"她说，"照顾她的那个朋友非常和善。没人知道你的母亲在哪儿，那个朋友也不会说出去。"

威尔一直都没意识到他有多担心。听到这个好消息他觉得自己松弛下来，当紧张的情绪离开他的身体时，他感到伤口疼得更厉害了。

"谢谢你，"他说，"好吧，现在问问我的父亲——"

她还没来得及开始，他们就听到外面传来的吵嚷声。

他们立即向外看。在城市边缘的这排房子前有一个公园，公园的矮墙边有一排树，动静就是从那儿发出的。潘特莱蒙立即变成一只山猫，悄无声息地走到门口，气势汹汹地向下张望。

"是那帮小孩。"他说。

威尔和莱拉都站了起来。那帮小孩从树后一个接一个地冒了出来，有四五十人，许多人都拿着棍子，领头的是那个穿条纹 T 恤的男孩，他手中拿的不是棍子，而是一把手枪。

"安吉莉卡就在那儿。"莱拉用手指着，小声说道。

安吉莉卡在领头的男孩身边，拽着他的胳膊，催促他向前。他们身后就是她的弟弟保罗，他激动地尖叫着，其他的孩子也大叫大嚷，在空中挥舞着拳头，有两个小孩还扛着沉重的来复枪。威尔以前见过这样的小孩，但从没有这么多人，而且在他的小镇上，小孩并不带枪。

他们在叫嚷，威尔努力辨认出了安吉莉卡的声音，她是那里面声音最大的，"你们杀害了我哥哥，偷走了那把刀！你们是杀人犯！你们让妖怪抓住了他！你们杀了他，我们要杀了你们！你们跑不掉的！我们要像你杀死他一样杀死你们！"

"威尔，你可以砍出一个窗口！"莱拉抓住他的那只没受伤的胳膊，急切地说，"我们可以逃走，这很容易——"

"是的，可我们能去哪儿呢？在牛津，离查尔斯爵士的房子只有几码远，而且是大白天，很可能就在大街上，在公共汽车前面碰上他。我做不到随便在什么地方一砍，就能来到一个安全的地方——我得先看一看我们在哪里，那会花很长时间。这幢房子后面好像有个树林，如果我们能到树林里会安全得多。"

莱拉恼怒地向窗外望去。"他们一定是昨天晚上看见了我们，"她说，"我敢肯定他们那会儿胆小，不敢自己来找我们，所以他们把所有人都叫上了……昨天我真该杀了她！她和她的哥哥一样坏。我要——"

"别说了，来吧。"威尔说。

他检查了一下，确信那把刀别在他的腰带上，莱拉则背上她的小背包，包里有她的真理仪和威尔父亲的信。他们跑过发出回声的大厅，沿着走廊来到厨房，穿过碗碟储藏室，跑到铺着碎石的院子里。围墙的门通向一块菜地，菜地里的蔬菜和药草被清晨的阳光照耀着。

还有几百码远才能到树林的边缘，中间还要爬上一个毫无遮掩的草坡。比树林更近一点的，是左侧小山上立着的一座小小的圆形建筑，像是一座神殿，周围是柱子，最上层像是个露天的观景台，从那儿可以俯视整座城市。

"我们跑吧。"威尔说，尽管他并不想跑，他更想躺在地上，闭上眼睛。

潘特莱蒙飞在头顶放哨，他们开始穿过草地。但草丛很茂盛，草长得有脚踝那么高，威尔只跑了几步就觉得头晕目眩，跑不动了。他慢了下来，开始走。

莱拉回头望去，那帮孩子还没发现他们，他们还在房子的前面。也许他们要搜查完所有房间还得一阵……

但是潘特莱蒙叽喳叫着开始报警，有一个男孩站在别墅二楼一扇开着的窗户前，指着他们。他们听见一声喊叫。

"快点，威尔！"莱拉说。

她拽着他那只没受伤的胳膊，搀扶着他。他努力配合，但他没力气了，他只能走。

"好吧，"他说，"我们没法去树林，那儿太远了。我们去那座神殿吧。如果我们关上门，也许能多抵挡一阵，这样我们就有时间砍个窗口钻过去。"

潘特莱蒙冲向前去，莱拉上气不接下气地喊他，让他停下来。

威尔几乎能看出他们之间的联系，精灵在向前拽，女孩回应着。他跌跌撞撞地在茂密的草丛中走着，莱拉跑到前面去看一眼，然后跑回来帮他，然后又跑向前，就这样，最后他们终于来到神殿周围的石头路上。

矮小门廊下的那扇门并没有上锁，他们跑了进去，发现这是一个空荡荡的圆形房间，四周的壁龛里有几尊女神的塑像，房间最中央是一段螺旋式的锻铁楼梯，楼梯的出口通往上一层楼。外面的门无法上锁，所以他们爬上楼梯，来到楼上，那里真是一个观景的好地方，在这里可以呼吸到新鲜空气，眺望整座城市。那儿既没有墙壁也没有窗户，只有一些拱形的柱子支撑着屋顶，每一根拱形柱下都有一个齐腰高的窗台，窗台很宽，几乎可以斜靠在上面。下面是盖着波形瓦的屋顶，沿着柔和的曲线一直延伸向水槽。

他们向外看，可以看到后面的树林，近在咫尺，却又遥不可及，还有下面那栋别墅、开阔的草地，更远处是城里一片红棕色的屋顶，左边高出来的是那座塔，吃腐肉的乌鸦在灰色的墙垛上空盘旋。威尔意识到是什么引来了它们，他感到一阵恶心。

但现在没有时间看这些，他们得先对付那帮小孩。那帮小孩向神殿跑来，愤怒而激动地尖叫着。领头的男孩慢下步子，举起手枪，疯狂地向神殿里打了两三枪。然后他们继续向前，还叫着：

"小偷！"

"杀人犯！"

"我们要杀了你们！"

"你们拿走了我们的刀！"

"你们不是这里的人！"

"你们去死吧！"

威尔毫不在意。他早已拿出那把刀，迅速砍出一个窗口看他们在什么地方——他只能再退回来。莱拉也张望了一眼，然后失望地退了回来。他们在五十英尺的半空中，下面是一条车水马龙的公路。

"当然，"威尔愁苦地说，"我们刚才上了个坡……我们被堵在这儿了。我们得挡住他们，就是这样。"

几秒钟后，第一帮小孩已经从大门蜂拥而进。他们的叫嚷声在殿里回响，更加剧了他们的疯狂。这时传来一声巨大的枪响，然后又是一声，接着又是一阵尖叫，为首的那帮小孩爬上了楼梯，楼梯开始摇晃。

莱拉蹲在墙边不能动弹，威尔手中还拿着那把刀，他爬到楼梯口，向下伸出刀，仿佛削一张纸一样削掉楼梯最上面一层的台阶。楼梯失去了支持，承受不住蜂拥而上的小孩们的重量，向下弯曲着倒在地上，发出巨大的响声。更多的尖叫，更大的混乱，枪声又响起了，但这次好像是个意外。有人被打中了，叫声里带着痛苦，威尔向下看去，看见一个在泥土和血泊中扭动的身体。

他们不是一个个单独的孩子，他们是一个群体。就像一股浪潮，他们从下面涌上来，愤怒地向上跳着，用手扒着，威胁着，尖叫着，向他吐着唾沫，但他们够不着他。

这时有人叫了一声，他们都朝门口望去，那些还能动的小孩拥向门口，留下了那几个被铁楼梯砸倒或是正昏头昏脑地挣扎着从碎石地面上爬起来的小孩。

威尔很快就意识到他们为什么要跑出去，拱形柱外面的屋顶上传来乱扒的声音，他跑到窗台那儿，看见第一双手抓住波形瓦的边缘，正在向上攀缘，有人在后面推着，接着又出现一个脑袋和另一双手，他们踩着下面人的肩膀和后背，像蚂蚁一样涌上了屋顶。

但波形瓦的瓦脊并不好走，第一帮小孩手脚并用地爬了上来，他们疯狂的目光一刻也没有离开过威尔的脸。莱拉也加入了威尔的行列，潘特莱蒙的爪子搭在排水槽边，发出豹子的吼声，使第一帮小孩有点犹豫不决，但他们还是继续向上爬，人越来越多。

有人在叫着"杀！杀！杀！"，另外的人也加入进来，声音越来越响，屋顶上的那些小孩开始有节奏地踩脚，但他们面对正在怒吼的精灵，不敢再靠近。这时有一根排水槽断了，站在上面的男孩脚下一滑，掉了下去，但他旁边的男孩立刻捡起那根断了的管子抡向莱拉。

她闪了一下，那根管子砸在她身边的柱子上，碎片撒了她一身。威尔看见楼梯口的栏杆，于是他砍了两根栏杆，像剑一样长。他递给莱拉一根，莱拉使劲挥舞着栏杆，打中了为首那个男孩的脑袋，他立刻掉下去了，但接着又上来一个人，那是安吉莉卡，她一头红发，脸色发白，眼神疯狂。她爬上窗台，莱拉使劲用栏杆戳她，她又掉了下去。

威尔在做同样的事，那把刀收在刀鞘里，别在他腰上。他挥舞着铁栏杆，有几个小孩掉下去了，其他小孩又替补上来，更多小孩从下面爬上了屋顶。

这时穿 T 恤衫的男孩又出现了，但他没了手枪，也许是没子弹了。然而，他和威尔紧紧对视着，他们都知道将要发生的事：他们要决斗，那将是一场残酷而致命的搏斗。

"来呀，"威尔说，他为决斗而感到亢奋，"快点，来呀……"

再过一秒，他们就会打起来。

这时最奇怪的事发生了：一只巨大的、白色的雪雁伸展着宽大的翅膀扑了下来，他不停地大声叫着，连屋顶上那些处于疯狂状态的小孩都听见了，他们转过身来看。

"凯萨！"莱拉欣喜地叫道，因为那正是塞拉芬娜·佩卡拉的精灵。

雪雁又叫了一声，凌厉的叫声划过天空，他盘旋着，转了个身，离穿条纹 T 恤的男孩只有一英寸。那男孩因为害怕而摔倒了，从窗台滑了下去。这时其他人也开始大声叫喊，因为空中出现了别的东西。莱拉看见小小的黑色阴影掠过蓝天，她高兴地大声欢呼起来。

"塞拉芬娜·佩卡拉！这儿！我们在这儿！在神殿里——"

伴随着飕飕的风声，十几支箭射了下来，随即又是十几支箭，然后又是十几支——箭射得太快了，以至于它们一下子都在空中——射在神殿游廊的屋顶上，发出雷鸣般的轰响。在惊讶和迷惑中，屋顶上的那帮孩子一下子失去了攻击性，取而代之的是恐惧和害怕。这些穿着黑衣服、从空中冲向他们的女人是谁？这一切是怎么发生的？她们是鬼吗？她们是一种新的妖怪吗？

他们哭叫着跳下屋顶，有些人笨手笨脚地掉下去，然后一瘸一拐地挣扎着走远了，其他人从斜坡上滚下去，然后飞奔而逃，他们不再是一伙暴徒——而只是一帮害怕而羞愧的孩子。雪雁出现后的一分钟，最后一个小孩也离开了神殿，唯一能听见的声音就是女巫们在空中盘旋时，云松枝发出的飕飕风声。

威尔好奇地抬起头来看，他惊讶得说不出话来，而莱拉跳了起来，欣喜地叫道："塞拉芬娜·佩卡拉！你是怎么找到我们的？谢谢你，谢谢！他们要杀死我们！快下来吧。"

但塞拉芬娜和其他女巫摇摇头，又飞上去，在高空盘旋着。雪雁精灵盘旋着落了下来，向内拍打着巨大的翅膀，放慢速度。窗台下的波形瓦"咯嗒"一声，它落在了上面。

"你好，莱拉，"它说，"塞拉芬娜·佩卡拉不能到地面上来，其他女巫也不能。这个地方到处都是妖怪——有一百多个，围住了这座楼，还有更多的妖怪从草地上飘过来。你看不见它们吗？"

"是的，我们根本看不见它们！"

"我们已经失去了一个女巫，我们不能再冒险了。你们能从这座楼上下来吗？"

"我们可以像他们那样从屋顶跳下去。你是怎么找到我们的？从哪里——"

"现在别说那么多了，更大的麻烦还在后面。你们想办法下来，然后到树林里去。"

他们爬上窗台，从破碎的瓦片上滑下排水槽，并不高，下面就是草地，与那座楼形成轻微的坡度。莱拉先跳了下去，威尔跟在后面，他翻了个身，想保护他的手，那只手又开始流血，疼得厉害。他吊着手腕的绷带松了，拖在身后，正当他想系上它时，雪雁落在了他身边的草地上。

"莱拉，他是谁？"凯萨问道。

"是威尔。他跟我们一起走……"

"为什么妖怪躲着你？"雪雁精灵直截了当地问威尔。

现在威尔几乎不会对任何事情感到惊讶，他说："我不知道，我们看不见它们。不，等等！"他突然想到了什么，站起身来。"现在它们在哪儿？"他问道，"最近的那个在哪儿？""十步远，在坡下面，"精灵说，"很明显，它们不愿意再靠近。"

威尔拿出刀，朝那个方向望去，他听见精灵发出惊讶的咝咝声。

但威尔没能做他本想做的事，因为就在这时，有个女巫骑着云松枝降落在他身边的草地上。他吃了一惊，主要不是因为她会飞，而是因为她惊人的优雅风度，因为她的目光凌厉、冷漠、清澈、可爱，还有她那白皙的手臂，看上去那么年轻，尽管她显然年岁不小。

"你叫威尔？"她问道。

"是的，但——"

"为什么妖怪怕你？"

"因为这把刀。最近的妖怪在哪儿？告诉我！我想杀死它！"

但女巫还没来得及回答，莱拉就匆匆地跑了过来。

"塞拉芬娜·佩卡拉！"她叫道，她伸开双臂围住她，紧紧地抱着她，她抱得那么紧，以至于女巫大声笑起来，吻着她的额头。"哦，塞拉芬娜，你从哪儿突然冒出来的？我们被——那些孩子——他们是孩子，但他们想杀死我们——你看见他们了吗？我们以为我们会死的——哦，你来了我真高兴！我以为我再也见不到你了！"

塞拉芬娜·佩卡拉的目光越过莱拉的头顶，落在远处显然是聚集着一群妖怪的地方，然后她看着威尔。

"现在听着，"她说，"树林里的不远处有一个山洞。走上那个高坡，沿着山脊向左，那些妖怪不会跟来的——我们在空中时它们看不见我们，它们还害怕你们。我们在那儿会面吧，走到那儿大概要半小时。"

她又跃向空中，威尔用手遮住眼睛，注视她和其他那些衣袂飘飘的优雅身影在空中盘旋，然后又飞向树林上空。

"哦，威尔，现在我们安全了！塞拉芬娜·佩卡拉在这儿，一切都会好的！"莱拉说，"我从没想到会再见到她。她在关键时刻赶来了，是不是？就像以前，在伯尔凡加……"

她快乐而喋喋不休地说着，好像早就忘掉了那场搏斗。她在前面领路，走上通向树林的斜坡。威尔默默无语地跟在后面，他的手一跳一跳地疼得厉害，每跳一下，就又有一些血流出来。他把手举到胸前，努力不去想它。

那段路程用了一小时四十五分钟，而不是半小时，因为好几次威尔不得不停下来休息。当他们到达山洞时，他们看见了一堆火，火上正烤着一只兔子，塞拉芬娜·佩卡拉正在一只小铁罐里搅动着什么。

"让我看看你的伤口。"这是她对威尔说的第一句话，他默默地伸出手。

变成一只猫的潘特莱蒙好奇地注视着，但威尔望向了别处。他不喜欢看到他伤残变形的手。

女巫们互相轻声地说着话，塞拉芬娜·佩卡拉说道："是因为什么武器受的伤？"

威尔拿出那把刀，默默无语地递给她。她的同伴好奇而怀疑地看着那把刀，因为她们从没见过有着如此刀刃的小刀。

"要使伤口愈合，除了药草，还需要别的东西，需要一个咒语，"塞拉芬娜·佩卡拉说，"很好，我们会准备一个咒语，当月亮升起的时候就会准备好。在这期间，你应该睡一觉。"

她递给他一个牛角杯，里面是滚热的汤药，药的苦味中掺着蜂蜜的甜味。不一会儿，他就躺下来，沉沉地睡着了。女巫用树叶盖住他，然后转向莱拉，她还在啃着那只兔子。

"现在，莱拉，"她说，"告诉我这个男孩是谁，你对这个世界都知道些什么，还有他的那把刀。"

于是莱拉深深吸了一口气，然后就开始讲。

12. 屏幕语言

"再跟我说说，"在那间俯视公园的小实验室里，奥立弗·佩恩博士说道，"要么我是没听到你说的话，要么你说的是一派胡言，从另外一个世界里来的孩子？"

"她就是这么说的。好吧，是一派胡言，但听我说，奥立弗，好吗？"玛丽·马隆博士说，"她知道阴影物质。她称它们——它——她把它称作尘埃，但这是同样的东西，是我们的阴影粒子。我告诉你，当她把连接她和'山洞'的电极戴上时，屏幕上出现了令人震惊的画面：图案、符号……她也有一个仪器，是金子做的，像指南针，周围镶着不同的符号。她说她也能用同样的方法阅读它，她还知道意识的状态——她对此非常熟悉。"

现在是上午，马隆博士因为缺少睡眠，眼中布满血丝。她刚从日内瓦回来的同事则满腹狐疑，心不在焉，他已经听得不耐烦了。

"关键是，奥立弗，她跟它们进行交流，它们有意识，能作出回应。你还记得你那些头颅吗？哦，她跟我讲了皮特里弗斯博物馆里的头颅，她用她那个指南针似的东西发现它们比博物馆介绍的还要古老，还有阴影物质——"

"等一等，你能有些条理吗？你在说什么？你是说她证实了我们早已知道的，还是说她告诉了我们一些新东西？"

"两者都有吧，我不知道。但是设想一下，这是三四万年前发生的事情，这么说阴影物质以前就存在了，很明显——它们在宇宙大爆炸之前就存在——但在那时，他们还无法像我们一样用物理方法推衍出这个结论。那之后发生了一些事，我想象不出是什么事，但它与人类的进化有关。因此才有你研究的这些头颅——记得吗？在那之前没有阴影物质，在那之后却有很多？还有那个小孩在博物馆发现的头颅，她用那个指南针一样的东西对它们进行考证。她告诉我的是同样的事。我想说的是，在那段时间，人脑成为这个推衍过程的理想载体。这样一切就都合理了。"

佩恩博士举起他的大塑料杯子，喝干了最后一滴咖啡。

"为什么它偏偏发生在那时候呢？"他问，"为什么突然在三万五千年前？"

"哦，谁知道呢？我们不是古生物学家。我不知道，奥立弗，我只是在推测。你不觉得那至少是有可能的吗？"

"还有那个警察，跟我说说这个人。"

马隆博士揉了揉眼睛。"他叫沃尔特斯，"她说，"他说他来自特别部门，我想那应该和政治什么的有关吧？"

"恐怖主义、颠覆、情报……就是那些。继续说，他想要什么？他为什么来这儿？"

"因为那个女孩。他说他在找一个和她同样年纪的男孩——他没有告诉我原因——这个男孩曾经和来过这儿的那个女孩在一起。他心里还有别的想法，奥立弗。他了解这项研究，他甚至问到——"

电话铃响了，她停下来，耸了耸肩。佩恩博士去接电话，他简短说了几句就挂了，说道："我们这儿来了一位客人。"

"谁？"

"我不认识，好像是什么爵士。听着，玛丽，我不干了，你明白吗？"

"他们给了你这份工作。"

"是的，我得接受它，想必你也知道这一点。"

"好吧，那就到此为止了。"

他无助地摊开双手，说道："坦率地说……我觉得你刚才讲的这件事没有任何意义。来自另外世界的小孩和古老的阴影……这一切很荒诞。我没法参与。我还有一份工作，玛丽。"

"那你考证的头颅是怎么回事？象牙雕像周围的阴影物质义是怎么回事？"

他摇摇头，转过身去。他还没来得及回答，外面传来敲门声，他几乎是解脱般地打开了门。

查尔斯爵士说道："你好，佩恩博士？马隆博士？我是查尔斯·拉特罗姆。你们不用通报就可以见到我，这对你们可真是件好事。"

"请进。"马隆博士疲惫而困惑地说，"奥立弗你说的是查尔斯爵士吗？我们能为您做些什么？"

"也许是我能为你做些什么，"他说，"我知道你在等待经费申请的结果。"

"你怎么知道的？"佩恩博士问。

"我原来是名公务员。事实上，我很关心指导科学研究的政策。在这个领域我还有一些关系，我听说……我可以坐下吗？"

"哦，请坐。"马隆博士说着拖出一张椅子。于是他坐了下来，好像要主持一场会议。

"谢谢你。我是从一个朋友那里听说的——我最好还是别提他的名字，《官方秘密法》掩盖了很多蠢事——我听说他们正在研究你的申请，我对听到的事很感兴趣。我必须承认，是我提出了要求，我要亲自来看你所做的部分研究。我知道这事儿跟我无关，但我还是某种非官方的顾问，因此我以它作为理由，而我看到的真的令人惊奇。"

"那是不是说您认为我们会取得成功？"马隆博士问道，她身体前倾，急切地想要相信他。

"很不幸，不是的。我必须直言不讳地告诉你，他们并没有给你延长经费的意图。"

马隆博士的肩膀塌了下去。佩恩博士警惕而好奇地注视着这个老头。

"那你还要到这儿来干什么？"他问。

"哦，你知道的，他们还没有正式决定。我坦率地告诉你，情况并不乐观。他们认为资助这种研究将来没有什么收益。不过，如果你能让什么人帮你争辩一下，他们就会有不同的看法。"

"一个拥护者？您是说您自己？我觉得那样不行，"马隆博士说，她直起身来，"我觉得他们只依据同行的报告。"

"当然原则上是那样的，"查尔斯爵士说，"但了解这些委员会如何具体工作，谁在管这些工作，也很有帮助。于是我就来了，我对你的工作非常感兴趣，我认为它可能很有价值，这项工作当然应该继续进行。你愿意让我非正式地代表你去做陈述吗？"

马隆博士好像快要淹死的水手抓住了救生圈："为什么……哦，是的！天哪，当然！谢谢您……我是说，您真的认为它会有用处吗？我不是说要建议……我不知道我是什么意思。是的，当然！"

"那我们需要做什么呢？"佩恩博士问。

马隆博士惊讶地看着他。奥立弗刚才不是说他要去日内瓦工作吗？但他好像比她更加理解查尔斯爵士，因为在他们之间闪过了一丝默契，于是奥立弗也坐了下来。

"我很高兴你明白我的意思，"老头说，"你说得对，如果你能朝向某个研究方向我会更高兴。如果我们都同意的话，我甚至可以从其他渠道为你筹得更多资金。"

"等等，等等，"马隆博士说，"等一下。工作的研究方向是我们的事。我完全愿意和您讨论研究结果，但不是研究方向。您一定明白——"

查尔斯爵士摊开双手，做了一个表示遗憾的手势，站起身来。奥立弗·佩恩也焦急地站了起来。

"不，请求您，查尔斯爵士，"他说道，"我相信马隆博士会听完您想说的。玛丽，听他说说并没有什么坏处，也许情况会完全不一样。"

"我以为你打算去日内瓦了。"她问。

"日内瓦？"查尔斯爵士说，"好地方。那里机会很多，钱也多。别让我阻拦了你。"

"不，不，这事儿还没定，"佩恩博士急急忙忙地说，"还有很多要讨论的——这还悬着呢，查尔斯爵士，请坐。我能给您倒杯咖啡吗？"

·"谢谢。"查尔斯爵士说着又坐下来，那神态活像一只志得意满的猫。

马隆博士第一次仔细地打量着他。她看见的是一个将近七十岁的老头，富有，自信，衣着华贵，习惯了最好的事物，与有权有势的人物交往，在要人的耳边窃窃私语。奥立弗说得对：他的确想得到什么东西。除非他们能使他满意，否则就得不到他的支持。

她抱着胳膊。

佩恩博士递给他一杯咖啡，说道："很抱歉，太简单了……"

"一点儿也不，我可以继续刚才要说的吗？"

"请说吧。"佩恩博士说。

"哦，我知道你们在意识方面的研究有惊人的发现。是的，我知道，你们还没有发布任何东西，从你们的研究对象来看——似乎——研究的路还很长。无论如何，话又说回来，我对此非常有兴趣。第一，比如说你们把研究集中在控制意识方面，我会非常高兴。第二，关于多个世界的假设——埃弗里特[1]，你们记得，1957年左右——我相信你们将把那个理论向前推进一大步。这项研究甚至会吸引国防资金，即使在今天，这项资金仍然很丰厚，当然它并不受那些令人厌烦的申请程序的束缚。

"别指望我会透露资金的来源。"他继续说道。马隆博士往前欠了欠身子，刚想说话，他举起了手。"刚才我提到《官方秘密法》，那是一项乏味的立法，但我们可不能把它当儿戏，我有信心在多个世界的研究领域取得一些进展，我认为你们正是从事这项工作的合适人选。第三，还有一件特别的事和一个人有关，是一个孩子。"

他停下来喝咖啡。马隆博士说不出话来，她脸色苍白，尽管她不可能知道这一点，但她知道她有点发晕。

"因为诸多原因，"查尔斯爵士继续说道，"我和情报机构有联系。他们对一个孩子很感兴趣，是个女孩，她有一件不同寻常的仪器——一件古老的科学仪器，当然是偷来的，本来它应该更安全地被别人掌管。还有一个跟她差不多年纪的男孩——大概十二岁——他与一桩谋杀案有关，警方正在通缉他。当然，这么大的孩子是否能谋杀别人，这一点还可以再讨论，但他肯定杀了什么人。有人看见他曾经和那个女孩在一起。

---

1 休·埃弗里特（Hugh Everett），物理学家，创立了多个世界的理论，认为我们所在的宇宙只是众多平行世界中的一个，这些平行世界相互之间不交叉也不会交流。

"现在，马隆博士，也许你遇见过他们中的一个，也许你愿意向警方报告你所知道的一切。但如果你能私下告诉我这些，你会作出更大的贡献。我确信有关机构会迅速而有效地处理这件事，也不会有什么耸人听闻的花边新闻。我知道沃尔特斯警官昨天来过，我还知道那个女孩来过。你看，我非常清楚我在说什么。我想知道，比如说，你是否又见过她，如果你不告诉我，我也会知道。你应该聪明点，好好想想这件事，回忆一下她在这里说过的话和做过的事。这件事关系到国家安全，你应该明白我的意思。

"好吧，我就说到这儿。这是我的名片，你可以和我联系。这件事不能耽搁，基金委员会明天开会，这你知道的。不过，任何时候你打这个电话都可以找到我。"

他递给奥立弗·佩恩一张名片，他看见马隆博士仍然抱着胳膊，就把给她的名片放在了板凳上。佩恩博士替他打开门，查尔斯爵士戴上他那顶巴拿马草帽，轻轻拍了拍，向他们俩微笑致意，然后就离开了。

佩恩博士再次关上门，说道："玛丽，你疯了？你那种举动是什么意思？"

"对不起，你说什么？你没被那个老家伙骗住吧？"

"你不能拒绝那样的帮助！你想不想让这个研究项目继续进行下去？"

"那不是什么帮助，"她激烈地说道，"那是最后通牒，要么按他说的做，要么就关门。还有，奥立弗，看在上帝的份上，所有那些不怎么聪明的关于国家安全等的威胁和暗示——你看不出来那是什么意思吗？"

"哦，我想我比你更清楚地看到了这一点。如果你说不，他们不会关闭这里，而是会接管这个地方。如果他们真像他说的那么感兴趣，他们会愿意继续这项研究，但要答应他们的条件。"

"但他们的条件会……我是说，国防，看在上帝的份上，他们想找到杀人的新方法。你也听到了他关于意识的谈话：他想操纵它。我可不想掺和进去，奥立弗，永远不。"

"无论如何他们都会那么干的，而你会失去工作。如果你留在这儿，也许你能影响它向好的方向发展。你还是在从事这项研究！你还会参与这项研究！"

"但那和你有什么关系呢？"她问道，"日内瓦那边不是都定好了吗？"

他伸手摸了摸头发，说道："哦，还没定下来，什么都没签。总之现在情况又不一样了，我觉得现在我们有事情可做，如果现在我离开这儿，我会后悔的。"

"你在说什么？"

"我并没有说——"

"你在暗示。你想说什么？"

"哦……"他在实验室里踱着步，摊开双手，耸耸肩，摇摇头，"哦，如果你不跟他联系的话，我会去联系。"他终于说道。

她沉默了，然后她说："哦，我明白了。"

"玛丽，我考虑到——"

"你当然考虑到了。"

"不是那——"

"不，不。"

"你不明白——"

"不，我明白，这很简单。你答应按他说的去做，这样你就得到了资金，我离开，你接替主任的位置，这不难明白。你会有更多的预算，许多崭新的好机器，有半打的博士听你的指挥。好主意，你来干吧，奥立弗，你来吧。但对我来说，这就到此为止，我退出了，我讨厌他。"

"你还没……"

但她的表情让他戛然而止。她脱下白大褂，把它挂在门上，收起一些文件，放进包里，没说一句话就离开了。她刚走，他就拿起查尔斯爵士的名片，开始拨电话。

几个小时后，其实也就是在午夜之前，马隆博士把车停在科学大楼的外面，从侧门走了进去。她刚刚踏上楼梯，就有一个人从另一条走廊里出来，她吓了一跳，差点把手提包掉在地上。那人穿着制服。

"你要去哪儿？"他问道。

他挡着路，身材高大，帽檐压得很低，她几乎看不见他的眼睛。

"我要去我的实验室，我在这儿工作。你是谁？"她说，她有点生气，又有点害怕。

"我是保安。你有证件吗？"

"什么保安？今天下午三点钟我离开这座楼时，这里只有一个门卫，和往常一样。我还要问你的身份呢。是谁派你来的？为什么？"

"这是我的证件，"那人向她亮了一下证件，动作快得她都来不及看，"你的证件呢？"

她注意到他身后挂着一个皮套，里面是手机，也许是一支枪？肯定不是，是她多疑了。他也没有回答她的问题。但如果她坚持，一定会使他起疑心的，现在最重要的事情是去实验室。就像哄一只狗一样哄哄他吧，她心想。她伸手在包里摸索着，找出了钱包。

"这个行吗？"她向他出示了用来启动停车场道闸杆的磁卡，问道。

他粗略地看了一眼。

"这么晚了你来干什么？"他问。

"我正在做一个实验，我得定时检查计算机。"

他似乎在寻找一个可以阻止她的理由，也许他只是在运用他的权力。最后他终于点了点头，站到了一边。她向他微笑着，从他身边走过，但他仍然面无表情。

当她来到实验室的时候，她仍然在发抖。这座楼以前除了大门上的一把锁和一个上了年纪的门卫，从来没有过什么"保安"。她明白这个变化是怎么回事，这意味着她没有多少时间了，她得立即采取行动，因为一旦他们意识到她在做什么，她就再也不能回到这儿了。

她锁上身后的门，放下百叶窗。她打开探测仪，从口袋里拿出一张软盘，塞进控制"山洞"的那台计算机。不一会儿她已经在操纵屏幕上的数字了，一部分靠逻辑，一部分靠猜测，一部分靠整个晚上在家里研究的那个程序，她这个任务的复杂性就像把这三个"部分"组合成一个"一"那样令她困惑。

最后她把眼前的头发掠到一旁，把电极连在头上，然后她活动活动手指，开始在键盘上敲打，她感觉到了强烈的自我意识。

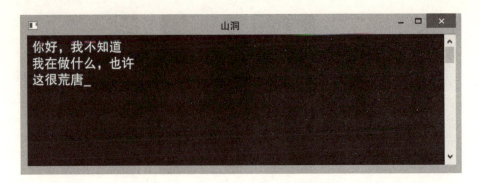

这些字自动排列在屏幕左边，这是第一个惊奇之处。她没有使用任何的文字处理程序——实际上，她绕过了大部分的操作系统——不管那些句子是什么格式，那不是她的。她感到脖子后面的头发竖了起来，她开始意识到围绕着她的整栋建筑：黑暗的走廊、运转着的机器、自动运行的各种实验、监测实验和记录结果的计算机、取样和调节湿度和温度的空调机，所有作为大楼神经和动脉的管道都苏醒了，警觉着……事实上，几乎有了意识。

她又开始尝试。

她还没有结束这个句子，指示符就飞快地闪到了屏幕右边，写道：

这几乎是一瞬间的事。

她觉得她似乎踏进了一个根本不存在的空间，她整个身体因为震惊而倾斜着。过了好一会儿她才平静下来，开始再次尝试。当她开始的时候，她的问题几乎还没有结束，答案就飞快地闪现在屏幕的右边。

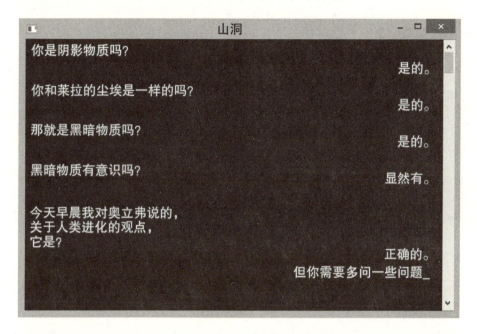

她停下来，深呼吸了一下，把椅子向后推了推，活动着手指。她能感觉到她的心在狂跳，发生的每一件事都不可思议。她所接受的全部教育，她的思维习惯，她作为一名科学家的理智都在向她尖叫：这是错的！它并没有发生！你在做梦！可它们就在屏幕上：她的问题，还有来自别的思想的回答。

她又振作起来，开始打字，答案再次毫不间断地出现在屏幕上。

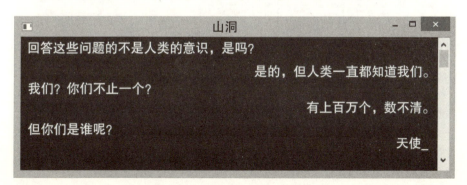

玛丽·马隆的脑袋嗡嗡作响。她从小到大一直是个天主教徒，不仅如此——就像莱拉所发现的那样，她还曾经是一名修女。现在她曾有的那些信念已荡然无存，但她知道天使。圣奥古斯丁曾说过："天使一词是指职务，而非本性。如果问及这本性的名称，则回答说是天神；如果问及职务，则回答说是天使。按着他的本性是天神，按着他所执行的职务则是天使。"[1]

她头晕目眩，颤抖着又开始在键盘上打字：

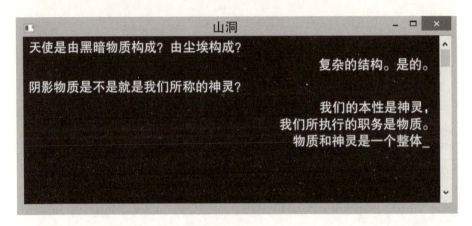

她打了个激灵。他们在聆听她的思想。

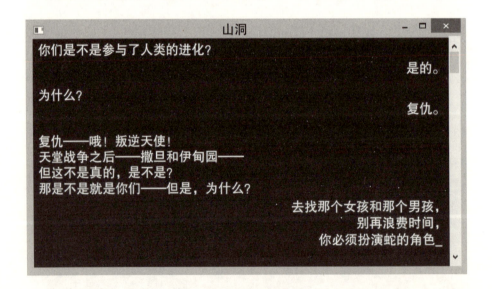

1　引自基督教神学家圣奥古斯丁（St. Augustine, 354—430）对天使的论述。

她从键盘上抬起手，揉了揉眼睛，当她再看屏幕时，那些句子还在那儿。

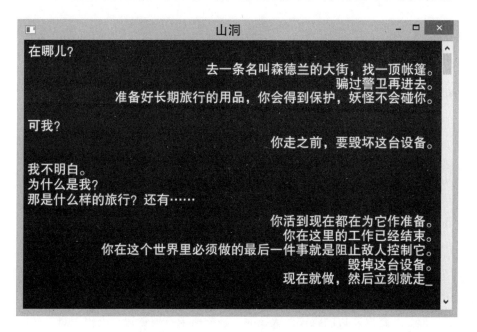

玛丽·马隆向后推了推椅子，站起身来，身体在颤抖。她用手指按压着太阳穴，她发现电极还粘在她皮肤上，于是她漫不经心地把它们摘了下来。也许她曾怀疑自己做过的事，怀疑她现在仍然能从屏幕上看到的东西，但她在刚才半小时的经历已经超越了怀疑和肯定。有什么事情发生了，她受到了震惊。

她关掉探测器和放大器，跳过所有的安全密码，格式化了计算机的硬盘，清除了所有的数据。然后她卸下探测器和放大器的接口，那在一张特别的适配卡上，她把卡放在长凳上，用鞋跟碾碎了它，现在手头再也没有什么要紧的东西了。接下来她拆掉电磁板和探测器之间的连接线，她在文件柜的抽屉里还发现了一份连接说明，于是她点火将它烧了。她还有什么事要做呢？关于奥立弗·佩恩对这个项目的了解，她是无能为力的，但特别的硬件设备都被她有力地毁掉了。

她从抽屉里拿了一些纸塞进她的包里。最后，她取下那张有八卦图案的海报，叠起来放进了口袋。然后她就关灯离开了。

保安站在楼梯下面，在用他的电话跟别人交谈。当她下楼时，他把电话放到了一边，沉默无言地跟着她走到侧门，隔着玻璃注视着她驾车离开。

　　一个半小时后她把车停在森德兰大街附近的马路上。这个地方她查了地图才找到，她并不熟悉这部分城区。直到刚才她都一直处在一种被压抑的激动情绪中，但当她从车里走出来时，在凌晨的黑暗中，被清凉寂寥的黑夜包围着，她感到一阵突如其来的忧惧。如果她是在做梦呢？如果这一切只是一个精心设计的玩笑呢？

　　不过，现在担心已经太迟了，她已经承担了这项任务。她提了提她去苏格兰和阿尔卑斯山宿营旅行时常带的背包，这提醒了她，至少她知道如何在野外生存，如果出现了最糟糕的情况，她可以逃跑，跑到山上去……

　　太荒谬了。

　　当她把背包甩在背上，走出汽车，来到班伯里路，走了两三百码远，来到环形交叉路口左边的森德兰大街时，她前所未有地觉得自己很荒唐。

　　但当她转过拐角，看到威尔见过的那些奇形怪状的树时，她知道关于这一切至少有一部分是真的。在路的另一侧，在树下的草地上，有一顶红白相间的尼龙帐篷，就是电工工作时用来防止淋雨的那种帐篷，紧挨着它的是一辆没有标志的运输车，车窗的玻璃是黑的。

　　最好别再犹豫了。她径直向帐篷走过去。当她快走到那儿时，运输车的后门突然开了，从里面走出一个警察。没戴头盔的他看上去很年轻，浓密树叶下的路灯照亮了他的脸。

　　"我能问问您要去哪儿吗，女士？"他问。

　　"到那顶帐篷里。"

　　"恐怕您不能去，女士。我得到命令，谁都不能靠近它。"

　　"很好，"她说，"我很高兴他们在保护这个地方。我是物理部的——查尔斯·拉特罗姆让我们进行初步调查并向他报告，然后他们再正式来看。趁现在周围没有什么人，我必须现在来做这项工作。我想你一定明白其中的原因。"

　　"哦，是的，"他说，"但你有什么东西可以证明你的身份吗？"

"哦，当然。"她说着把背包从肩上拿下来，取出钱包，在从实验室抽屉里拿来的那堆物品里，有一张奥立弗·佩恩博士的过期借书证。她希望她在厨房桌子前十五分钟的努力和她护照上的照片能通过检查。警察接过那张薄薄的卡片，凑近了仔细看。

"奥立弗·佩恩博士，"他读道，"你认不认识一个叫玛丽·马隆的博士？"

"哦，认识，她是我的同事。"

"你知道现在她在哪儿吗？"

"如果她没什么问题的话，现在应该在家里睡觉。怎么了？"

"哦，我的理解是，她在你们机构的职位已经被终止，她是不允许来这儿的。事实上，我们得到命令，如果她试图进去，我们就会拘留她。我看你是一位女士，所以就自然而然地以为你就是她，你明白我的意思吗？请原谅，佩恩博士。"

"哦，我明白。"玛丽·马隆说道。

警察又看了看那张卡片。

"不过，这好像没问题。"他把卡片递还给她。他有点紧张，想找点话说，于是他又接着问："你知道那顶帐篷里是什么吗？"

"哦，还不是第一手的消息，"她说，"这就是我来这儿的原因。"

"我想是的。那好吧，佩恩博士。"

他往后站了站，让她解开帐篷上的门帘。她希望他没有注意到她的手在颤抖。她把背包攥在胸前，跨了进去。骗过警卫——好了，她已经完成了这一步，但帐篷里是什么她一无所知。她做好了心理准备，想着那里是一个考古挖掘现场、一具死尸，或是一颗陨石，可是，无论她是清醒着，还是在做梦，她都没有预料到是半空中的这个窗口，或是窗口另一侧她将踏上的那座沉睡中的海滨城市。

13. 伊萨哈特[1]

月亮升起的时候，女巫开始对威尔施行咒语，医治他的伤口。

她们叫醒他，让他把小刀放在地上，刀刃映射着星光。莱拉坐在附近，在火上的一个罐子里搅着草药。她的同伴拍着手，跺着脚，有节奏地喊叫着。塞拉芬娜蹲在小刀旁，用尖厉高亢的嗓音唱道：

> 小刀！他们从大地母亲的腹中，
> 挖出你的钢，
> 生起火，冶炼矿石，
> 让它哭泣流血成河；
> 敲打，锤炼，
> 把它浸入冰冷的水里，
> 在锻铁炉中加热，
> 直到你的刀刃血红火热！
> 然后他们又把你刺进水中，

---

1 伊萨哈特（Aesahaettr），是小说中对魔法神刀的另一个称呼，这是作者从挪威语中
　自创的词，意为"摧毁上帝者（God Destroyer）"。

一次又一次，
直到水汽成为沸腾的雾，
河水哭喊求饶。
当你把一片阴影，
削成三万片阴影时，
他们知道你已炼好，
于是他们称你为魔法神刀。

可是小刀，你干了什么？
你打开血的大门，任它敞开！
小刀，你的母亲在召唤你，
从大地的腹中，
从她深深的矿藏中，
从她隐秘的铁腹中。
听着！

　　塞拉芬娜再次和其他女巫一起跺脚、拍手，她们扯着嗓子，发出尖叫，那声音仿佛利爪一般要撕裂空气。威尔坐在她们中间，感到寒彻脊髓。
　　这时塞拉芬娜·佩卡拉转身朝向威尔，双手握住他那只受伤的手。这次她再唱起来的时候，她的嗓音是那么高亢尖厉，她的眼睛闪闪发光，威尔几乎要退缩了，但他还是坐着一动不动，让咒语继续进行。

血！服从我！转过身，
成为湖泊，别做河流。
当你遇到空气时，
停下！凝成一堵墙，
牢牢地凝住，挡住鲜血。
鲜血，头颅是你的天空，
明眸是你的太阳，

肺中的呼吸是你的风，

鲜血，你的世界具有边界。留在那儿！

威尔觉得他身体的每一个原子都在响应她的命令，于是他也加入其
中，敦促自己正在流淌的鲜血聆听和服从。

她放下他的手，转向火上的那只铁罐，罐子里升起一股带着苦味的热
气，威尔听见里面的液体猛烈地冒着泡泡。

塞拉芬娜唱道：

橡皮树，蜘蛛丝，

地上的苔藓，盐草的种子——

抓紧，粘牢，

握住，关上，

拦住门口，锁上大门，

鲜血的墙壁要凝固，

伤口的鲜血要干涸。

女巫拿起自己的刀，把一棵桤木树苗从上到下劈成两半，裂开的白色树
身在月光下闪着光。她在裂开处涂了些冒着热气的液体，然后合上小树，从
下到上抚摸了一遍，那棵小树又完整如初了。

威尔听见莱拉吸了一口冷气，他转过身，看见另一个女巫有力的双手拎
着一只扭动着身体正在挣扎的兔子。兔子喘着粗气，眼神发狂，暴躁地蹬踢
着腿，但女巫的手毫不留情。她一手握住它的前腿，另一只手抓住它的后
腿，这只恐慌的兔子被紧紧地拽住，肚皮朝上，不停地起伏着。

塞拉芬娜举刀划了下去，威尔感到一阵头晕，莱拉使劲搂着潘特莱蒙，
它自己也变成了兔子形状，在莱拉的怀里扑腾着，它对那只兔子感到同情。
真正的兔子一动不动地倒下了，眼睛凸出，胸腔起伏着，内脏闪着亮光。

但塞拉芬娜又倒了更多的药汁，滴进张开的伤口，然后用手指合上伤
口，抚摸着湿漉漉的毛，直到伤口完全消失。

抓住兔子的女巫松开手，轻轻把它放到地上。兔子摇摇身体，舔了舔自己的腰，晃晃耳朵，旁若无人地啃起了草叶。它仿佛突然意识到周围的女巫，箭一般地跑远了，很快消失在黑暗中。

莱拉正在哄潘特莱蒙，她扫了一眼威尔，知道他明白那是什么意思：药已经煎好了。他伸出手，塞拉芬娜把热气腾腾的药汁涂在他流血的手上，他望着别处，好几次大口喘着气，但他丝毫没有退缩。

当他伤口裸露的肌肉都被药汁浸透时，女巫把一些菟丝子草按在伤口上，用一条绸布紧紧地包扎好。

就这样，咒语结束了。

剩下的夜晚，威尔沉沉地睡着了。天很冷，但女巫们把树叶堆在他的身上，莱拉则挤靠在他的身后。早晨塞拉芬娜又给他的伤口上了一次药，他试图从她的表情判断伤口是否在愈合，但她的脸平静而冷漠。

他们吃完早饭，塞拉芬娜告诉两个孩子，女巫们的意见已经达成一致，既然她们来到这个世界是为了找到莱拉并当她的守护者，那她们就要帮助莱拉完成她的任务——引导威尔找到父亲。

于是他们都出发了，路上大部分时候大家都很安静。一开始，莱拉小心翼翼地询问了真理仪，她得知他们要向海湾那边隐约可见的大山前进。如果不是来到这个城市的最高处的话，他们不会意识到海岸线是多么曲折蜿蜒，大山曾经在地平线以下。但现在，当树林稀疏时，或是当他们翻过山坡时，他们可以看见远方蓝色无垠的大海和海那边高耸的青山，那里就是他们的目的地。看起来似乎还有很长的路要走。

他们很少说话。莱拉忙着看森林里的各种动物，从啄木鸟和小松鼠到后背上有方块图案的小青蛇。威尔则需要集中全部精力向前走，莱拉和潘特莱蒙不停地议论着他。

"我们可以看看真理仪。"他们在一条小路上闲逛，想看看他们能够离一只正在吃草的小鹿多近而不被小鹿发现，潘特莱蒙说道："我们从没答应不问真理仪。我们可以帮他查到各种各样的事，我们这么做是为了他，而不是为了我们。"

"别傻了，"莱拉说，"这么做是为了我们，因为他并没有提出要求。你真是又贪婪又爱管闲事，潘特莱蒙。"

"那刚好换一换。贪婪和爱管闲事的通常是你，经常警告你的是我。就像在乔丹学院的休息室，我从来没想进那儿。"

"如果我们没有的话，潘特莱蒙，你认为这一切会发生吗？"

"不，因为院长会毒死阿斯里尔勋爵，要是那样可就完了。"

"是啊，我想是这样的……可你觉得谁会是威尔的父亲呢？他为什么那么重要呢？"

"这正是我的意思！一会儿我们就会知道！"

她看上去若有所思。"我曾经差点就问了，"她说，"但我想我变了，潘特莱蒙。"

"不，你没有变。"

"可能你没变……嘿，潘特莱蒙，当我改变的时候，你却不想改变。你想变成什么？"

"我希望变成一只跳蚤。"

"不，难道你对要变成什么东西没有一点感觉吗？"

"没有，而且我也不想变化。"

"你生气了，因为我不让你做你想做的事情。"

他变成一只猪，打着呼噜，尖叫着，喷着响鼻，直到莱拉开始笑话他，于是他又变成一只松鼠，钻进了她身边的灌木丛。

"你觉得他的父亲会是谁？"潘特莱蒙问，"你觉得他会是我们遇见过的某个人吗？"

"有可能。但他肯定是个重要的人，几乎像阿斯里尔勋爵那么重要，肯定是。总之，我们知道我们现在做的事情很重要。"

"我们不知道，"潘特莱蒙指出，"我们以为很重要，但我们并不知道。我们来找尘埃只是因为罗杰死了。"

"我们知道它很重要！"莱拉热切地说道，她几乎要踮起脚来，"女巫也这么认为。她们千里迢迢来这儿找我们就是为了当我的守护者，帮助我！

我们得帮威尔找到他父亲，那很重要。你也知道那很重要，否则他受伤的时候，你也不会去舔他。你那么做究竟是为什么？你从没问过我你能不能那么做。当你那么做的时候，我几乎不敢相信。"

"我那么做是因为他没有精灵，他需要一个精灵。如果你观察事物的能力有你自己认为的一半好的话，你就会知道。"

"我的确知道，真的。"她说。

他们站住了，因为他们看到了威尔，他就坐在路边的一块石头上。潘特莱蒙变成了一只翔食雀，飞进了树丛。莱拉问道："威尔，你认为那些小孩现在会干什么？"

"他们不会跟着我们，他们害怕女巫。也许他们回去接着到处游荡。"

"是啊，也许吧。虽然他们可能想用这把刀。他们可能会因此跟着我们。"

"那就让他们来吧。他们手中没有那把刀，现在还没有。一开始我也不想要这把刀，但如果它可以杀死妖怪……"

"我从来没有相信过安吉莉卡，一开始就没有。"莱拉直率地说。

"不，你相信过。"

"是的，我的确相信过……最后我恨它，那座城市。"

"我刚发现它的时候以为那里是天堂，我再也想象不出比那儿更好的地方。可那里一直都充满妖怪，我们却不知道……"

"哦，我再也不会相信小孩了，"莱拉说，"我回想起在伯尔凡加的时候，那些大人干各种各样的坏事，但小孩跟他们是不一样的，他们不会干那么残忍的事，可现在我不敢肯定。我以前从没见过那样的小孩，事实就是这样。"

"我见过。"威尔说。

"什么时候？在你的世界吗？"

"是的。"他有点局促不安地说。莱拉一动不动地坐在那里等着，过了一会儿他继续说道："那时我母亲正在经历一段糟糕的时光，她和我，我们俩相依为命，这显然是因为我父亲不在。她时常去想虚幻的东西，还会做一些毫无道理的事——不过并不是针对我。我的意思是她不得不做这些事，否则她就会感到沮丧和害怕，于是我就帮助她。比如把公园里所有的栏杆都摸一遍，或是数一棵灌木上的叶子——就是那类事情，她一般过一会儿就会好的。但我害怕有人会发现她的状况，因为我想那样他们就会带走她，所以我照顾她并隐瞒着这件事，我从没告诉任何人。

"有一次她又害怕了，但我不在场，没法帮她。我上学去了。她没穿多少衣服就出去了，但她自己并不知道。和我一个学校的几个男孩发现了她，他们开始……"

威尔的脸涨得通红。他情不自禁地走来走去，不去看莱拉，因为他的声音在颤抖，眼中充满泪水。他继续说道："他们折磨她，就像那座塔旁的那帮小孩折磨那只猫一样……他们以为她是个疯子，他们就想伤害她，也许想杀了她，我不会吃惊的。仅仅因为她与常人不同，他们就恨她。不管怎么说，后来我找到了她，把她带回了家。第二天我在学校里跟领头的男孩打了一架，我打断了他的胳膊，我想我还打掉了他的几颗牙——我不知道。我还准备跟剩下的那些人打架，但我有了麻烦，我意识到我最好到此为止，因为他们会发现的——我是说那些老师和管事的人。他们会向我的母亲告状，那样他们就会发现她的状况并把她带走。所以我就假装很抱歉，跟老师说我再也不会那么干了。他们因为我打架而惩罚了我，我还是什么都没有说。但我让她安全了，明白吗？没人从那些男孩那儿知道这些事，他们也知道，如果他们敢说什么我会怎么做，他们知道下次我会杀了他们，而不仅仅是伤害他们。过了一阵子，她又好了。从此再也没有人知道。

"但是，从那以后，我再也不相信小孩，就像不相信成年人一样，他们同样热衷于干坏事。所以喜鹊城的那些孩子干那件坏事的时候我一点也不吃惊。

"但我很高兴女巫来了。"

他又坐了下来，背对着莱拉，仍然不看她，他抬起手擦了擦眼睛，她假装没有看见。

"威尔，"她说道，"你讲的关于你母亲……和图利奥，当妖怪抓住他的时候……还有昨天你说的你认为妖怪来自你的世界……"

"是的，因为在她身上发生的事情不可思议，她并没疯。那些小孩也许以为她疯了，他们笑话她，想伤害她，但他们错了，她没有疯。她只是害怕某些我看不见的东西，她不得不做一些看起来不可思议的事。你不明白其中的道理，但她显然明白，比如她数那些叶子，或是昨天图利奥摸墙上的那些石块，也许那就是一种摆脱妖怪的办法。如果他们背对着什么可怕的东西，试图对石头如何砌在一起或是对树发生兴趣，好像他们只要对石头或是树叶真正产生兴趣的话，他们就会平安无事。我不知道，看上去是这样。对她来说，使她感到害怕的是某种真实的事物，就像来抢劫的强盗，但也有别的东西像他们一样。所以我的世界很可能也有妖怪，只是我们看不见它们，也没给它们起一个名称，但它们的确存在，它们一直想袭击我母亲。所以昨天当真理仪说她一切平安时我很高兴。"

他呼吸急促，他的右手握住鞘中的刀柄。莱拉什么都没说，潘特莱蒙也一动不动。

"你是什么时候知道你要找你父亲的？"过了一会儿她问道。

"很久以前，"他告诉她，"我一直假想他在坐牢，我要帮他逃跑。我一直都在跟自己做那个游戏，游戏一般要持续好几天。或者他在一个沙漠孤岛上，我航行到那儿带他回家。他完全知道所有应该做的事情——特别是关于我的母亲——她会好起来，他会照顾她和我，我会去上学，结交朋友，我也有一个父亲和一个母亲。所以我经常对自己说，长大了我要去找我的父亲……我的母亲也常常告诉我，我要继承父亲的衣钵。她经常那么说好让我高兴。我不知道那是什么意思，但它听上去很重要。"

"难道你没有朋友吗？"

"我怎么会有朋友呢？"他有点迷惑地说，"朋友……他们到你家来，了解你的父母和……有时候某个男孩会邀请我去他家，我可以去，也可以不去，但我永远不能回请他到我家里。所以我从来都没有朋友，真的。我希望有……我有我的猫，"他继续说，"我希望它现在平安无事，我希望有人在照顾它。"

"那你杀死的那个人呢？"莱拉问道，她的心剧烈地跳动着，"他是谁？"

"我不知道。如果我杀死了他我也不在乎，他该死。他们一共两个人，他们总是到我家里来，纠缠我母亲，直到她又害怕起来，情况会变得更糟。他们想知道我父亲所有的事情，也不放过我母亲，我不知道他们是警察还是别的什么。起先我以为他们是一个什么团伙的人，他们以为我父亲抢了银行，然后把钱藏了起来。但是他们不要钱，他们要的是纸张，他们要我父亲寄来的信。有一天他们破门而入，然后我意识到如果我母亲住在别的地方会更安全。我不能报告警察，请求他们的帮助，因为他们会把我母亲带走。我不知道该怎么办。

"最后我托了那位以前教我钢琴的老太太，她是我唯一能想到的人。我问她我母亲能不能和她住在一起，然后我就把她带去了。我想她会很好地照顾她。总之，我又回到家里，去找那些信，因为我知道她把那些信放在什么地方。我拿到了信，这时候那伙人也来找信，他们再次破门而入。那是半夜，或者说是凌晨。我躲在楼梯的顶层，莫西——我的猫，莫西——它从卧室里出来，我没有看见它，那人也没看见它，当我撞到他的时候，它绊倒了他，他一头栽到楼梯下……

"然后我就逃跑了，那就是全部经过。所以我不是故意要杀死他的，但如果我的确杀了他我也不在乎。我逃跑了，到了牛津，然后我就发现了那个窗口。我之所以发现它是因为我看到了另外一只猫，于是我停下来看它，是它先发现了那个窗口。如果我没有看见它……或者如果那时候莫西没有从卧室里出来……"

"是啊，"莱拉说，"那就是运气。我和潘特莱蒙刚才还在想，如果我没有走进乔丹学院休息室的衣橱，没看见院长往葡萄酒里倒毒药，那将会怎么样呢？这一切也就不会发生了。"

他们俩沉默地坐在长满苔藓的石头上，斜阳透过古老的松树枝条照在他们身上。他们在想是多少个微不足道的机遇把他们带到了这个地方，每一个机遇都有可能产生一个不同的结果。也许在另一个世界，另一个威尔没看见那个窗口，他在英格兰中部游荡的途中筋疲力尽，最后被抓住了。在另一个世界，另一个潘特莱蒙劝另一个莱拉别待在休息室，于是另一个阿斯里尔勋爵被毒死了，另一个罗杰活了下来，在另一个永远不变的牛津屋顶和小巷里，和莱拉玩着永远的游戏。

过了一会儿，威尔恢复了体力，可以接着走了，于是他们沿着小路继续前进，安静的大森林包围着他们。

他们一整天都在旅行，休息，前进，再休息，树林越来越稀疏，道路越来越崎岖。莱拉查了真理仪，它显示着：继续走，这是正确的方向。正午时分他们来到了一个未受妖怪骚扰的村庄。羊儿在山坡上吃草，柠檬树林在石地上投下一片树荫，孩子们在小溪边玩耍，他们看见了衣衫褴褛的莱拉，衣服上血迹斑斑、脸色苍白、眼神凌厉的威尔，还有一只走在他们身旁的姿态优雅的大灰狗，于是那些孩子叫喊着向他们的母亲跑去。

大人们很警惕，但还是愿意收下莱拉的一个金币，卖给他们一些面包和奶酪。女巫们躲开了，但两个孩子都知道，如果遇到任何危险，她们就会立刻出现。经过莱拉的一番讨价还价，一个老妇人卖给他们两个羊皮水袋和一件上好的亚麻衬衫，于是威尔痛快地告别了那件脏兮兮的T恤，他在冰冷的溪水里洗了个澡，然后躺在烈日下晒干了身体。

经过休整，他们继续前进。大地更荒芜了，他们不得不在岩石的阴影下歇脚，而不是在宽大茂密的树下休息。透过鞋底他们感到地面很热，阳光直刺他们的眼睛。他们向上攀爬，速度越来越慢，当太阳落到山脊时，他们看见下面有一个小小的峡谷，他们决定不再往前走。

他们爬下山坡，好几次差点摔倒，然后他们不得不在矮矮的杜鹃花丛中穿行，那些光滑的深色叶子和深红色的花簇上密密麻麻地挤满了蜜蜂。直到夜幕降临时他们才走了出来，来到一片被小溪环绕着的、长满没膝野草的草地，草丛中盛开着矢车菊、龙胆花和委陵菜。

威尔大口大口地喝着小溪里的水，然后躺了下来，他昏昏欲睡，却又睡不着，他的头一阵阵发晕，所有的东西都被罩上了一层奇怪的迷雾。他的手肿胀着，一跳一跳地疼。

更糟糕的是，他的手又开始流血了。

当塞拉芬娜察看他的手时，她在伤口上加了更多的草药，并把丝巾系得更紧，但这次她脸上露出了不安。他不想问她，问了又有什么意义呢？他很清楚，那个咒语没有起作用，他能看出她也知道这一点。

夜幕降临了，他听见莱拉在离他不远处躺了下来，过了不久他听见一阵轻柔的咕噜声。她的精灵变成一只猫，正在离威尔一两英尺的地方抱着爪子打盹儿，于是他轻声叫道："潘特莱蒙？"

精灵的眼睛睁开了，莱拉没有动弹。潘特莱蒙悄声问道："什么事？"

"潘特莱蒙，我是不是要死了？"

"女巫不会让你死的，莱拉也不会。"

"但那个咒语没用，我一直在流血，我没有更多的血可以流了。现在又开始流血了，止不住，我害怕……"

"莱拉认为你不会死。"

"她这么想吗？"

"她觉得你是她见过的最勇敢的斗士，就像埃欧雷克·伯尔尼松一样勇敢。"

"那我还是别显出那么害怕的好。"威尔说，他安静了一两分钟，然后他又说，"我觉得莱拉比我还勇敢，她是我最好的朋友。"

"她对你也这么想。"精灵轻声说。

不久威尔闭上眼睛睡着了。

莱拉一动不动地躺着，但她的眼睛在黑暗中睁得大大的，她心跳得厉害。

当威尔再次醒来的时候，天已经完全黑了。他的手比以前疼得更厉害，他小心地坐了起来，看见不远处有一堆火，莱拉正在用一根叉子状的木头烤面包。另一根叉子上还烤着几只鸟，当威尔来到近旁坐下时，塞拉芬娜飞了下来。

"威尔，"她道，"吃东西前先把这些叶子吃了。"

她递给他一把柔软的、有点像鼠尾草的叶子，味道很苦，他沉默无言地嚼着，强迫自己把那些叶子都咽了下去。它们很涩，但他更清醒了，不再觉得冷，感觉好了许多。

他们吃着烤小鸟，用柠檬汁调味，这时另一个女巫拿来一些在山坡上采的蓝莓。然后女巫都聚集在火堆旁，轻声地交谈着，有几个女巫飞到高处去侦察，有个女巫看见大海上空有一只气球，莱拉立刻坐了起来。

"是斯科斯比先生的气球吗？"她问道。

"那里面有两个人，但离得太远，看不清他们是谁。在他们后面有一场暴风雨正在聚集。"

莱拉拍起了手。"如果斯科斯比先生来的话，"她说，"我们就可以飞行了，威尔！哦，但愿是他！我都没跟他说过再见，他那么友善，我希望能再次见到他，我真的希望……"

女巫茱塔·卡迈南听到了这番话，她的红胸脯的知更鸟精灵站在她肩头，眼睛发亮，因为提到李·斯科斯比，她想起了她此行的目的。她就是曾经爱上斯坦尼斯劳斯·格鲁曼却被他拒绝的女巫，塞拉芬娜·佩卡拉带她到这个世界，就是为了阻止她在她们的世界里杀死他。

塞拉芬娜也许注意到了这一点，但这时别的什么事情发生了：她伸出手，抬起了头，其他的女巫也都这样做。威尔和莱拉听到从北方隐约传来夜鸟的叫声，但那不是一只鸟，女巫立即明白那是一个精灵。塞拉芬娜·佩卡拉站起来，专注地盯着天空。

"我想那是鲁塔·斯卡迪。"她说。

他们静静地站着，在无边的沉寂中昂起头，努力倾听。

这时传来了另一声喊叫，这次更近了，然后是第三声。听到这儿，女巫都抓起她们的云松枝，跃上了天空。只有两个女巫在近处站着，箭搭在弦上，保卫着威尔和莱拉。

在头顶的某处黑暗里，一场战斗正在展开。似乎仅仅几秒之后，他们就听到急速的风声和箭的呼啸声，还有因为痛苦愤怒或惊叹而发出的哼声和尖叫声。

这时又是砰的一声，这声音来得那么突然，他们几乎连吓一跳的时间都没有，一个东西从天上摔落在他们脚旁——是一只长着皮革般的皮肤、毛纠结在一起的生物，莱拉认出那是一个悬崖厉鬼，或是和它类似的什么东西。

它这下摔得不轻，有一支箭从它的身体穿过，但它仍然撑起身体，充满恶意地向莱拉拍打着翅膀。女巫们无法射箭，因为莱拉也在箭的射程之内。但威尔先到了那儿，他用那把刀向后一划，那家伙的脑袋就掉了下来，在地上滚了两下，空气汩汩地离开了它的肺，然后它就死了。

他们再次抬头向上看，因为那场战斗来得更低了，熊熊的火光照耀出天空中迅速舞动着的旋涡状黑色丝绸、白皙的手臂、绿色的松针、棕灰色的结痂的皮肤。威尔不明白那些女巫如何能在突如其来的转身、停顿和前进中保持平衡，更不用说瞄准和射箭了。

又一只悬崖厉鬼掉了下来，然后是第三只，它们掉进溪流中或摔在岩石上，剩下的那些开始逃窜，在黑暗中尖叫着向北方逃之夭夭。

过了一会儿，塞拉芬娜·佩卡拉和她的女巫们一起降落下来，跟她们一起降落的还有一个女巫：一个美丽的女巫，她眼神凌厉，一头黑发，双颊由于愤怒和激动泛着红晕。

这名女巫看见那只被砍了头的悬崖厉鬼，朝它啐了一口。

"不是从我们的世界来的，"她说，"也不是这个世界的，可恶的脏东西，它们成千上万，像苍蝇一样繁殖……这是谁？这个孩子就是莱拉吗？这个男孩是谁？"

莱拉不动声色地回应着她的注视，尽管她感到心中一动，因为鲁塔·斯卡迪的魅力光芒四射，能感染站在她身旁的任何人。

然后女巫转身朝向威尔，他同样被感染了，但他和莱拉一样也控制住了表情。他手中仍然握着那把刀，她看见他刚才是怎么用刀的了，她微笑着。他把刀插进土里，擦掉那个肮脏的家伙留下的血迹，然后在溪水里洗净了刀。

鲁塔·斯卡迪说道："塞拉芬娜·佩卡拉，我学到的东西太多了，所有旧的事物不是在变化，就是在消失，或者是毫无用处。我饿了……"

她狼吞虎咽地吃掉了剩下的烤小鸟，把面包塞进嘴里，大口喝着溪水。她吃饭的时候，有一些女巫把死去的悬崖厉鬼拖走，重新生起了火，开始站岗放哨。

其余的女巫都靠近鲁塔·斯卡迪坐下来，准备听她要对大家说什么。她向大家讲了她飞上天和天使见面以及去阿斯里尔勋爵的堡垒途中所发生的一切。

"姐妹们，那是你们能想象的最大的城堡：玄武岩城墙高耸入云，周围是四通八达的宽广道路，路上运载着枪支弹药、食品给养和盔甲。他是怎么做到这一切的？我想他一定准备了很长时间，大概准备了无数个世纪。我们出生前他就在准备这些，姐妹们，尽管那时他还很年轻……但那怎么可能呢？我不知道，我无法理解。我想他能控制时间，他按自己的意愿控制时间的快慢。

"到这个城堡去的是来自各个世界的战士,有男的,也有女的。是的,他们都充满斗志,还有我从未见过的全副武装的动物——蜥蜴和猿人,长着毒爪的大鸟,还有稀奇古怪的我叫不上名字的动物。其他的世界也有女巫,姐妹们,你们知道吗?我跟一个女巫说了话,她来自另一个世界,那个世界像我们的世界,却又有很大的不同之处,因为那些女巫并不比我们那儿短命的凡人活得更长,他们之中还有男巫,像我们一样,也会飞……"

听着她的叙述,塞拉芬娜部族的女巫露出敬畏、害怕和怀疑的神色,而塞拉芬娜相信她,催促她接着讲下去。

"你看见阿斯里尔勋爵了吗,鲁塔·斯卡迪?你找到他了吗?"

"是的,我找到了,那可真不容易,因为他生活在各种事务的控制中心,他指挥一切。我让自己隐身,一路找到他那个最核心机密的房间,那时他正要睡觉。"

每个女巫都知道接下来发生的事情,那是威尔和莱拉不可能想到的。于是鲁塔·斯卡迪没有必要去讲,她接着说:"这时我问他,为什么要把所有的军队聚集在一起,我们所听说的他对上帝提出挑战是不是真的,他笑了。

"'那他们在西伯利亚提到它了吗?'他问道。我说是的,在斯瓦尔巴群岛,在北方的每一块土地上——我们的北方,我还跟他说了我们的协议,以及我是怎样离开我们的世界找到他的。

"他邀请我们加入他的队伍,姐妹们,加入他反对上帝的队伍。我真心希望到时候我们能去那里。他告诉我,当你认识到上帝代理人借上帝之名所干的那一切时,发起反抗是理所当然的……我想到伯尔凡加的孩子们,以及在我们的南部地区我亲眼看到过的其他那些可怕的伤害事件。他还告诉了我更多的借上帝之名所施行的骇人听闻的暴行——在有的世界,他们抓住女巫,活活烧死她们,姐妹们。是的,像我们一样的女巫……

"他开阔了我的眼界,他向我展示了我从未见过的东西,所有以上帝名义施行的残酷恐怖的暴行,所有企图摧毁生命中快乐和真诚的阴谋。

"哦,姐妹们,我渴望把我自己和我的整个部族都投入这一事业之中!但我知道我必须先跟你们商量,然后再飞回我们的世界,和伊娃·卡斯库、莱娜·米蒂,还有其他的女巫头领商谈。

"于是我隐身离开他的房间，找到我的云松枝，飞走了。但我还没飞远，一阵狂风吹来，把我卷到高山中，我只好暂时躲在一座悬崖上。我知道悬崖上生活着什么样的生物，我就又隐身藏了起来，在黑暗中我听到了说话声。

"我好像掉进了最老的悬崖厉鬼的窝巢，它的眼睛瞎了，它们给它带来食物，是从悬崖下很远的地方找到的发臭的腐肉。它们还向它请教。

"'老祖宗，'它们说，'你的记忆可以回到多久以前？'

"'很久很久以前，人类还没出现的时候。'它说，它的声音疲弱而嘶哑。

"'据说一场史无前例的大战就要来临了，是真的吗，老祖宗？'

"'是的，孩子们，'它说道，'比上一次还要大的一场战争就要来临，到时候我们都可以美餐一顿，对每个世界的鬼来说，好日子都快要来了。'

"'可是谁会赢呢，老祖宗？阿斯里尔勋爵会打败上帝吗？'

"'阿斯里尔勋爵的军队有上百万人，'老悬崖厉鬼告诉它们，'他们从各个世界被召集在一起，这支队伍比以前和上帝作战的部队更强大，指挥得也更好。至于上帝的队伍，噢，他们的人数极为庞大，但上帝存在了很久，比我还老，孩子们，他的部队胆小怕事，不害怕的时候就骄傲自大。这将是一场白刃战，但阿斯里尔勋爵会赢的，因为他热情高涨，意气风发，他相信他的事业是正义的。只有一件事，孩子。他没有伊萨哈特，没有伊萨哈特，他和他的队伍会被打败的。那时我们就可以饱餐好几年，我的孩子们！'

"于是它大笑着，啃着它们给它带来的那些发臭的骨头，其他的悬崖厉鬼也高兴地尖叫着。

"现在，你们可以想象，我是多么努力地去听，想多听到一些关于这个伊萨哈特的消息，但我在呼啸的风声中只听到一个年轻的悬崖厉鬼问道：'如果阿斯里尔勋爵需要伊萨哈特，他为什么不召唤他呢？'

"那个老鬼说：'阿斯里尔勋爵对伊萨哈特的了解还不如你多，孩子！可笑的就在这里！高声大笑吧——'

"可当我试图靠那群肮脏的家伙更近一点，想再多听到一些时，我的魔法失效了，姐妹们，我没办法让自己再隐身。那些年轻的悬崖厉鬼看到我就高声尖叫起来，我只好逃跑，从空中那个无形的通道逃进这个世界。有一些悬崖厉鬼追了上来，死在那儿的就是那些悬崖厉鬼。

"但阿斯里尔勋爵需要我们，姐妹们，这显而易见。不管伊萨哈特是谁，阿斯里尔勋爵需要我们！我希望现在我能回到阿斯里尔勋爵那儿，对他说：'别着急——我们来了——我们，北方的女巫，我们会帮助你取得胜利。'……我们现在就达成协议吧，塞拉芬娜·佩卡拉，召集所有的女巫和每个部族开会，让我们准备战斗！"

塞拉芬娜·佩卡拉看了看威尔，像是在征求他的同意，但他无法给她任何指示，于是她又回过头看鲁塔·斯卡迪。

"我们不行，"她说，"我们的任务是帮助莱拉，而她的任务是帮助威尔找到他父亲。你应该飞回去，这我们同意，但我们必须和莱拉在一起。"

鲁塔·斯卡迪不耐烦地摇了摇头。"好吧，如果你们必须这样的话。"她说。

威尔躺下了，因为他的伤口又开始疼了——比刚受伤的时候还要疼，他的整只手都肿了起来。莱拉也躺下了，潘特莱蒙蜷在她的脖子边，透过半闭着的眼睛看着火堆，睡意蒙眬地听着女巫的窃窃私语。

鲁塔·斯卡迪向上游走去，塞拉芬娜·佩卡拉跟着她。

"塞拉芬娜·佩卡拉，你真该见见阿斯里尔勋爵，"拉脱维亚的女巫酋长轻声说，"他是最杰出的指挥家，他对部队的所有细节都了如指掌。跟上帝打仗，想想这有多大胆！但你觉得这个伊萨哈特会是谁呢？我们怎么会从没听说过他呢？我们怎么才能让他加入阿斯里尔勋爵的队伍呢？"

"也许那不是他，姐姐。我们和那个年轻的悬崖厉鬼一样知之不多，也许那个老祖宗在笑话他的无知。这个词听上去像是'摧毁上帝者'，你知道吗？"

"那就是指我们了，塞拉芬娜·佩卡拉！如果是这样的话，我们加入后，他的队伍该多么强大啊！我真想用我的箭杀死从伯尔凡加以及各个世界的伯尔凡加来的恶魔！姐姐，他们为什么这么做？在每个世界，上帝代理人都把孩子们献给了他们那残酷的上帝！为什么？为什么？"

"他们害怕尘埃，"塞拉芬娜·佩卡拉说，"不管它是什么，我是一点都不知道。"

"还有你发现的那个男孩。他是谁？他从哪个世界来？"

塞拉芬娜·佩卡拉把她所知道的关于威尔的事都告诉了她。"我不知道他为什么很重要，"最后她说道，"但我们是为莱拉服务的，她的真理仪告诉她那是她的任务。还有，姐妹，我们试图治好他的伤，但我们失败了。我们试着用阻拦的咒语，但它没起作用。也许这个世界的药草不如我们世界的有效，这里太热，血苔藓不会在这里生长。"

"他很奇怪，"鲁塔·斯卡迪说，"他和阿斯里尔勋爵是同一个类型。你注视过他的眼睛吗？"

"说实话，"塞拉芬娜·佩卡拉说道，"我还没敢看过。"

两个女巫酋长安静地坐在小溪边。时间过去了，星星落下了，又有一些星星出现了，熟睡的同伴中响起一声小小的尖叫，那只不过是莱拉在做梦。女巫们听到暴风雨的隆隆声，她们看见闪电划过大海和丘陵，但那是在很远的地方。

过了一会儿，鲁塔·斯卡迪说道："那个女孩莱拉，她该扮演什么样的角色？就是这个吗？因为她能领着那个男孩找到他父亲，所以她就很重要？肯定不止于此，不是吗？"

"那就是现在她所要做的，但是以后，是的，就远远不止于此。关于这个孩子，我们女巫的传说就是她会终结宿命。好吧，我们知道她的那个名字，那个让她对库尔特夫人来说很有意义的名字，但那个女人还不知道这一点。她在斯瓦尔巴群岛附近那艘船上折磨的那个女巫差点就供出来了，但雅贝·阿卡及时来到了她的身边。"

"可现在我在想，莱拉可能就是你听到的那些悬崖厉鬼所说的——那个伊萨哈特。不是女巫，也不是那些天使，而是那个熟睡中的孩子，与上帝作战的最终武器。还能有什么其他原因让库尔特夫人这么急于找到她呢？"

"库尔特夫人曾经是阿斯里尔勋爵的情人，"鲁塔·斯卡迪说，"当然，莱拉是他们的孩子……塞拉芬娜·佩卡拉，如果我给他生一个孩子，那她将会是怎样一个女巫啊！女巫酋长中的酋长！"

"嘘，姐妹，"塞拉芬娜说，"听……还有，那是什么光亮？"

有什么东西从站岗放哨的人旁边滑过，她们警觉地站起来，看见露营的地方闪出一道亮光，那不是火光，却和火光差不了多少。

她们悄悄跑回去，箭早已搭在她们的弓上。这时，她们突然站住了。

所有的女巫都在草地上熟睡着，威尔和莱拉也在熟睡，却有十多个天使围着两个孩子，低头凝望着他们。

于是塞拉芬娜·佩卡拉明白了女巫无法用语言形容的一件事：那就是朝圣。她明白这些生物为什么会等待几万年，不惜千里迢迢，只是为了靠近那最重要的东西。她也明白了，他们在这里匆匆一现后，在剩下的时间里他们会有怎样不同的感受。现在，这些生物看上去就是这样，这些纯净稀薄的美丽朝圣者围着两个孩子站着。女孩满脸污垢，男孩衣衫褴褛，手上有伤，在睡梦中皱着眉头。

莱拉的脖子那儿动了一下，是潘特莱蒙，一只雪白的貂，他睡意蒙眬地睁开黑眼睛，毫无惧色地向四周张望。将来，莱拉会把他所看到的一切当作一个梦。潘特莱蒙似乎接受到了莱拉所受到的洗礼，过了不久他又蜷起身子，闭上眼睛睡着了。

最后，其中一个天使展开翅膀，其他的天使也都展开翅膀，他们靠得很近。他们的翅膀毫不费力地重叠融合在一起，一个接一个，就像光和光重重交叠，最后在草地上的熟睡者周围形成一个发光的圆圈。

然后，这些守望者像火苗一样一个接一个地飞上天空，他们的身影迅速地变大，直到巨大无比，但他们已经飞得很远了，像流星一样向北方飞去。

塞拉芬娜和鲁塔·斯卡迪跃上云松枝，跟着他们飞上天空，但还是落在了后面。

"他们像你看到过的那些生物吗，鲁塔·斯卡迪？"她们缓缓降到半空中，望着明亮的光辉消失在天际，塞拉芬娜问道。

"我认为他们更强大，不过他们是同类，他们没有血肉，你看出来了吗？他们只是光，他们的感官一定完全不同于我们……塞拉芬娜·佩卡拉，现在我要离开你去召集我们北方所有的女巫。当我们再次见面的时候，就该是打仗的时候了。一路保重，亲爱的……"

她们在空中拥抱了一下，然后鲁塔·斯卡迪转过身，迅速地飞走了。

塞拉芬娜看着她走远，然后转过身，看到最后那些发光的天使消失在远方，她对那些伟大的守望者只有怜悯和同情。他们从未感受过脚下的土地，或是发丝中的微风，或是照在皮肤上的璀璨星光，他们该多么向往这一切！她折下一枝正在骑着的云松枝，带着贪婪的喜悦闻着松脂的清香，然后缓缓地向草地上熟睡的同伴飞落下去。

14. 阿拉莫峡谷

李·斯科斯比向下俯视着，左边是平静的大海，右边是绿色的陆地，他用手遮住眼睛寻找人的踪迹。他们离开叶尼塞河已经一天一夜了。

"这就是新世界吗？"他问道。

"对不在那里出生的人来说，这是新世界，"斯坦尼斯劳斯·格鲁曼说，"但它就像你我的世界一样古老。阿斯里尔所做的就是把一切打乱，斯科斯比先生，比以往任何一次都混乱。我提到的那些通道、窗口——现在他们在意料不到的地方打开它们。航行真不容易，不过这风倒是很顺。"

"不管是新是旧，下面都是个奇怪的世界。"李说。

"是的，"斯坦尼斯劳斯·格鲁曼说，"那是个奇怪的世界，尽管有些人在那儿很自在。"

"那儿好像没人。"李说。

"并非如此。过了那块岬角，你会发现一座城市，那里曾经富庶繁华，建造这座城市的商人和贵族后裔现在仍居住在这座城市，尽管过去的三百年它进入了艰难的时代。"

热气球继续飞行，几分钟后，李看见了第一座灯塔，然后是石头防波堤的曲线，再然后是高塔、圆顶和红棕色的屋顶。这是一座美丽的港口城市，有一座歌剧院似的华丽建筑立在一座郁郁葱葱的花园中。还有宽广的大道和雅致的酒店，以及狭小的街道，鲜花盛开的枝条从带着遮阳篷的阳台上垂下来。

格鲁曼是正确的，那里有人。但当气球飘得更近时，李惊讶地发现他们只是些孩子，他没有看见一个大人。更让他吃惊的是那些孩子没有精灵——他们在海滩上玩耍，或是在小饭馆里跑进跑出，大吃大喝，或是从某幢房子或商店里拿出成包的食品。还有一帮男孩在打架，有一个红头发的女孩在给他们加油。还有一个小男孩向附近一幢楼上扔石头，要打碎每扇窗户玻璃。整座城市就像一个操场，看不见一个老师，这是一个儿童的世界。

但他们并不是那座城市里唯一存在的。李第一眼看到那些东西的时候，不得不揉了揉眼睛，但毫无疑问，它们的确在那里，一团团的雾气——或是比雾气更稀薄的什么东西——一股较浓的空气……不管它们是什么，城里到处都是这种东西，它们在大道中飘浮，它们飘进房屋，聚集在广场上或院子里。孩子们在它们中间走来走去，好像看不见它们。

可是有人看到了它们。他们在城市上空飘得更近时，李就能更好地观察到这些东西的行动。很明显，有些孩子是它们感兴趣的目标，它们跟随着一些小孩：那些年龄较大的孩子，那些（就李从望远镜里观察到的来看）即将进入青春期的孩子。有一个又高又瘦的男孩，长着一头乱蓬蓬的黑发，那些透明的东西一群群地围着他，就像苍蝇叮在肉上，使得他的轮廓在空气中几乎闪烁起来。那个男孩不知道怎么办才好，尽管他不时地揉揉眼睛，或是摇着脑袋，像是要看得更清楚。

"那到底是些什么东西？"李问道。

"人们把它们叫作妖怪。"

"那它们究竟要干什么呢？"

"你听说过吸血鬼吗？"

"哦，只在传说中听过。"

"妖怪就像吸血鬼，不过吸血鬼吸人的血，而妖怪吃人的注意力，也就是人类有意识的、活跃的好奇心。它们对未成年儿童的天真幼稚不太感兴趣。"

"那它们和伯尔凡加的魔鬼是对立的了。"

“相反。祭祀委员会和‘漠然’妖怪都对人的意识着迷，这是人类之所以成为人的关键——纯真与成熟的人截然不同。祭祀委员会害怕和憎恨尘埃，妖怪却靠尘埃填饱肚皮，两者都与尘埃密不可分。”

“它们团团围住了下面那个男孩。”

“他正在长大。它们很快就会袭击他，那时他的生命就会变成一个空白漠然的悲剧，他注定要这样。”

“天哪！我们不能去救他吗？”

“不能，妖怪会立刻抓住我们。我们在这儿它们够不着，我们只能看着，继续往前飞。”

“可那些大人在哪儿？你可别告诉我这整个世界只剩下孩子了。”

“那些孩子是因为有了妖怪而产生的孤儿，在这个世界上有很多群这样的孤儿。他们到处流浪，靠大人逃走时剩下的东西生活。正如你所看见的，他们能找到很多东西，所以他们不会挨饿。看样子有很多妖怪入侵了这座城市，大人都躲到了安全的地方。你有没有注意到停在港口的船很少？孩子们不会有危险的。”

“除了那些大一点的孩子，就像下面那个可怜的孩子。”

“斯科斯比先生，那就是这个世界的规则，如果你想结束这种残酷和不公正，你就必须带着我继续向前飞，我有个任务要完成。”

“对我来说好像……”李开口说道，他找着合适的词，“好像对我来说，在哪儿发现残暴，就在哪儿与之斗争，哪儿需要帮助，就在哪儿给予帮助。难道这一点错了吗，格鲁曼先生？我只是一名无知的热气球飞行员，我是真他妈的无知，比如说，当别人告诉我，大祭司有飞行的本领时我就相信了。可这儿有一个不会飞的大祭司。”

“哦，可是我有。”

“那你怎么证明这一点呢？”

气球下降了，大地升了上来，一座四四方方的石塔出现了，耸立在他们的必经之路上，李好像没有注意到。

“我需要飞行，”格鲁曼说，“所以我召唤了你，于是现在我在这里飞行。”

他完全了解他们面临的险境，但他忍住没有向飞行员暗示——飞行员还没有意识到这个危险。千钧一发之际，李·斯科斯比向吊篮一侧弯下腰，抽掉一个沙袋的系绳，沙子流了出去，气球轻盈地升高了，避开了石塔，离它只有六英尺。十几只受惊的乌鸦飞了起来，围着他们大声叫着。

"我猜你是可以的，"李说，"你有一种奇怪的气质，格鲁曼博士。你和女巫在一起待过吗？"

"是的，"格鲁曼说道，"还跟学者们一起待过，还有神灵。不管在哪儿我都发现了愚蠢，但是那里也有许多智慧。毫无疑问，有更多的智慧我还没有认识到。生活是艰难的，斯科斯比先生，但我们还是要坚持。"

"我们的这次旅行怎么样？智慧还是愚蠢？"

"是我所知道的最大的智慧。"

"再跟我说说你的目的吧。你要去找魔法神刀的持刀者，接着你要干什么？"

"告诉他他的使命是什么。"

"还有，那个使命还包括保护莱拉。"热气球飞行员提醒他。

"会保护我们所有人。"

他们接着向前飞，城市很快消失在他们身后。

李检查了他的仪器，指南针还在漫无目的地旋转不停。但凭他的判断，目前高度表还在精确地工作，显示他们正在海岸线上空一千英尺的高度，沿海岸线飞行。前面某处隐约露出一弯青翠的山峦，李为准备了足够的沙袋而高兴。

但当他开始例行扫视天空时，他的心咯噔一下，赫斯特也感觉到了，她竖起耳朵，转过脑袋用一只浅褐色的眼睛看着他的脸。他把她抱起来，塞进他的胸口，然后他又拿起望远镜。

是的，他没有搞错。在南边的远处（如果那真是南边的话，那正是他们来时的方向）隐隐约约有另一只气球飘浮着。因为热浪和距离，他无法看得更清楚，但那只气球比他的更大，飞得也更高。

格鲁曼也看见了。

"是敌人吗，斯科斯比先生？"他问道，用手搭在眼睛上方，在珍珠色的光线中眺望。

"毫无疑问，我不知道应该减掉沙袋飞高一点赶上更快的风，还是飞低一点好不那么显眼。幸亏那不是齐柏林飞艇，不然它可以在几个小时内赶上我们。不，他妈的，格鲁曼博士，我要飞高一点，因为如果我要是在那只气球之上，早就会看见这只气球了，我敢肯定他们的视力都很好。"

他放下赫斯特，向外弯下腰，又撤掉三只沙袋，气球立刻上升了，李一直在透过望远镜观察。

过了一分钟，他确信他们已经被发现了，因为那只气球上隐约有些动静，从气球上冒出一股烟，冲上天空，然后火光一闪，先是深红色，过了一会儿又变成一团团的灰色烟雾，不过在晚上，这个信号就像警报一样清晰明确。

"你能召唤来更大的风吗，格鲁曼博士？"李问道，"我想趁着夜晚飞到山那边去。"

他们现在已经离开了海岸线，按照他们的路线，他们正在一个三四十英里宽的海湾上空飞行，远处出现了一片连绵的山峦。现在他飞得更高了，他觉得称它们为山脉应该更准确。

他转身朝向格鲁曼，发现他正在入定。大祭司闭着眼睛，身体前后微微摇晃着，额头冒出大颗的汗珠，从他的喉咙中传出低沉而有节奏的哼哼声，他的精灵抓住吊篮的边缘，也在入定。

不知是因为气球升高还是因为大祭司的咒语，的确有一股风吹在李的脸上。他抬头察看气球，发现气球偏了一点角度，朝那边的大山飞去。

这股微风使他们飞得更快，不过对另外那只气球也产生了作用。它没有追得更近，却也没有被抛在后面。李再次拿起望远镜，他看见那只气球后面的远处，隐隐约约出现了一些更小更黑的形状，它们编队有序，每分每秒都在变得清晰可见。

"齐柏林飞艇，"他说道，"好了，现在无处可躲了。"

他试图估计敌人还有多远，以及他们自己和正在飞往的山脉之间的距离。他们的速度无疑是加快了，微风掀起了海面上白色的浪尖。

格鲁曼坐在吊篮的角落里休息，他的精灵梳理着羽毛。他闭着眼睛，但李知道他醒着。

"情况是这样的，格鲁曼博士，"他说，"我不想在空中被齐柏林飞艇追上，我们没法抵抗，他们立刻就能击落我们。我也不想降落在海面上，不管是自愿还是被迫，我们还能再飘一会儿，但他们可以随时用手榴弹干掉我们，就像钓鱼一样容易。

"所以我想飞到山上，然后降落，我现在能看见一些树林，我们可以暂时躲在树林里，也许躲更长时间。

"那时太阳就快落山了，按我的估算，太阳落山前我们还有大概三个小时。这很难讲，但我认为，到那时候，那些齐柏林飞艇离追上我们还有一半的距离，而那时我们应该已经到达海湾的另一边了。

"现在，你明白我的意思了吧。我想飞到山上，然后降落，因为除此之外只有死路一条。现在他们已经把我向他们出示的那只戒指和诺瓦赞布拉那个被我杀死的苏克埃林人联系在了一起，他们这么不辞辛劳地追赶我们，总不会是为了告诉我们钱包落在柜台上了。

"所以，格鲁曼博士，今天晚上某个时候飞行就会结束。你从热气球上降落过吗？"

"没有，"大祭司说，"但我相信你的技术。"

"我会尽量飞到山的高处，这是个权衡问题，因为我们飞得越远，他们离我们就越近。如果我们降落时他们离得很近的话，他们就会看见我们去了哪里，可我要是降落太早的话，又不能进入树林躲起来。不管怎么样，不用多久，总会有一场枪战。"

格鲁曼无动于衷地坐着，两只手交替拿着一支魔法羽毛，在李看来，这举动显然有目的。他的精灵，那只鱼鹰的眼睛一直没离开过那些齐柏林飞艇。

一个小时过去了，又一个小时过去了，李嚼着一支未点燃的雪茄烟，从锡水壶里喝着冷咖啡。太阳在他们身后的天空降得更低了，李能看见夜晚长长的影子爬上海岸，攀上山腰，气球和整个山顶都沐浴在一片金光中。

在他们身后，夕照的光辉中那些隐约可见的小点儿越来越大，越来越清晰，它们已经超越了另外那只气球，现在用肉眼很容易就能看见它们：四只飞艇肩并肩地飞着。寂静的海湾上传来发动机的声音，声音不大，却很清晰，是一种一刻不停的蚊子般的嗡嗡声。

他们离山脚下的岸边还要飞几分钟，这时李注意到齐柏林飞艇后面的天空出现了新的情况，乌云堆积起来，一道雷声响彻云霄，乌云上的万米高空却依旧晴朗。刚才他怎么没有发现呢？如果暴风雨就要来临，他们越快降落越好。

这时，一道暗绿色的雨帘从云端垂了下来，暴风雨好像在追赶齐柏林飞艇，就像那些飞艇在追赶李的气球一样。雨从大海那边掠向它们，当太阳终于消失时，一道巨大的闪电从云中直刺而下，几秒后，响起了震耳欲聋的雷声，连气球球囊上的布都被震动了。雷声在山峦中回响，经久不息。

随后又是一道闪电，叉状闪电一下击中了一艘齐柏林飞艇，汽油被点燃了。黑暗的云幕下出现了一团耀眼的火光，飞艇慢慢地飘落下去，像灯塔一样亮着，最后飞艇漂浮在水面上，仍然在燃烧。

李憋了好久的一口气总算呼了出来。格鲁曼站在他身边，一只手抓住吊环，脸上布满疲倦的皱纹。

"这场暴风雨是你唤来的吗？"李问。

格鲁曼点点头。

斑驳的天空呈现出虎皮纹般的图案，一道道的金光夹杂着深黑色的乌云，图案每分每秒都在变化。随着乌云的扩张，金光被逐渐吞噬了，身后的大海中，黑色的海水夹杂着磷光闪闪的泡沫，着火的齐柏林飞艇沉了下去，最后的火焰熄灭了。

剩下的那三艘还在继续飞行，它们一边奋力与暴风雨搏斗，一边保持着飞行路线。更多闪电围绕着它们，暴风雨离他们越来越近，李开始担心他气球里的燃料。只要一个雷就会让它变成一团大火栽到地上，他也不相信大祭司能对暴风雨控制得足够好，可以使他们自己躲避开来。

"好吧，格鲁曼博士，"他说，"现在我打算对这些齐柏林飞艇视而不见，我要集中精力，准备到山上降落。我要让你做的就是坐稳、抓紧，我告诉你的时候，准备好往下跳。我会事先通知你，我动作尽量轻柔些，但是在这种条件下降落需要的不仅仅是技术，运气也同样重要。"

"我相信你，斯科斯比先生。"大祭司说。

他坐在吊篮的角落里，他的精灵停在吊环上，爪子深深陷进了皮绑带中。

风更猛烈地吹向他们，巨大的球囊在狂风中鼓动翻腾，绳子被拽紧了，发出嘎吱嘎吱的响声，但李并不惧怕，毫不屈服，他撤掉了几个沙袋，密切地注视着高度表。在暴风雨中，当气压下降时，你就必须减去高度表因此而下降的数字，而那通常要凭经验来估算。李瞄了一眼那些数字，又算了一遍，然后撤掉了最后一个沙袋。现在他唯一可以控制的就是气阀，他不能再上升了，他只能下降。

他专注地盯着暴风雨，在黑色的天幕下辨认大山黑色的轮廓。那下面传来一阵轰隆隆的声音，好像巨浪拍打在石头海滩上，不过他知道那是狂风吹过树林的声音。已经飞了这么远！他们飞得比他想的还要快。

他不能再等太久，该降落了。李过于冷静的性格决定了他不会对命运发怒，他的方式是扬起眉毛简洁地接受它。但现在他忍不住流露出一丝沮丧，因为这时他知道他们该做的事情——飞在暴风雨前面，让暴风雨任意肆虐——他们必须跳下去。

他把赫斯特蜷成一团，严严实实地塞进他的胸口，扣上帆布外套的扣子，把她包在里面。格鲁曼沉稳而安静地坐着，他的精灵在大风中摇晃着，爪子紧紧地抓住吊篮，羽毛被风吹得竖了起来。

"我要准备下降了，格鲁曼博士，"李在风中喊道，"你得站起来，准备跳下去。抓住那只吊环，等我叫的时候你就站起来。"

格鲁曼按他的吩咐做了。李轮流注视着下面和前方，在匆匆一瞥间察看着。一阵狂风袭来，大滴的雨点就像沙子一样砸向他们，他眨着眼睛避免雨水流进去。雨点砸在球囊上，再加上风的呼啸声、雨打在树叶上的声音，李几乎没有听到雷声响起。

"准备跳！"他喊道，"你唤来了一场很好的暴风雨，大祭司先生。"

他拽动控制气阀的绳子，把绳子固定在夹板上，让气阀打开。空气从球囊顶上流出，升向看不见的高空，球囊下部的皱褶一层又一层地自动收缩起来，而它一分钟前还是一个鼓鼓囊囊的半圆。

吊篮剧烈地摇摆着、倾斜着，很难看出它会不会下降，突如其来的狂风仿佛要把他们吹向不可知的高空，但过了一分钟，李突然感到什么地方一刮，他明白是气球的抓钩挂住了一根树枝。那只是短暂的一停，这么说那根树枝断了，但这表明他们离树林很近。

他大声喊道："树林上方五十英尺……"

大祭司点点头。

这时又是更猛烈的一刮，两个人被重重地一甩，撞在吊篮边上。李已经习惯了，他很快又找回了平衡，但格鲁曼被这股力量吓了一跳。不过，他并没有松开握住吊环的手。李看得出他保持着安全的姿势，随时准备调整动作。

又过了一会儿，传来一阵最强烈的震动，抓钩牢牢地钩住了一根树枝。吊篮立刻倾斜了，随即撞在树梢上，在湿漉漉的树叶的拍打声、枝条的噼啪声和受压的树枝的折断声中，吊篮摇摇欲坠地停住了。

"格鲁曼博士，你还好吗？"李喊道，他什么也看不见。

"还好，斯科斯比先生。"

"你最好先别动，等我们看清周围的情况。"李说道。他们在风中猛烈地摇晃着，不知道是什么东西托住了吊篮，但他能感觉到吊篮在微微颤动。

球囊的一侧有一股强的拉力，现在它已经是空的了，这就使它像一面帆一样被风吹了起来。李的头脑中闪过把它砍下来的念头，不过它要是不飘走的话，就会像旗帜一样挂在树梢上，泄露他们的方位。如果可能的话，他们最好把它拿下来。

这时又是一道闪电，然后雷声轰鸣，暴风雨几乎来到了头顶，闪电的亮光中李看见一棵橡树的树干，上面有一个白色的大疤，那儿有一根树枝断了，但并没有被完全折断，还有一部分连着，吊篮就停在离连接处不远的地方。

"我准备扔一根绳子出去，然后爬下去，"他喊道，"一旦我们双脚站在了地面上，我们就可以安排下一步计划。"

"我会跟着你的，斯科斯比先生，"格鲁曼说道，"我的精灵告诉我地面离我们还有四十英尺。"

当那只鱼鹰精灵再次站在吊篮边沿时，李感觉到一阵强有力的拍打翅膀的声音。

"它能飞那么远吗？"他惊讶地问。但他很快不再想这个问题，而是把绳子系结实了，他先把绳子系在吊环上，再把绳子系在树枝上，这样即使吊篮掉下去，也不会掉得太远。

然后，赫斯特安全地躲在他的胸口，他把剩下的绳子扔出去，顺着绳子往下爬，直到他感觉到脚下坚实的土地。树干周围枝叶茂密，这是一棵大树，是橡树中的巨人，李咕哝了一声"谢谢"，然后拽了拽绳子，向格鲁曼示意他可以下来了。

混乱中是不是还有别的响声？他努力倾听。是的，是齐柏林飞艇的发动机，也许不止一艘，就在天空的某个地方。无法判断它有多高，或是在向哪个方向飞行，这声音响了一会儿，然后就消失了。

大祭司也来到了地面。

"你听见了吗？"李问道。

"是的，它又往高处飞了，我想是到山里去了。祝贺我们安全降落，斯科斯比先生。"

"还没完呢，我想在天亮以前把球囊拿到树下来，不然从几英里之外它就会泄露我们的方位。你能干些体力活吗，格鲁曼博士？"

"告诉我该干哪些。"

"好的，我要沿着绳子再爬上去，我会把一些东西放下来给你，其中一个是帐篷，你可以把帐篷支起来，我来看看怎么才能把那只气球藏起来。"

他们工作了很长时间，有一次还遇到了危险，托着吊篮的树枝最后还是断了，把李和吊篮一起扔了下来。不过他摔得不远，挂在树梢上的球囊拽住了吊篮，吊篮停了下来。

其实这一摔使隐藏球囊更容易了，因为球囊的下半部已经被拖到了树下。在闪电亮光的帮助下，李又拖又拽，把整只气球藏在了树枝的低矮处。

风依旧把树梢吹得前后摇晃，但暴风雨最猛烈的时候已经过去了。这时他觉得自己没有什么能做的了，就爬了下来，发现大祭司不仅支起了帐篷，还升起了一堆火，正在煮咖啡。

"这一切是施了魔法吗？"李问道，他浑身湿透了，冻得僵硬。他小心地钻进帐篷，接过格鲁曼递给他的杯子。

"不是，你不妨感谢男童子军，"格鲁曼说，"你们的世界有童子军吗？

'时刻准备着。'生火的所有方法中，最好用的是干火柴。我每次旅行都带着它。我们露营时有比这还糟糕的时候，斯科斯比先生。"

"你又听到那些齐柏林飞艇了吗？"

格鲁曼举起了手表示赞同。李倾听着，千真万确，空中传来发动机的声音，因为雨小了些，这声音更容易分辨了。

"他们已经在头顶飞了两次了，"格鲁曼说，"他们不知道我们在哪儿，但他们知道我们就在这里的某个地方。"

过了一会儿，从齐柏林飞艇飞过的地方发出一道亮光，没有闪电那么亮，但持续的时间很长，李一下子明白了。

"最好把火灭了，格鲁曼博士，"他说，"很抱歉，我想把火灭掉。我想树林是很茂密的，不过谁也说不准。不管身上是不是还湿着，我要准备睡觉了。"

"明天早晨你衣服就干了。"大祭司说。

他抓了一把潮湿的泥土压在火苗上。李则在小小的帐篷里努力躺了下来，闭上了眼睛。

李做了许多奇怪的梦。有一阵他认为自己看见大祭司双腿交叉坐在一片火光中，火焰很快吞噬了他的肉体，最后只剩下一具白花花的骨架，仍然坐在一堆亮着火星的灰烬中。李惊骇地去找赫斯特，却发现她睡着了，这可是从来没有过的事，因为当他醒着的时候，她也醒着。所以当他发现她睡着了，他那个动作利索、说话犀利的精灵显得柔弱而不堪一击时，他被这种奇异的感觉动摇了，他不安地在她身边躺下来。他在梦中醒着，却又的确睡着了，他梦见自己醒着躺在那儿，躺了很长时间。

另一个梦也是关于格鲁曼的，李似乎看见大祭司摇着一个羽毛做的响铃，正在命令什么东西听从他的指挥，而当李看到之后不禁感到一阵恶心，那是一个妖怪，就像他们在气球上看到的那些一样，它很高，几乎是透明的，李感到一阵翻肠搅肚的抽搐，他几乎在恐惧中醒来。但格鲁曼毫无惧色地指挥着它，它也并未造成什么危害，因为它靠近了他，倾听着他的吩咐，然后便像肥皂泡一样飘了起来，消失在树梢上。

这时，这个令他筋疲力尽的夜晚又有了变化，这回他在一艘齐柏林飞艇的驾驶舱里，注视着驾驶员。事实上，他坐在副驾驶的位置上，他们在森林上空巡逻，俯视着剧烈摇晃的树梢，那是一片动荡的枝叶组成的海洋。这时妖怪出现在机舱里，和他们在一起。

李在梦魇中既动不了，也叫不出声，当驾驶员明白发生在他身上的事时，李也经历了他的恐惧。妖怪向驾驶员俯下身，好像在用它的脸压着他的脸。他的精灵，一只麻雀，拍打着翅膀，尖叫着，竭力想逃走，却只能昏昏沉沉地掉在了仪表盘上。驾驶员的脸朝向李，他伸出一只手，但李动弹不得。那人眼中露出的痛苦神色令人难受。有一些真实的、活生生的东西从他身体里被抽了出去，他的精灵无力地扇动着翅膀尖声狂叫，她快死了。

然后她消失了，可飞行员还活着。他的眼睛变得蒙眬而暗淡，他伸出的那只手垂了下去，撞在节流阀上，发出轻微的声响。他还活着，可又不再活着，他对任何事情都漠不关心了。

李坐在那里，无助地看着齐柏林飞艇笔直地飞向矗立在面前的一座悬崖。驾驶员眼睁睁地看着悬崖撞向机舱的窗户，但什么都不能引起他的注意。李惊恐地向后靠在座位上，但没有什么可以阻止它，就在撞上的一刹那他叫道："赫斯特！"

然后他醒了。

他在帐篷里，平安无事，赫斯特正在轻轻地啃他的腮帮子。他出了一身的汗。大祭司盘着双腿坐在那儿，当李看见他的鱼鹰精灵不在他身边时，一阵寒意掠过李的身体，显然这片森林不是什么好地方，到处都是神出鬼没的幽灵。

这时他注意到了让他能够看到大祭司的光亮，因为火早就灭了，森林里一片黑暗。不远处的几点亮光照亮了树干和正在滴水的树叶的背面，李立刻明白是怎么回事：他的梦是真实的，有一个齐柏林飞艇驾驶员撞到了山上。

"他妈的，李，你抖得像片杨树叶子。你怎么了？"赫斯特晃着它的长耳朵，嘟囔着。

"你也做梦了吗，赫斯特？"他咕哝着说。

"你不是在做梦，你看见了。我要不是知道你是在看，我老早就叫你了，现在你住口吧，听见了吗？"

他用大拇指抚摸着它的脑袋，她则晃了晃耳朵。

随后，没有任何过渡，他已经和大祭司的鱼鹰精灵塞扬·科特一起在空中飞翔。远离自己的精灵，和别人的精灵在一起，这让李既有一种强大的负疚感，又有一种奇怪的喜悦。他们顺着森林上空的上升气流滑翔，他似乎也变成了一只鸟，李环顾着黑暗的四周，一轮圆月偶尔从云层的缝隙间投下淡淡的月光，树梢被罩上了银色的光环。

鱼鹰精灵发出一声刺耳的鸣叫，下面传来成百上千各种各样的鸟叫声：猫头鹰的呜呜声、小麻雀警觉的尖叫声、夜莺清脆悦耳的叫声。塞扬·科特在召唤它们，它们作出了回应，森林里的每只鸟都来了，无论它们正在无声地滑翔、搜寻猎物，还是正在栖息，成千上万只鸟在空中拍打着翅膀乱哄哄地飞了上来。

李感觉到自己身体中某种鸟类的天性正在快乐地回应着鱼鹰女王的命令，而在剩下的那部分人的天性里，他又感到某种奇怪的愉悦：顺从更强大的力量是件正确无比的事。他跟随庞大的鸟群盘旋着，上百种不同的鸟类在那只鱼鹰充满吸引力的号召下盘旋，动作整齐得就像一只鸟，他们在飘动的银白色云朵中看见那艘可恶的黑色齐柏林飞艇出没其间。

他们都明白无误地知道他们必须做什么，他们向那只飞艇涌去，动作最快的最先接近了它，不过谁都没有塞扬·科特的动作快。那些小巧的鹪鹩和麻雀，轻盈的雨燕，还有飞翔时没有一点声音的猫头鹰——在一分钟之内盖住了那艘飞艇，它们的爪子乱抓乱戳，想抓住防雨布或是支撑住身体。

他们避开发动机，但还是有一些鸟儿掉了进去，被锋利的螺旋桨削成了碎片。大部分鸟儿只是栖息在齐柏林飞艇的艇身上，那些后来落下的鸟儿就站在他们身上，直到它们不仅覆盖了整个艇身（飞艇的氢气从上千只细小脚爪戳开的小孔里漏了出来），还覆盖了驾驶舱的窗户、支柱和电缆——每一平方英寸的地方都有一只、两只、三只或更多的小鸟站在上面。

驾驶员孤立无援。因为鸟儿的重量，飞艇开始向下沉。这时又有一座无情的悬崖从黑暗中冒了出来，飞艇里的人当然难以分辨，他们端着枪，疯狂地胡乱射着。

到了最后时刻，塞扬·科特发出一声尖叫，所有的鸟儿立刻离开飞艇飞走了，它们扇动翅膀的巨响甚至盖过了发动机的声音。舱里的人在恐惧中愣了四五秒，然后飞艇冲着悬崖一头撞了上去，变成了一个大火团。

大火、高温、火焰……李又醒了过来，他的身体热得好像刚才一直躺在骄阳下的沙漠里似的。

帐篷外依旧是水落在树叶上无休无止的滴答声，但暴风雨已经过去了。灰白色的光线透了进来，李支撑着坐起来，看见赫斯特在他身边眨着眼睛，大祭司裹着一张毯子睡得很沉，要不是塞扬·科特栖息在外面一根落下的树枝上的话，他会以为他可能真的死了。

除了滴水声，唯一的声音就是森林里的鸟叫声，天空中没有发动机的声音，没有敌人的声音。李想生火可能是安全的，于是他经过一番努力，生起了一堆火，开始煮咖啡。

"现在怎么办，赫斯特？"他问。

"看情况。一共有四艘齐柏林飞艇，已经摧毁了三艘。"

"我是说，我们的任务完成了吗？"

她摇晃着耳朵说道："没有合同，我不知道。"

"这跟合同无关，这是个道义问题。"

"在你为道义问题烦恼之前，我们还有一艘齐柏林飞艇要考虑。有三四十个人带着枪直冲我们而来，而且是皇家战士。生存第一，道义其次。"

她当然是对的。当他喝着滚烫的咖啡，抽着雪茄烟时，天渐渐亮了。他在想，如果由他来指挥这艘剩下的飞艇，他会怎么办？毫无疑问，先退回去，等天完全亮的时候再来，那时就可以飞到足够的高度，从更广阔的范围察看森林的边缘，这样当李和格鲁曼从藏身之处跑出来时，他就能发现。

鱼鹰精灵塞扬·科特醒了，她在李坐着的地方伸展着它那巨大的翅膀。赫斯特抬起头，来回转动着脑袋，两只金色的眼睛轮流打量着这个非凡的精灵，过了一会儿，大祭司也来到帐篷外面。

"忙碌的一夜。"李评论道。

"即将到来的白天也会很繁忙。我们必须立刻离开这座森林，斯科斯比先生，他们要烧掉这座森林。"

李不敢相信地环顾着这片湿润的草木，问道："怎么烧？"

"他们有一种发动机，会喷出一种混合着碳酸钾的石脑油，它遇到水就会燃烧，皇家海军研制出它用来跟日本人打仗，如果森林是湿的，它着起火来就更快了。"

"你能预见到，是吗？"

"就像你晚上看到那些齐柏林飞艇发生的事那样清楚。带上你要拿的东西，现在就走。"

李摸了摸下巴。他最值钱的东西也是最容易带走的——那就是气球上的仪器——于是他把它们从吊篮上拆了下来，小心地装进背包，确保他的来复枪已装上弹药，并保持干燥。他扔下了吊篮、绳索和球囊，它们在树枝间歪歪扭扭地缠成一团。从现在开始他不再是一名热气球飞行员，除非奇迹出现，他能脱离危险并有足够的钱买一只新气球。现在他得像一只昆虫那样在地球表面爬行。

他们先闻到了烟味，然后才听到了着火的声音，因为海上的微风将它吹向了内陆。当他们来到森林的边缘时，他们听见了着火的声音，一种低沉而贪婪的隆隆声。

"昨天晚上他们为什么没这么干呢？"李问道，"他们可以在我们睡觉时把我们烤熟。"

"我猜他们想要活捉我们，"格鲁曼答道，他扯掉一根树枝上的树叶，这样他就可以拿那根树枝当作拐杖，"他们想等着看我们从什么地方离开这座森林。"

果然，在火焰声和他们自己粗重的呼吸声中，齐柏林飞艇的嗡嗡声也清晰可闻。他们匆匆忙忙地在树根、岩石和倒伏的树干上攀爬，停下来只是为了喘口气。塞扬·科特在高处飞着，然后再盘旋着落下来告诉他们进展如何以及火焰在他们身后多远。但没过多久，他们就看见身后的树梢上冒起了烟，然后就是连续不断的火焰。

森林里的动物——松鼠、小鸟、野猪——在和他们一起逃命，他们身边响起了各种各样的嚎叫声、尖叫声和警告声，各种声音交织在一起。两位旅行者挣扎着奔向不远处的森林边缘，他们到那里后，熊熊的火焰升上五十英尺的空中，滚滚的热浪袭向他们。树木像火把一样燃烧着，脉络中的汁液沸腾了，撕裂了树干，松针里的树脂像石脑油一样燃烧着，树枝好像在一瞬间绽放出橘黄色的花朵。

李和格鲁曼喘着气，强迫自己爬上陡峭的石坡，半边天空都被烟雾和热气遮住了，但在那之上，飘浮着最后一艘齐柏林飞艇扁胖的影子——李满怀希望地想，太遥远了，即使用双筒望远镜它也不可能发现我们。

山坡变得更加陡峭，前面已经无路可走了。要摆脱这个困境，只有一条路可走，那就是前面那条狭窄的小路，从绝壁间的皱褶里伸出的干涸河床。

李指向那里，格鲁曼说道："我也这么想，斯科斯比先生。"

他的精灵在上空盘旋滑翔，她翅膀一斜，乘着上升的气流飞向峡谷。两个人没有停歇，继续努力快速攀登，李说："如果问这个问题很冒昧的话，请你原谅。除了女巫，我从没有听说过人的精灵能那么做。你不是女巫，那你是学会的，还是天生就会？"

"对一个人来说，没有什么是与生俱来的，"格鲁曼说道，"我们做的每一件事都得去学。塞扬·科特告诉我们那道峡谷通向一条路。如果我们能在他们发现我们之前到达那儿，我们还能逃脱。"

那只鱼鹰又飞落下来，两个人攀向更高的地方。赫斯特更喜欢在岩石上寻找她自己的路，于是李就跟着它，避开松动的石头，在大块的石头上尽可能快地行走，在峡谷中快速前进。

李在为格鲁曼担心，因为他脸色苍白，筋疲力尽，上气不接下气。夜间的劳动消耗了他大量的精力。他们还能走多远？这是一个李不愿面对的问题。他们快走到了峡谷的尽头，实际上他们已经来到干涸的河床，这时他们听到齐柏林飞艇的声音有了变化。

"他们发现我们了。"他说。

这就像被宣判了死刑。赫斯特被绊了一下，一贯稳重、坚强的赫斯特也脚步踉跄了。格鲁曼靠在他挂着的拐杖上，用手搭在眼睛上方，回过头去看，李也回头去看。

齐柏林飞艇在快速下降，直接冲向他们下面的山坡。很明显，追兵想生擒他们，而不是杀死他们，因为一通炮火在一秒内就可以结束他们俩的生命。飞行员技术熟练地让飞艇盘旋在离斜坡最安全的高度，从舱门鱼贯跳下一队穿蓝色制服的士兵，他们的狼精灵跟随在侧，他们开始攀登。

李和格鲁曼在离他们六百码的高处，离峡谷入口处不远。一旦他们到达入口处，只要他们的火力能够维持，他们就可以用火力拦住那些士兵。但他们只有一支来复枪。

"他们是来找我的，斯科斯比先生，"格鲁曼说道，"不是找你。如果你把来复枪交给我，你去投降，你就会活命。他们是一支有纪律的军队，你会成为一名战俘。"

李没有接茬儿，他说："快走吧，往峡谷那边走，你从那头找到出去的路，我在这边的入口挡住他们。我已经把你带到这儿了，我不会任由那些人抓住你而坐视不管。"

下面的人动作很快，因为他们身强力壮，而且刚刚休整过。格鲁曼点了点头。

"我没有力量把第四艘也打下来。"他们走向峡谷隐蔽处时他只说了这一句。

"在你走之前，告诉我，"李说，"如果不知道我不会安心。我还不知道在为哪一方战斗，我也不太在乎。但你就告诉我：我要做的事情对那个小女孩莱拉有益还是有害？"

"对她有益。"格鲁曼说。

"还有你的誓言。你不会忘记对我发过的誓吧？"

"我不会忘记的。"

"因为，格鲁曼博士，或是约翰·佩里，或是你在任何一个世界起的任何一个名字，你要明白这一点：我像爱自己女儿一样爱那个小女孩，如果我有一个自己的孩子，我对她也不过如此。如果你背弃那个誓言，我死后的那把骨头会追着你的那把骨头不放的，你会在剩下永恒的时间里祈愿你从来没有存在过。那个誓言就这么重要。"

"我明白，我向你保证。"

"这就是所有我想知道的，一路保重。"

大祭司伸出手，李握了握。然后格鲁曼转过身向峡谷走去，李则打量着四周，寻找最好的站立点。

"别站在这块大石头上，李，"赫斯特说道，"从那儿你看不到右边，他们会偷袭的。站在那块小一点的石头上。"

李的耳中响起了一阵轰鸣，这和下面的森林大火无关，和那艘企图升高的齐柏林飞艇也无关，这和他的童年，还有阿拉莫教堂有关。他经常和同伴们一起扮演那场英勇的战役，在旧堡垒的废墟上，他们轮流扮演丹麦人和法国人！他的童年时代突如其来地回到了他的身边。他拿出母亲的那只纳瓦霍戒指，放在他身边的石头上。在久远的阿拉曼游戏中，赫斯特经常是一只美洲狮或是一匹狼，有一两次还是一条响尾蛇，更多的时候是一只嘲鸫鸟。此刻——

"别做白日梦了，睁开眼看看，"她说，"这可不是做游戏，李。"

爬上斜坡的那些人已经呈扇形分散开，在更加缓慢地前进，因为他们和他一样认识到了问题所在。他们知道必须拿下这个峡谷，但他们也知道一个人用一支来复枪可以抵挡他们很长一段时间。李感到惊讶的是，在他们的后面，齐柏林飞艇仍然在努力爬高。也许它是丧失了浮力，也许它燃料不多了，但不管是什么原因它仍然没有飞起来，李有了个主意。

他调整了一下位置，沿着温彻斯特连环步枪向前看，直到不偏不倚地瞄准飞艇的左侧发动机时，他开了枪。枪声使那些正在向他爬过来的士兵抬起了头。一秒钟后，发动机突然开始轰鸣，又突然停住，飞艇向一侧倾斜，李能听到另外那只发动机的轰鸣声，但飞艇已经坠地了。

那些士兵停下了，尽可能地隐藏着。但李可以知道他们有多少人，他数了数：二十五个。他有三十发子弹。

赫斯特爬到他的左肩膀上，紧靠着他。

"我来盯着这一边。"她说道。

她蜷伏在那块灰色的大石头上，耳朵耷拉在背上，除了她那双眼睛，它看上去就像一块毫不起眼的灰棕色石头。赫斯特并不漂亮：她就像一只野兔那样瘦巴巴的，普通极了，眼睛却异常地色彩斑斓，淡淡的金褐色中点缀着深灰棕色和草绿色的光芒。现在这双眼睛正在向下注视着他们所见过的最糟糕的风景：布满崎岖石块的光秃秃的山坡，再远处就是着火的森林。没有一片草叶，没有一星半点的绿色。

她轻轻地摇了摇耳朵。

"他们在说话，"她说，"我能听见，但我听不懂。"

"俄语，"他说道，"他们准备一起跑着冲上来。对我们来说，这是最难对付的，所以他们要这么做。"

"向前瞄准。"她说。

"我会的。可是见鬼，我不想杀人，赫斯特。"

"不是我们杀死他们，就是他们杀死我们。"

"不，不仅如此，"他说，"是他们的生命，还是莱拉生命的问题。虽然我不知道是以什么方式，但我们和那个孩子联系在一起，我为此很高兴。"

"左边有个人要开枪。"赫斯特说道。正当她说的时候，那个人的来复枪发出响声，距离她蹲着的地方一英尺，那块石头的碎片飞了起来。子弹呼啸着飞向峡谷，她却纹丝未动。

"哦，这么干让我感觉好多了。"李说着开始认真瞄准。

他开枪了，可供瞄准的只是一小块蓝颜色，但他还是打中了。伴随着一声惊叫，那个人倒下去死了。

于是战斗开始了。顷刻间，枪声、子弹横飞的呼啸声和岩石被击碎的声音交织在一起，回响在山峦和山峦后的峡谷中。火药味、岩石被子弹击中发出的焦味就像是森林燃烧的焦味，仿佛整个世界都在燃烧。

李站着的那块石头很快就伤痕累累，满是弹孔，他能感觉到子弹击中石头时的震动。有一次他还看见一颗子弹呼啸而过的风吹动了赫斯特背上的毛。但她丝毫没有移动，他也没有停止开枪。

最初那段时间是残酷的。紧接其后的间歇里，李发现自己受伤了，他脸颊下面的石头上有血迹，他的右手和来复枪的枪栓上一片通红。

赫斯特靠近看了看。

"没什么大不了的，"她说，"是一颗子弹削掉了一块头皮。"

"赫斯特，你数了吗，有几个人倒下去了？"

"没有，我正忙着躲子弹呢。想办法再装点弹药，伙计。"

他滚到岩石后面，来回拉着枪栓，枪栓滚烫，从头上伤口滴下的鲜血已经干结，使得枪栓变得非常僵涩，他仔细地往那儿吐唾沫，它终于松动了。

他又回到原来的位置上，但他还没来得及瞄准，又中了一枪。

他的左肩膀好像爆炸了。有那么几秒他感到一阵眩晕，然后他又恢复了意识，但左臂已经失去了知觉，不能动了，一阵巨大的痛楚即将在他的体内爆发，但还没有开始，这给了他力量再次集中精力射击。

他用那只毫无生命迹象的手臂支撑着来复枪，而一分钟前它还那么充满活力。他聚精会神地瞄准：一枪……两枪……三枪，每一枪都打中了一个人。

"怎么样？"他咕哝道。

"打得好，"她离他的脸很近，小声答道，"别停下，那块大石头后面……"

他看着，瞄准，开枪。那个身影倒下了。

"他妈的，这些都是跟我一样的人。"他说。

"说这个没用，"它说，"无论如何都得打。"

"你相信格鲁曼吗？"

"当然，向前打，李。"

一声枪响：另一个人倒下了，他的精灵像蜡烛一样熄灭了。

这时出现了长时间的寂静。李在他的口袋里摸索着，又找到几颗子弹。正当他装子弹的时候，他有一种很不寻常的感觉，他的心几乎停止了跳动——赫斯特被泪水打湿的脸，紧贴着他的脸。

"李，这是我的错。"她说道。

"为什么？"

"那个苏克埃林人。我让你拿着他的戒指。如果没有它，我们就不会有这个麻烦。"

"你以为我只是做你让我做的事吗？我拿走它是因为女巫——"

他没有说完，因为又一颗子弹打中了他。这次子弹打中了他的左腿，他还没来得及眨眼，第三颗子弹又打中了他的头，像一根滚烫的烧火棍烙在他的脑袋上。

"现在没多少时间了，赫斯特。"他喃喃地说道，他试图稳住自己。

"女巫，李！你说女巫！记得吗？"

可怜的赫斯特，现在她倒下了，不再像大多数时候那样警惕而精神抖擞地蹲着了，她那美丽的亮棕色眼睛开始变得暗淡无神。

"仍然很美丽，"他说着，"哦，赫斯特，是的，女巫。她给了我……"

"是的，她给了。那朵花。"

"在我胸前的口袋里，把它拿出来，赫斯特，我动不了了。"

这真是件艰难的工作，但它还是用坚硬的门牙把那朵红色的小花咬了出来，放在他的右手上。他费了很大劲才握紧了它，说道："塞拉芬娜·佩卡拉，帮帮我，我求求……"

下面又有了动静：他放开那朵花，瞄准，开枪，那个动作停止了。

赫斯特不行了。

"赫斯特，你别走在我前面。"李轻声说道。

"李，没有你的陪伴我一分钟都不能忍受。"她也悄声对他说道。

"你觉得女巫会来吗？"

"她当然会来的。我们应该早点呼唤她。"

"有很多事我们早就该做。"

"也许是……"

又一声枪响，这次子弹深深地打进了他身体的什么地方，打中了他生命的核心。他想：它不会在那里找到它的，赫斯特是我的核心。他看见下面蓝光一闪，于是他费力挪动枪管朝着它。

"就是他。"赫斯特喘息着说。

李发觉扣动扳机很困难，所有的事情都很困难。他不得不打了三次，最后一次才打中。穿蓝制服的身影从山坡上滚了下去。

又一阵长时间的沉寂。他已不再畏惧疼痛，疼痛就像一群豺狼，围绕着他，喘息着靠近他，他知道它们不会放过他，直到把他生吞活剥。

"还剩下一个人，"赫斯特喃喃地说道，"他正往齐柏林飞艇上爬。"

李隐隐约约看见了他。一个皇家部队的士兵正准备从他同伙的败仗中偷偷逃走。

"我不能朝一个人的后背开枪。"李说道。

"剩下一发子弹死去也是可耻的。"

于是他用最后一发子弹瞄准飞艇，飞艇轰鸣着，试图用一个发动机起飞。那发子弹一定炽热如火，或者森林里着火的树叶被向上的气流吹到了飞艇上，因为飞艇的燃料立刻变成一个翻腾着的橘黄色火球，飞艇的气囊和金属骨架先是上升了一点儿，然后开始翻滚着下沉，缓慢，轻柔，然而却注定了灭亡。

正要逃走的那个人，还有另外六七个人，是皇家卫队剩下的所有人，都被砸向他们的火球吞没了。

李看见了火球，在耳边的轰隆声中他听到赫斯特说："他们都完了，李。"

他说道："其实那些可怜的人完全没必要这样，我们也是。"

她说："我们拖住了他们，阻止了他们，我们在帮助莱拉。"

然后她把自己那小小的、骄傲的、破碎的身体紧紧贴在他的脸上，他们就这样死去了。

15. 血苔藓

继续，真理仪说。更远，更高。

于是他们继续前进。女巫飞到空中侦察最佳的路线，因为这片多山的土地很快就出现了陡峭的斜坡，脚下也出现了石头，快到中午时，这队旅行者发现他们置身于一片错综复杂的地带，这里到处是干涸的溪谷、悬崖和布满巨石的峡谷，寸草不生，唯一的声音就是昆虫的鸣叫。

他们继续前进，停下来只是为了从羊皮水袋里喝口水，他们很少交谈，有那么一阵，潘特莱蒙在莱拉头顶上飞了一会儿，后来他累了，就又变成一只步伐稳健的山羊，在莱拉不辞辛劳地沿着小路跋涉时，他则得意地翘着头上的角，在石块间跳来跳去。威尔神情严肃地前进，因为亮光而眯起眼睛，他对手上越来越糟的伤口视而不见，最后他进入这样一种状态：一直在动是好的，而静止是坏的，因为他休息时比赶路时遭受的痛苦还要大。另外，因为女巫的咒语并没止住他伤口的血，他认为她们对他也多了一种畏惧，好像他标志着一种比她们更有威力的诅咒。

后来，他们来到了一个小湖边，那是红色岩石中不超过三十码宽的一片深蓝色的湖水。他们停下来喝了水，又灌满他们的水袋，他们把走疼了的双脚浸在冰冷的水中。他们歇了一会儿，然后又继续前进。很快，当烈日当头，也是最热的时候，塞拉芬娜·佩卡拉俯冲下来跟他们说话，她非常激动。

"我得离开你们一会儿，"她说道，"李·斯科斯比需要我。我不知道是什么事，但他如果不需要我的帮助是不会召唤我的。你们继续前进吧，我会找到你们的。"

"斯科斯比先生？"莱拉问道，她兴奋而又焦急，"但是在哪儿……"

可莱拉还没有问完，塞拉芬娜已经消失了踪影。莱拉不自觉地要去拿真理仪，想问问它斯科斯比发生了什么事，但她又松开手，因为她已经发过誓，除了用来指引威尔，她不会用真理仪来做别的事。

她向威尔望去，他坐在附近，那只手垂放在膝盖上，还在慢慢地滴着血，他的脸被太阳晒着，显得很苍白。

"威尔，"她说道，"你知道你为什么要找到你父亲吗？"

"这我一直知道，我母亲说我要继承父亲的衣钵。这就是我所知道的。"

"继承他的衣钵？那是什么意思呢？衣钵是什么？"

"我想是一个任务吧。不管他在做什么，我都得继续做下去。这比其他任何事情都重要。"

他用右手擦去眼睛周围的汗水，他说不出口的是，他就像一个迷路的孩子渴望回家一样渴望见到他的父亲。对他来说，这样的比喻并不确切，因为家只是一个让他母亲安全的地方，而不是让他感到安全的地方。但自从那个星期六的早晨他们在超市里假装躲避敌人的游戏变成现实后，到现在已经五年了。在他的生命里这是一段相当长的时间，他的心渴望听到这样的话："干得好，干得好，我的孩子，在这个地球上没有人比你干得更好了，我为你骄傲。来，歇会儿吧……"

威尔是如此渴望，以至于他自己几乎没有意识到这一点，它存在于他对所有事情的感觉中。所以现在他无法向莱拉表达，尽管她从他的眼里看得出来，她的感觉如此敏锐以前也是少见的。事实上，只要是跟威尔有关的任何事情，她都有一种新的认知，好像他比任何她以前认识的人更加清晰突出，所有关于他的事情都清晰、紧密而直接。

本来她要对威尔说，可就在那时，有个女巫飞了下来。

"我看见我们后面有人，"她说，"他们离我们还很远，但他们走得很快。我要不要靠近去看一看？"

"好的，去吧，"莱拉说，"但要飞低一点，躲起来，别让他们看见你。"

威尔和莱拉痛苦地站了起来，继续向前走。

"以前很多次我都被冻得够呛，"莱拉说道，她努力不去想后面的追踪者，"但我从来没有这么热过。你的世界也这么热吗？"

"我住的地方一般没有这么热，但气候在变化，现在夏天比以往都热。据说人们在大气层排了化学物质，影响了大气层，于是气候就失控了。"

"是的，他们是这么做的，"莱拉说，"情况就是这样的，我们就在其中。"

他又热又渴，答不上话来，于是他们气喘吁吁地在热浪中攀登。潘特莱蒙现在是一只蟋蟀，坐在莱拉的肩膀上，累得既跳不起来，也飞不起来。女巫有时会在高山上看到一眼泉水，泉水的位置太高，他们没法爬上去，于是女巫就飞上去，替两个孩子灌满水袋。如果没有水，他们很快就会渴死，而他们所在的地方没有水，暴露在空气中的泉水很快就又被石块吞没了。

于是他们继续前进。

飞回去侦察情况的女巫名叫莉娜·费尔特。她沿着峭壁飞得很低。太阳快要落山了，在岩石上洒下血红色的光辉，这时她飞到一个蓝色的湖边，发现一队士兵正在扎营。

她刚看了第一眼，就立刻明白了许多，比她想知道的还多：这些士兵没有精灵，他们既不是来自威尔的世界，也不是来自喜鹊城——那里的精灵都藏在人们的身体里，他们看上去是生机勃勃的。这些人是从她自己的世界来的，看着这些没有精灵的人，她感觉到一种令人作呕的恐惧。

这时莉娜·费尔特从湖边的帐篷外得到了解释。她看见一个女人，是个短命的凡人，穿着卡其布猎装，她仪态万方，和身边那只沿着湖岸跳跃的金色猴子一样充满活力。

莉娜·费尔特藏在上面的岩石里，看着库尔特夫人和军官说话，他的手下正在安置帐篷、生火、烧水。

女巫参加了塞拉芬娜·佩卡拉在伯尔凡加拯救孩子们的部队，她一直想一箭射死库尔特夫人，但这个女人很幸运，因为她站立的地方在弓箭的射程以外，女巫如果不使自己隐身的话就无法靠得更近，于是她开始施行咒语，这深度的精神集中花了十分钟。

莉娜·费尔特走下布满石块的斜坡，充满自信地向湖边走去，当她走过帐篷的时候，有一两个眼神空洞的士兵匆匆抬起头扫了一眼，但他们对看到的东西几乎没有什么记忆，于是他们又望向别处。女巫站在库尔特夫人刚走进去的帐篷外，在弦上搭好一支箭。

她听着帐篷里传出的低沉的讲话声，然后她小心翼翼地来到帐篷门帘处，在那里可以俯视整个湖面。

帐篷里，库尔特夫人正和一个莉娜·费尔特从未见过的男人说话：一个老头，头发灰白，气度威严，一条蛇精灵缠在他的手腕上。他坐在帆布椅子里，和她的椅子并排。她向他倾斜着身体，柔声细语地跟他说话。

"当然，卡洛，"她说道，"我会告诉你想知道的任何事情。你想知道什么？"

"你是如何控制妖怪的？"他问，"我觉得那不可能，但你能让它们像狗一样跟着你……它们是害怕你的保镖吗？是怎么回事？"

"很简单，"她说，"它们知道如果不吃掉我而让我活着的话，我能给它们提供更多的食物。我能带领它们找到它们那幽灵般的心一直渴盼的牺牲者。你向我描述了它们之后，我立刻知道我可以控制它们，事实也是如此。整个世界居然在它们这帮病鬼的淫威下发抖！但是，卡洛，"她悄声说道，"你知道的，我也能让你满意。你想让我使你更加满意吗？"

"玛丽莎，"他喃喃地说道，"靠近你已经让我感到很快乐……"

"不，不是的，卡洛，你知道不是，你知道我可以让你更快乐。"

她的精灵用黑色的小尖爪轻轻挠着蛇精灵，渐渐地，那条蛇放松了身体，开始从那个人的手臂游向猴子。两个人手中都握着一杯葡萄酒，她小口地喝着她那杯酒，又向他靠近了一些。

"啊！"当蛇精灵缓慢地离开他的手臂，整个身体都滑进金色猴子的手中时，他轻叹了一声。猴子缓缓地把它捧到脸旁，脸颊轻柔地蹭着它翠绿色的身体。她向左右两侧吐着阴郁的芯子，那个男人又叹了一声。

"卡洛，告诉我你为什么要追踪这个男孩，"库尔特夫人悄声问道，她的嗓音就像那只猴子的抚爱一样温柔,"你为什么要找他?"

"他有我想要的东西。哦,玛丽莎……"

"那是什么,卡洛?他有什么东西?"

他摇摇头,但他发觉那很难抵抗,他的精灵轻柔地缠绕在猴子的胸前,脑袋一遍又一遍地蹭着猴子长长的、充满光泽的毛,猴子的手则抚摸着蛇滑溜溜的身体。

莉娜·费尔特看着他们,她隐身站着,离他们坐着的地方只有两步之遥。她的弓弦紧绷,箭在弦上,随时待发。她可以在一秒之内拉弓射箭,库尔特夫人来不及喘气就会死去。但女巫很好奇,她瞪大眼睛,沉默不语,一动不动地站着。

但当她注视着库尔特夫人的一举一动时,她没有注意到她身后那片小小的、蓝色的湖面,在湖的另一边,在黑暗中,有一片鬼影憧憧的小树林,仿佛自己种在那里似的,树林不时抖动着,像是有意识。不过,它们当然不是树,当莉娜·费尔特和她精灵的好奇心被库尔特夫人吸引住的时候,有一个苍白的影子离开了它的同伙,沿着冰冷的湖面飘了过来,水面上没有激起一丝波澜,最后它停下了,离莉娜·费尔特精灵栖息的岩石只有一英尺远。

"你就告诉我吧,卡洛,"库尔特夫人喃喃地说,"你可以轻声说出来。你可以假装是在说梦话,有谁会因此而责备你呢?你就告诉我,那个男孩有什么东西,还有你为什么要得到它。我会帮你得到它……你不想让我那么做吗?快告诉我吧,卡洛。我不想要那样东西,我只要那个女孩。那是什么东西?快告诉我吧,你会得到它的。"

他的身体轻微地战栗了一下,他闭上了眼睛。然后他说:"那是一把刀,喜鹊城的魔法神刀,你没听说过它吗,玛丽莎?有人叫它最后的小刀,刀中之刀,还有人叫它伊萨哈特。"

"它有什么用,卡洛?它为什么特别?"

"啊,那是一把能割开任何事物的刀,甚至连它的制造者都不知道它的用途。没有任何事物、人、物质、神灵、天使、空气——对魔法神刀来说,没有什么是坚不可摧的。玛丽莎,它是我的,你明白吗?"

"当然,卡洛,我保证。让我给你倒满酒……"

金色的猴子一遍遍缓慢地用手抚摸着那条翠绿色的毒蛇，轻轻地挤捏着、爱抚着，查尔斯爵士则满意地叹着气。这时，莉娜·费尔特看到了发生的事情：因为那个人闭上了眼睛，库尔特夫人就偷偷地从一个小水袋里向玻璃杯里倒了几滴水，然后才倒进葡萄酒。

"来，亲爱的，"她悄声说，"我们干杯，为彼此……"

他已经陶醉了，他拿过杯子，贪婪地喝着，一口，一口，又一口。

这时，没有任何预兆，库尔特夫人站起来，转过身，直盯着莉娜·费尔特的脸。

"好了，女巫，"她说，"你以为我不知道你是怎么使自己隐身的吗？"

莉娜·费尔特惊讶得动弹不得。

在她身后，那个男人在挣扎着喘气，他的胸脯起伏着，脸色发红，他的精灵歪歪扭扭地在猴子的手中昏厥了过去，猴子轻蔑地将它甩了下去。

莉娜·费尔特试图举起弓箭，但肩上传来一阵可怕的麻痹，她无法动弹。这种情况以前从未发生过，她发出一声轻叫。

"哦，太晚了，"库尔特夫人说，"看着湖面，女巫。"

莉娜·费尔特转过身，看见了她的精灵雪鹀：他扑扇着翅膀，尖叫着，好像被关在一个正在被抽掉空气的玻璃房里。他不停地扇动翅膀飞着，又不停地掉下来，他大张着嘴，惊恐地喘着气，妖怪已经包围了它。

"不！"她叫着试图靠近它，却被一阵恶心驱赶了回来。即使在恶心和痛苦中，莉娜·费尔特也能看得出库尔特夫人比她见过的任何人更有精神威力，看到妖怪处于库尔特夫人的控制之下，她并不惊讶，没有人能抵抗这种威力。莉娜·费尔特痛苦地转过身，面对着这个女人。

"放开它！请放开它！"她叫喊着。

"我们等着瞧吧。那个孩子跟你在一起吗？那个女孩莱拉？"

"是的！"

"是不是还有一个男孩？拿着一把刀的男孩？"

"是的……我求求你……"

"你们一共有多少个女巫？"

"二十个！放开它，放开它！"

"都在天上吗？还是你们有一些人在地面上陪着那两个孩子？"

"大部分在天上，地面上总是有三四个——这太痛苦了——让它走，要不现在就杀了我！"

"他们在山上什么地方？他们在继续前进，还是停下来在休息？"

莉娜·费尔特把一切都告诉了她，要不是这些施加在她精灵身上的折磨，她本来可以忍受任何折磨。库尔特夫人知道了所有她想知道的东西，关于女巫在什么地方，她们怎样保护着莱拉和威尔，这时她说："现在告诉我，你们女巫知道的关于那个孩子莱拉的事情。我差点就从你们一个女巫那里知道了，但我还没有来得及拷问完，她就死了。好了，现在没有人可以救你了，告诉我关于我女儿的事情。"

莉娜·费尔特大口喘着气："她会是一个母亲——她将会是生命——母亲——她会违抗——她会——"

"说出她的名字！你说了这么多，可是最重要的还没有说出来！说出她的名字！"

"夏娃！一切之母！再说一遍，夏娃！夏娃母亲！"莉娜·费尔特抽泣着，结结巴巴地说道。

"啊。"库尔特夫人说道。

她长长地呼了一口气，好像终于明白了生命的目标。

女巫隐约意识到她刚才的所作所为，一阵恐慌包围了她，她努力地大声叫道："你要对她怎么样？你想干什么？"

"怎么啦？我得毁掉她，"库尔特夫人说道，"来阻止另一次人类的堕落……我以前怎么没有看出来呢？这事情太大了，看不出来……"

她轻轻地拍了拍巴掌，像个孩子似的睁着大大的眼睛，莉娜·费尔特呜咽着，听她继续说道："当然，阿斯里尔会向上帝发动战争，然后……当然，当然。就像以前一样，又重演了。莱拉就是夏娃。这次她不会堕落，我保证。"

库尔特夫人站了起来，向正在吞食女巫精灵的妖怪打了个响指。妖怪移向了女巫本人，那只小小的雪鹀躺在石头上抽搐着，这下莉娜·费尔特要承受数倍于刚才所经历的折磨。她的灵魂感觉到一阵恶心，一种可怕的失落，这种忧郁的疲累感如此深重，她几乎要为此而死去。她最后的意识就是对生命的厌弃，她的感觉对她说了谎。这个世界并不是由活力和喜悦组成，而是由邪恶、背叛和疲乏组成。活着是可恨的，死亡更没什么好的，这是整个宇宙里唯一的真理。

于是她漠然地站在那里，手里拿着弓，生命已经结束了。

莉娜·费尔特既看不见，也不再关心库尔特夫人下一步的行动。灰白头发的男人毫无意识地躺在帆布椅子里，他那肤色暗淡的精灵盘在灰尘里。库尔特夫人对他视而不见，她召来士兵队长，命令他们为夜间上山做好准备。

然后她来到湖边，向妖怪发出了召唤。

它们应命而来，仿佛雾气形成的柱子一样飘过水面。她抬起手臂，让它们忘记自己是被固定在地面上的，于是它们一个接一个地升上了天空，像邪恶的蓟种子冠毛一样自由地飘荡着，飘进黑暗的夜空，乘着微风飘向威尔、莱拉和其他女巫，莉娜·费尔特却什么都看不见了。

天黑以后气温下降得很快，当威尔和莱拉吃完最后的干面包，他们躺在了一块悬空的岩石下面，这样可以保暖，他们想睡一觉。至少莱拉不需要努力，她在一分钟之内就睡着了，她蜷着身体，紧紧地靠着潘特莱蒙。威尔却睡不着，无论他在那儿躺多久还是睡不着，一部分是因为他的手，那只手肿着，还一跳一跳地疼，直疼到胳膊上来，另外还因为坚硬的地面、寒冷、筋疲力尽，以及他对母亲的渴望。

他当然很为她担心，他知道如果他能亲自照顾她的话，她会更安全；他也希望她来照顾他，就像他小时候她做的那样。他希望她为他包扎伤口，哄他上床睡觉，唱歌给他听，带走他所有的烦恼，用他极度渴望的母爱和温柔包围着他，可这一幕是永远不会发生的。他的某一部分还是个小男孩，于是他哭了，但他仍然安静地躺着，不想惊醒莱拉。

他还是没有睡着，他比往常更清醒。最后他伸了伸僵硬的四肢，轻轻地站了起来，他在发抖。他腰间挂着那把刀，他开始向山的更高处攀登，他想使自己烦躁不安的情绪平静下来。

在他身后是站岗放哨的女巫精灵，一只缩着脖子的知更鸟，站岗的女巫转过身，看见威尔在向岩石上攀登，她拿过她的云松枝，悄悄地升上了天空，她不想打扰他，只是为了保证他不会遇到危险。

他没有注意到。他强烈地感觉到自己需要不断前进，这种需要是如此强烈，以至于他几乎感觉不到手上的疼痛。他觉得他会整日整夜、永远地走下去，因为除此之外没有什么能平息他胸中的热火。仿佛是为了同情他，一股风吹了过来。在这荒野中，没有树叶摇动，但风儿拍打着他的身体，把他的头发从脸颊上吹了起来，他的头发在风中飘动，他的身心内外俱是一片荒野。

他越爬越高，几乎没有考虑他怎么能找到下山的路回到莱拉那儿，后来他来到一小块平地，这里似乎是世界之巅，在他的周围，所有的地平线上，山都显得不那么高。在月亮的清辉照耀下，唯一的颜色就是漆黑和惨白，一切轮廓分明。

一定是狂风带来了头顶的云，因为刹那间月亮就被遮住了，黑暗覆盖了整个大地——还有那厚重的云，因为没有一丝月光能透过云层照下来。不到一分钟的时间，威尔发现他已经置身于彻底的黑暗之中。

就在这时，他感到有人一下子抓住了他的右手臂。

他吃惊地叫出了声，立刻就挣脱开来，可那人抓得很牢。现在威尔变得凶猛起来。他觉得他已经不顾一切了，如果这就是他生命的尽头，他打算不停地搏斗，直到他倒下为止。

于是他又扭又踢，但那只手还是没有松开，他的右手被抓住了，他无法去拿那把刀。他试图用左手，但他被拽得很紧，手又疼又肿，他够不着。他不得不用受伤的手和一个成年人搏斗。

他的牙咬在那只抓着他手臂的手上，可结果是他的后脑勺儿被那人打了一拳，他被打得头晕目眩。于是威尔不停地踢腿，有时踢着了，有时却没踢着，他一直不停地又拽又拉，又推又搡，可那只手依然紧紧地抓着他。

他似乎听到他自己的喘气声，还有那人的嘟哝声和喘息声。后来他有了个机会在那人身后，于是他用力将身体撞向那人的胸膛，那人沉重地倒了下去，威尔也倒在了他的身上，但那只手依然牢牢地抓着他。

威尔没有力气了，他哭了，他一边伤心地抽泣着，一边用脚踢他，用头撞他，他知道他的肌肉很快就会失去力量。这时，他注意到那人倒在那里一动不动，虽然他的手还在紧紧地抓着他。那人躺在那里，任由威尔用头和膝盖撞他，当威尔看到这一点时，他最后那点力气也用完了，他无助地倒在他的对手身边，身体里的每一根神经都悸动着，在嗡嗡作响。

威尔痛苦地站了起来，在黑暗中，他看见那人身边的地上有一团白色的东西，那是一只大鸟白色的胸脯和脑袋，是一只鱼鹰，一个精灵，她一动不动地躺着。威尔想把它拉到一旁，他有气无力的拖动使那人有了点反应，但他那只手仍然没有松开。

但他在动，他在用空着的那只手仔细地摸威尔的右手。威尔感到毛骨悚然。

这时那人说道："把你的另一只手给我。"

"小心。"威尔说道。

那人空着的那只手沿着威尔的左胳膊向下摸去，他的手指轻柔地抚过他的手腕，抚过他肿胀的手掌，在摸到威尔断了两根手指的地方时，他更加小心翼翼。

他的另一只手立刻松开了，他坐了起来。

"你有那把刀，"他说，"你是持刀者。"

他声音洪亮、严厉，却上气不接下气。威尔能感觉到他受伤很重。是他打伤了这个黑暗中的对手吗？

威尔仍然躺在石头上，他已经精疲力竭。他只能看见那人蹲在前面的身影，但看不见他的脸，那人伸手到旁边拿了什么东西，然后把一种药膏抹在他的手上，过了一会儿，一阵舒适的清凉感从断指处一直弥漫到整只手。

"你在干什么？"威尔问道。

"治你的伤，别动。"

"你是谁？"

"我是唯一知道这把刀的用处的人，像那样举着手，别动。"

风比以前吹得更猛烈了，有一两滴雨打在威尔的脸上。他剧烈地颤抖着，用右手举着左手，那个人将更多的药膏涂在他的断指处，用一条亚麻布紧紧地包扎住他的手。

那人刚敷完药就倒在一旁，躺了下来。威尔还在为手上幸福的麻酥酥、凉飕飕的感觉而惊奇，他试图坐起来看看他，但周围比刚才还要黑。他用右手向前摸索着，发现他摸到了那人的胸膛，那颗心就像笼子里的鸟儿一样狂跳着。

"是的，"那个人声音嘶哑地说道，"试试看能不能治好。"

"你病了吗？"

"我很快就会好的。你有那把刀，是吗？"

"是的。"

"你知道怎么用它吗？"

"是的，知道，你来自这个世界吗？你是怎么知道它的？"

"听着，"那人说，挣扎着坐了起来，"别打断我。如果你是持刀者，那你面临着一个比你想象的还要伟大的使命。一个孩子……他们怎么能让这事发生呢？哦，那么一定是……一场战争就要来临，小伙子，这是有史以来最大的一场战争，类似的事情以前也曾发生过，而这一次，正义的一方必须赢。这上万年的人类历史中，我们没有别的，只有谎言、布道、残暴和欺骗。该是我们重新开始的时候了，但这次一定要好好干……"

他停了下来，深深地喘了几口气。

"这把刀，"过了一会儿，他又继续说道，"那些老哲学家永远也不会知道他们制造了什么。他们发明了一种能切开物质最小粒子的武器，他们却用它来偷窃糖果。他们压根儿不知道他们制造出的这种武器能在所有的宇宙里打败暴君、权威者、上帝。叛逆天使之所以堕落，就是因为他们没有得到类似这把刀的东西，但是现在……"

"原先我就不想要！现在我也不想要！"威尔喊道，"如果你想要，现在你就可以拥有它！我恨它，我恨它所做的……"

"太晚了。你别无选择：你就是持刀者。是它挑选了你。还有，更重要的是，他们知道你已经拥有了它，如果你不用它来反对他们，他们就会从你手中抢走它，永远用它来和我们作对。"

"可是我为什么要和他们战斗呢？我已经战斗得够多了，我不能再继续战斗了。我想……"

"你打赢你的战斗了吗？"

威尔沉默了。然后他说道："我想是的。"

"你为这把刀搏斗了吗？"

"是的，可是……"

"那你就是一名斗士，那就是你。你可以驳斥其他任何事情，但不要驳斥你的本性。"

威尔知道这个人说的是事实，但它不是个友好的事实，它沉重而痛苦。这个人好像知道这一点，因为他等到威尔低下头以后，才又开始说话。

"现在有两股强大的力量，"这个人说，"从时间开始的时候，他们就开始斗争了。人类生命的每一次进步，获得的每一点知识、智慧和光荣都是从另一方手中争夺来的。人类自由的每一次发展都是在两股力量的艰难斗争中产生的，一股力量希望我们知道得更多，变得更聪明、更强大，另一股力量却希望我们俯首帖耳、唯命是从。

"现在这两股力量正在准备进行一场战斗。他们都需要你那把刀，胜过需要其他一切。你必须作出选择，小伙子。我们都是被指引到这里来的，我们两个人都是——你拥有这把刀，而我来告诉你这一切。"

"不！你错了！"威尔喊道，"我并不是在找那样的东西！那根本不是我想找的东西！"

"你可以不这么想，可是这就是你找到的。"黑暗中的人说道。

"可是我必须做什么呢？"

这时斯坦尼斯劳斯·格鲁曼——约帕里——约翰·佩里犹豫了。

他痛苦地想到他对李·斯科斯比发过的誓言，他在违背这个誓言前犹豫着，但他还是违背了。

"你必须去找阿斯里尔勋爵，"他说，"告诉他是斯坦尼斯劳斯·格鲁曼派你来的，你拥有他最需要的那样武器。不管你喜欢不喜欢，小伙子，你都得干。其他任何事都别管，不管它看上去是多么重要，去做这件事。会有人出现来引导你，夜晚到处都是天使。你的伤口会好的——等一下，在你走之前，我想好好看看你。"

他的手伸向他背着的背包，拿出了什么东西，他先打开一层层的防雨布，然后划亮一根火柴，点亮了一盏锡制的小提灯，在亮光中，透过瓢泼大雨和狂风，两个人彼此看着对方。

威尔看见一张憔悴的脸，一双目光炯炯的蓝眼睛，倔强的下巴上是好几天没剃的胡须，灰白色的头发，在那件沉甸甸的羽毛大衣里，是一个弓着腰、承受着病痛的瘦削身体。

大祭司看见一个比他想象中还要年轻的男孩，他那瘦削的身体在破烂的亚麻衬衫中发抖，他脸上的表情含着筋疲力尽、野性和警惕，但也充满一种狂热的好奇，在那笔直的黑眉毛下，他的眼睛睁得大大的，多么像他的母亲……

他们俩都第一次感到心中什么地方如电光石火般地一闪。

可就在那时，当提灯的亮光照亮约翰·佩里的脸时，有什么东西从雾蒙蒙的半空中射下来，他还没来得及说一个字就倒下去死了，一支箭插在他衰竭的心脏上，刹那间，那只鱼鹰精灵也消失了。

威尔坐在那里，惊呆了。

在他的视线边缘，有什么东西在动，他右手一伸，抓住一只红色胸脯的惊慌失措的知更鸟精灵。

"不！不！"女巫茱塔·卡迈南叫道，她用手抓住胸口，在他身后倒了下去，笨拙地摔在满是石块的地上，她挣扎着想站起来。

但她还没来得及站起来，威尔已经到了她跟前，用魔法神刀抵着她的咽喉。

"你为什么要这么做？"他大叫道，"你为什么要杀死他？"

"因为我曾经爱过他，他却对我不屑一顾！我是女巫！我不会原谅他！"

通常，因为自己是一个女巫，她本来用不着害怕一个男孩的。但她害怕威尔，这个受伤的年轻人拥有比她遇到过的任何人还要厉害的威力，她感到恐惧。她向后摔倒了，他跟过去，用左手抓住她的头发，他感觉不到任何痛苦，他只感到一种巨大的、震碎一切的绝望。

"你不知道他是谁，"他叫道，"他是我父亲！"

她摇着头，轻声说道："不，不！那不是真的。不可能！"

"你以为所有事都必须是可能的吗？它必须是真的！他就是我的父亲，直到你杀死他的那一刹那我们才刚刚知道！女巫，我长这么大，一直在等待着，历尽千辛万苦，最后才找到他，他却被你杀死了……"

他像摇晃一块抹布那样摇晃着她的头，把她推倒在地上，她几乎晕了过去。尽管她很怕他，但她的惊讶超过了她对他的害怕。她自己挣扎着站了起来，感到头晕目眩，她抓住他的衬衫苦苦哀求，而他立刻把她的手打开了。

"他究竟干了什么，你要杀死他？"他叫道，"如果你说得出来，那就告诉我！"

她看着死者，又回头看着威尔，悲哀地摇摇头。

"不，我无法解释，"她说，"你太年轻了，你不会明白的。我爱过他，就是这个，这就足够了。"

威尔还没来得及阻止，她已经从自己腰中拔出刀，刺进了自己的胸膛。她轻柔地倒在一旁，手中还握着刀柄。

威尔感觉不到害怕，只有忧伤和迷茫。

他缓缓地站了起来，俯视着死去的女巫，注视着她浓密的黑发、泛着红晕的脸颊、被雨打湿的光滑白皙的四肢，还有她那像情人般开启着的双唇。

"我不明白，"他大声说道，"这太奇怪了。"

威尔转过身，面对着死者，他的父亲。

他的喉咙被万千种东西堵住了，只有瓢泼大雨冷却着他眼中的热火。小小的提灯仍然在闪烁着，风透过歪斜的窗口舔着火苗，威尔在这亮光中跪下来，双手放在他身上，抚摸着他的脸、肩膀、胸膛，威尔合上他的双眼，把他额头前湿漉漉的灰白色头发掠到脑后，他的双手按在那粗糙的脸颊上，合上他父亲的嘴巴，紧紧地捏着他的双手。

"父亲，"他说道，"爸爸，爸爸……父亲……我不明白她为什么要这么做，对我来说这太奇怪了。但不管你让我做什么，我保证，我发誓我会去做的。我会成为一名斗士，我会的。这把刀，我会把它带给阿斯里尔勋爵，不管他在哪里，我还会帮助他和敌人作战，我会去做的。现在您可以休息了，放心吧，现在您可以安息了。"

死者身旁有一个鹿皮包裹，里面是油布、提灯，还有那个装着血苔藓药膏的牛角盒子。威尔一一捡起，他发现父亲镶着羽毛的大衣拖在他身后的地上，又沉又湿，但很暖和。他的父亲已经不再需要它了，而威尔冻得发抖，他解开死者脖子上的铜扣子，把帆布包背在他的肩膀上，然后把大衣裹在自己身上。

他吹熄了提灯，回过头来看了看父亲和女巫朦胧的身影，又看了一眼他的父亲，然后就下山了。

暴风雨中的空气充满了电流，仿佛在窃窃私语，威尔在狂风中听到了其他的声音：呼喊声和吟唱声夹杂在一起的乱哄哄的回声，金属之间的碰撞声，还有扇动翅膀的声音，这声音有时显得那么近，仿佛就在他的脑袋里，有时又是那么遥远，仿佛在另外一个星球上。脚下的岩石很滑，而且松动了，下山比刚才上山时艰难多了，但他的脚步仍然很稳。

他走在最后一条溪谷中，前面就是他把莱拉一个人留在那里睡觉的地方了。这时，他突然停住了，他看见两个身影站在那里，在黑暗中等待着。威尔把手放在了刀上。

这时其中一个身影开口说话了。

"你就是那个拿着刀的男孩吗？"他问道，他的嗓音里有一种奇怪的特质，就好像翅膀的扑扇声。不管他是谁，他不是人类。

"你们是谁？"威尔说道，"你们是人，还是……"

"不，我们不是人。我们是守望者，是神子，用你们的语言来说，就是天使。"

威尔沉默不语。天使继续说道："其他天使有别的任务和别的力量，而我们的任务很简单：我们需要你。我们寸步不离地跟着这个大祭司，希望他能带着我们找到你，他的确做到了。现在该轮到我们领着你去见阿斯里尔勋爵了。"

"你们一直和我父亲在一起吗？"

"每时每刻。"

"他知道吗？"

"他一点也不知道。"

"那你们为什么不阻止那个女巫？你们为什么让她杀死他？"

"如果再早一点，我们会的。但他一旦带着我们找到你之后，他的使命就结束了。"

　　威尔什么也没说。他的头在嗡嗡作响，这和其余事情一样让他难以理解。

　　"好吧，"最后他说道，"我会跟你们走的，但我必须先叫醒莱拉。"

　　他们站到一旁让他过去，当他走近他们的时候，他感觉到空气中传来叮当一声，但他未加注意，而是集中精力走下斜坡，来到莱拉睡觉的石洞。

　　有什么事情让他停下了脚步。

　　在朦胧的光线中，他只看见保卫莱拉的女巫们一动不动地坐着或是站着。她们看上去就像雕塑一样，只是她们还在呼吸，可她们几乎没有了生命。地上还躺着几个裹着黑色丝绸的尸体，威尔惊恐地一个个看过去，他知道了发生的事：她们在半空中遭到妖怪的袭击，掉了下来，漠然地死去了。

　　但是——

　　"莱拉在哪儿？"他大声叫道。

　　石洞里空无一人，莱拉不见了。

　　在她躺过的地方有个什么东西，那是莱拉的小帆布背包，他不用看，从包的重量就知道真理仪还在里面。

　　威尔摇着头，这不可能是真的，可这一切又千真万确：莱拉不见了，莱拉被抓走了，莱拉失踪了。

　　那两个神子暗淡的身影没有移动，但他们开口说话了："现在你必须跟我们走，阿斯里尔勋爵现在就需要你，敌人的力量每分钟都在积聚增长。大祭司已经把你的使命告诉了你，跟我们走，帮助我们取得胜利。这边走，来吧。"

　　威尔看了看他们，看了看莱拉的背包，又回头看了看他们。他们说了些什么，他一个字也没有听见。

《黑暗物质 3：没有精灵的世界》即将上市！

分离不是结束，而是新旅程的开始。

与父亲短暂的重聚使威尔悲痛万分，死去的父亲留下的话语像一道光，引导他走向一段伟大的旅程——在即将席卷所有世界的战争中，他必须站在阿斯里尔勋爵那一方，这是他的使命。而莱拉被库尔特夫人掳走，并在药物的作用下陷入持续的昏睡，她在梦中又见到了死去的好朋友罗杰，他呼唤着莱拉去救他逃离那个可怕的亡灵世界。

威尔能找到莱拉吗？在这场终极对决中，生者和死者的命运都将取决于威尔和莱拉的意志，他们能否不畏天堂和地狱的力量，解开黑暗物质的秘密，让混乱的世界诞生新的希望呢？

· 不停出现转折的情节，不断攀升的悬念引人入胜。莱拉和潘特莱蒙是最勇敢也最狂野的冒险家。这是一部极为精彩的作品，令人感动且充满刺激，神秘的际遇接连登场。——《号角杂志》

· 这本书会令你爱不释手，因为普尔曼能牢牢抓着你，带你进入他的故事……这部扣人心弦的冒险故事，描述充满魅力的年轻女孩莱拉，与她的朋友威尔一同对抗来自天堂与地狱的势力。——《匹兹堡邮报》

· 普尔曼就像《哈利·波特》的作者 J.K. 罗琳，创造出一个充满奇幻想象与巧妙文字的世界。——美国《新闻周刊》

快来开启你的下一段历险吧！

图书在版编目（CIP）数据

黑暗物质.2，平行世界的精灵 /（英）菲利普·普
尔曼著；周倩译. -- 上海：上海文艺出版社，2019.11
ISBN 978-7-5321-7332-7

Ⅰ.①黑… Ⅱ.①菲… ②周… Ⅲ.①儿童小说—长
篇小说—英国—现代 Ⅳ.① I561.84

中国版本图书馆 CIP 数据核字（2019）第 166863 号

责任编辑：秦　静
特邀编辑：刘　京
封面设计：杨净净
排版设计：张丽云
封面插画：陈大鹏　　武　磊
内文插图：胡艺君

黑暗物质 2：平行世界的精灵

［英］菲利普·普尔曼　著
周倩　译

上海文艺出版社出版、发行
地址：上海绍兴路7号
电子信箱：cslcm@publicl.sta.net.cn
网址：www.slcm.com
新華書店经销　北京中科印刷有限公司印刷
开本 700毫米×990毫米　1/16　17印张　字数 257千字
2019年11月第1版　2019年11月第1次印刷
ISBN 978-7-5321-7332-7/I.5829
定价：45.90元

如有印刷、装订质量问题，
请致电 010-87681002（免费更换，邮寄到付）